"이게…… 뭐야."

왕의 프러포즈
극채의 마녀

"순종을 맹세해.
—너를, 신부로 삼아주겠어."

쿠오자키 사이카
—세계 최강의 마녀이자,
마술사 양성 기관 〈궁극의 정원〉의
학원장.

"사이카 님께서는 내일부터— 학생으로서, 이 학원에 다니실 겁니다."

"아무래도 봐줄 필요는 없겠는걸……?"

"시끄럽구나. 작작 좀 다투거라."

안비에트 스바르나
—〈기사단〉의 일원이자, 〈정원〉의 교사. 기사면서 사이카에게 호전적이다.

카라스마 쿠로에
—사이카의 종자. 〈정원〉 내부에서 사이카의 죽음을 알고 있는 유일한 인물.

엘루카 프레에라
—〈기사단〉의 일원. 의료부 책임자이자, 〈정원〉에서 사이카 다음가는 최고참 마술사.

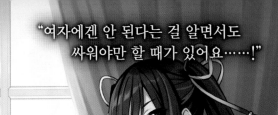

"여자에겐 안 된다는 걸 알면서도
싸워야만 할 때가 있어요……!"

"다들, 잘 부탁해."

후야죠 루리
—사이카 직할 기관 〈기사단〉의 일원이자,
〈정원〉의 학생.
사이카와 오빠인 무시키를 편애한다.

"조용히 하시길.
조준이 어긋납니다.
—아니, 입술이,
가 적절할까요."

"어, 쿠로에.
이게 대체……?"

쿠가 무시키
―사이카의 신체와 힘을
계승한 소년.

"그때 나타난 사람이,
너라서, 다행이야."

CONTENTS

King Propose
brilliant colors witch

극채의 마녀

왕의 프러포즈

건강할 때도, 아플 때도.

기쁠 때도, 슬플 때도.

부유할 때도, 가난할 때도.

죽음마저도 둘을 갈라놓을 수 없다.

—그러니 너에게, 맡기기로 했다.

King Propose
brilliant colors witch

서장 초련

　　ㅡ첫사랑 상대는, 시체였다.

　　"——."

　　가슴의 고동에 맞춰, 숨결이 흘러나왔다.

　　쿠가 무시키는, 가슴속에서 소용돌이치는 감정이 무엇인지 이해 못 한 채, 그 자리에 멍하니 서 있었다.

　　무시키는 엽기 살인마가 아니며, 시체 애호가도 아니다.

　　적어도 이제까지는 사람을 죽인 적이 없으며, 시체 사진을 수집한 적도 없다. 굳이 따지자면 남들처럼 그런 것을 꺼리는 편이었다.

　　하지만 지금, 그는 눈앞에 나타난 **그것**에서 눈을 떼지 못했다.

　　바로ㅡ 등을 바닥에 댄 채 쓰러져 있는, 피범벅의 소녀에게서……

　　나이는 열여섯, 열일곱 정도일까.

　　앳된 느낌이 남아 있지만, 어렴풋이 색기가 감돌기 시작한 얼굴.

　　가로등 불빛을 받아, 금색도 은색도 아닌 색깔로 빛나

는 긴 머리칼.

눈을 굳게 감고 있어서 두 눈동자의 색깔은 알 수 없지만, 그 점이 그녀의 오뚝한 콧대와 아름다운 입술을 돋보이게 하면서, 도자기 인형^{비스크돌} 같은 비현실적인 아름다움을 강조하는 것만 같았다.

그리고, 그런 그녀의 외모를 꾸며주듯, 가슴팍에서 새빨간 장미 같은 피가 번져 나오며, 지금도 붉게 물든 영역을 서서히 넓혀가고 있었다.

그것은.

처참하고.

잔혹하며.

엽기적이자—.

현기증이 날 만큼, 아름다운 광경이었다.

아아, 그렇다. 이제 의심할 여지가 없다.

분명 생애 처음으로, 무시키는 그 소녀를—.

—사랑하게, 된 것이다.

"……, 너, 는—."

"으……!"

다음 순간.

멍하니 서 있던 무시키를 정신 차리게 만든 건, 금방이라도 잦아들 듯한 목소리였다.

그렇다. 지면에 쓰러진 소녀가, 더듬더듬 목소리를 내고 있었다.

—아직, 살아있다.

무시키는 상대방이 죽었다고 지레짐작한 게 부끄러웠다.

그리고, 그녀가 아직 살아있다는 사실에 진심으로 안도했다.

"괜찮으세요?! 뭐가 어떻게 된 건가요?!"

어깨를 부르르 떤 무시키는 그녀 옆에서 무릎을 구부리며 그렇게 말했다.

뭐가 어떻게 된 건지 여전히 모르기에, 머릿속은 혼란스러웠다.

하지만 그녀를 구해야만 한다는 사명감이, 그의 마음을 진정시켰다.

소녀가, 희미하게 눈을 떴다.

다양한 빛깔을 담고 있는 몽환적인 두 눈이, 무시키의 얼굴을 천천히 훑어보았다.

"……하, 하—. 그래……, 이것, 또한……. 아아…… 하지만, 맞아……. 마지막 순간에 나타난 사람이…… 너라서…… 다행이야……."

"네?"

소녀의 말을 이해하지 못한 무시키는 당혹스러운 표정을 지었다.

출혈 탓에 의식이 몽롱해진 걸까. 무리도 아니다. 서둘러 응급 처치를 해야만 한다.

하지만 이곳에는 의료 설비가 없고, 무시키도 의료 지식이 없다. 구급차를 부르고 싶지만, 아까부터 전화가 연결되지 않았다.

그렇다면, 무시키가 그녀를 둘러업고 병원으로 향할 수밖에 없다.

하지만 이 **변해버리고 만 세계**에서, 대체 어디로 향하면 될까.

"──!"

바로 그때. 등 뒤에서 희미한 발소리가 들려오자, 무시키는 고개를 들었다.

누구인지는 모르지만, 잘됐다. 뭘 하든지 간에 도움이 필요했다. 무시키는 도움을 청하기 위해 뒤를 돌아보려 했다.

하지만.

"으……, 안 돼. 도망─."

"아─."

소녀가 말을 이으려던 순간.

가슴에서 느껴지는 불타는 듯한 통증에, 무시키는 얼이 나간 목소리를 흘렸다.

자신의 가슴팍을 쳐다보았다. 그곳에는, 소녀와 마찬가지로 붉은 꽃이 피어 있었다.

그제야, 드디어 이해했다.

자신이, 등 뒤에 나타난 누군가에게, 가슴을 꿰뚫렸다는 것을—.

"으, 어……."

그것을 인식한 순간, 몸은 제대로 움직이지 않았다.

시야는 반짝거렸고, 손발이 저렸다.

그저 극심한 통증만이 온몸을 지배했고, 숨 쉬는 것조차 어려웠다.

무시키는 자세를 유지하는 것도 힘들었기에, 소녀의 옆에 드러눕듯 쓰러졌다.

"……."

무시키를 찌른 누군가가 멀어져가는 것을, 발소리로 알 수 있었다.

하지만 지금의 무시키는 범인을 쫓는 것은 고사하고, 누구인지 확인하는 것도 어려웠다.

쿨럭, 하면서 입에서 넘쳐 나온 피가 볼을 타고 지면에 떨어졌다.

극심한 통증에 유린당하던 의식이, 서서히 엷어졌다.

촉각이 차단되고, 미각이 사라졌으며, 후각이 둔해지더니, 시각이 흐릿해졌다.

하지만 그런 몽롱한 감각 속에서, 어렴풋이 느껴지는 것이 있었다.

옆에 누운 소녀가, 마지막 힘을 쥐어짜듯 기어 와서, 자신의 몸으로 무시키의 몸을 덮은 것이다.

"미안해……. 휘말리게…… 했네. 하지만…… 이렇게 되면, 어쩔 수 없지. 끝까지…… 어울려, 줘야겠어—."

소녀는 그렇게 말하며, 무시키의 볼에 손을 대더니—.

그의 입술에, 자신의 입술을 포갰다.

"——."

소녀의 피와, 자신의 피.

두 사람의 피 맛이 뒤섞인, 처참한 첫 키스.

하지만 무시키는 몸의 감각이 흐릿해지고 있었기에, 별다른 반응을 보이지 못했다.

의식이 완전히 끊기기 직전.

마지막으로 남은 청각이, 속삭이는 듯한 소녀의 말을 들었다.

"—너에게, 내 세계를 맡기겠어—."

왕의 프러포즈 1권
발매 기념 초판 한정 특전
[NOT FOR SALE]
©Koushi Tachibana, Tsunako 2021 / KADOKAWA CORPORATION

제1장 융합

"으…… 음……."

무시키는 고급스러운 침대 위에서 눈을 떴다.

몇 번 눈을 깜빡인 후, 주위를 둘러보았다.

넓은 방이었다. 벽에는 고풍스러운 선반과 옷장, 베갯머리에는 세련된 조명이 놓여 있었다. 고급스러운 융단이 깔린 바닥에는 커튼 틈새로 스며든 빛으로 된 선이 그어져 있었다.

화려한 침실에서의, 화창한 아침 기상. 참 우아한 일이다.

문제는— 눈에 비친 모든 것이, 낯설었다.

"여기는……."

멍하니 중얼거렸다. 막 잠에서 깬 탓인지 귀울림이 살짝 일어나서, 자기 목소리도 잘 들리지 않았다.

무시키는 의문에 사로잡힌 채, 생각에 잠겼다.

—자신은 구가 무시키. 나이는 열일곱 살. 도쿄도(都) 오쿄시에 사는 고등학생이다. 거기까지는 기억하고 있다.

잠들기 전의 마지막 기억은…… 학교에서 집으로 돌아가던 기억이다.

그렇다. 무시키는 학교에서 집으로 돌아가고 있었다. 이런 장소에서 눈을 뜬 것을 보면, 그때 무슨 일이 벌어졌던 걸까.

누군가에게 납치당한 걸까……? 차에 치여서 천국에 온 걸까? 술에 취해 길 가다 만난 여자와 하룻밤을 같이 보낸 걸까? 전부 현실미가 없다…….

그렇다면, 아직 꿈을 꾸고 있는 걸까.

무시키는 의식이 어렴풋한 상태에서 볼을 꼬집어봤다. 그다지 아프지 않았지만, 이게 진짜로 꿈인지 손가락에 힘이 안 들어가는 건지 분간이 안 됐다.

아무튼, 이대로 여기에 있어봤자 소용없다.

침대에서 내려온 무시키는 옆에 놓인 슬리퍼를 신은 후, 비틀거리는 걸음걸이로 문을 열고 방을 나섰다.

그 순간—.

"어……?"

무시키는 무심코 눈을 동그랗게 떴다.

문밖으로 나선 순간, 마치 순간이동이라도 한 것처럼 무시키를 둘러싼 경치가 확 달라지고 만 것이다.

위편에는 태양과 푸른 하늘. 아래편에는 쭉 뻗은 포장도로. 길 사이에는 분수와 가로수가 있으며, 형식적인 느낌이지만 자연이 꾸며져 있었다. 그리고 그 길의 끝에는 장엄하고 호화로운 건물이, 마치 옥좌에 앉은 왕처럼 당당히 자리하고 있었다.

무시키가 아는 것과는 명백하게 달라 보이지만, 어딘가 학교 시설 같은 느낌이 감도는 경치였다.

무시키는 갑작스러운 일에 당황하며 뒤를 돌아보았다.

하지만, 아까까지 무시키가 있던 침실은 흔적도 없이 사라졌다.

무슨 일이 일어난 건지 이해 못 한 무시키는 어지러운 머리를 손으로 짚었다.

"역시……, 꿈?"

하지만, 계속 고민에 잠겨 있을 수는 없었다.

이유는 지극히 단순했다. 아까 그 방과 다르게, 여기에는 사람이 드문드문 있었다.

학생일까. 같은 교복을 입은 소년, 소녀들이 전방에 있는 거대한 건물을 향해 걸음을 옮기고 있었다.

그리고 그들 중 몇 명은 갑자기 나타난 무시키를 보고 놀란 건지, 그 자리에 멈춰 서며 눈을 동그랗게 떴다.

"아─."

무리도 아니다. 허공에서 불쑥 인간이 나타났으니, 놀라는 게 당연했다. ……뭐, 가장 놀란 건 당사자인 무시키 본인이 분명하겠지만 말이다.

아무튼 지금은 자신이 수상한 인물이 아니라는 것을 설명하면서, 여기가 어디인지 정보를 얻어야만 한다.

무시키는 근처에 있던 여학생을 향해 돌아섰다.

"저기—."

하지만, 무시키가 말을 끝까지 잇기도 전에…….

"—좋은 아침이에요, **마녀님**."

그 여학생이, 공손히 고개를 숙이며 인사를 했다.

"어……?"

뜻밖의 반응이었기에, 눈을 동그랗게 떴다.

그러자 주위에 있던 다른 학생들도, 멀리서 인사를 했다.

"좋은 아침입니다."

"안녕하세요, 마녀님."

"오늘도 아름다우시군요."

"어……?"

학생들이 그렇게 말하자, 무시키는 얼이 나간 채 그 자리에 멍하니 서 있었다.

아니, 그것만이 아니다. 뒤편에서 나타난 교사로 보이는 장년의 남성마저도…….

"좋은 아침입니다, 학원장님."

……하고, 정중히 인사를 한 것이다.

—마녀님.

—학원장님.

그런 낯선 말을 들은 무시키가 또 고개를 갸웃거렸다.

적어도, 이제까지 살아오면서 그렇게 불린 적이 없다.

양쪽 다 무시키 같은 남자 고등학생에게 쓸 호칭이 아니라는 생각이 들었다.

"어……?"

바로 그때였다.

당혹감에 사로잡힌 채, 별생각 없이 자신의 몸을 내려다본 순간— 무시키는 그제야 눈치챘다.

자신의 발이, 보이지 않았다.

정확하게 말하자면, 눈과 발 사이에 존재하는 장애물이 시야를 가리고 있었다.

"이게…… 뭐야."

가슴팍에 존재하는, 낯선 커다란 물체.

무시키는 잠시 생각에 잠긴 후, 천천히 양손으로 그것을 만져봤다.

"윽……?!"

그 순간, 손에서 부드러운 감촉이 느껴졌다.

그와 동시에, 가슴에서 달콤한 자극이 희미하게 생겨났다.

"이, 이건……."

가짜가 아닌 게, 분명했다.

이 부드러운 물체는, 무시키의 몸에 **달려** 있었다.

아니, 그것을 만지는 손과 손가락도 무시키가 기억하는 것보다 가늘고 새하얬다.

"……."

일련의 정보를 통합한 후, 무시키는 그대로 내달렸다.

길 중앙에 존재하는 분수로 가서, 수면을 들여다보았다.

그리고, 거기에 비친 『자신』의 얼굴을 본 무시키는 말문이 막혔다.

그럴 만도 했다. 거기에 비친 것은 낯익은 남자 고등학생의 모습이 아니라—

긴 머리카락과 극채색의 눈동자를 지닌, 아름다운 소녀의 얼굴이었다.

"——."

그렇다. 틀림없다. 분명하다.

무시키는 여자애가 된 것이다.

뭐가 어떻게 된 건지 전혀 알 수가 없었다. 아까 깨어난 후로 이상한 일이 계속 벌어지고 있지만, 이건 결정타다. 꿈이라고 하기에도 황당무계하기 그지없었다.

하지만— 좀 더 정확하게 속내를 털어놓자면…….

무시키의 말문이 막힌 이유는 자신이 여자가 됐다는 것 말고도 있었다.

더 심플하고, 더 로맨틱하며, 더 어이없는 이유.

무시키는 마치 그리스 신화의 나르키소스처럼, 수면에 비친 『자신』의 모습을 황홀한 듯 넋을 놓고 쳐다봤다.

반쯤 무의식적으로, 자신의 볼을 만졌다.

두근, 두근, 하며 심장의 고동이 커졌다.

시각을 통해 습득한 정보에, 뇌가 유린당하는 느낌이 들었다.

그것은 너무나도 믿기지 않고, 너무나도 무시무시하며—너무나도 달콤한 감정이었다.

물론, 외모는 아름답다. 예쁜 두 눈. 오뚝한 콧대. 윤기 넘치는 입술. 그 모든 것이 기적적인 조화를 이루도록 배치되면서, 지고의 예술품을 자아냈다 해도 과언이 아니다.

하지만, 그것만이 아니다.

그것만으로는, 이 격렬한 감정을 설명할 수 없다.

아아, 지금이라면 알 수 있다. 무시키는 불가사의한 감정과 확신을 느꼈다.

—분명 선현은, 이 말로 형용할 수 없는 감정의 격류를 어떻게든 표현하기 위해 『사랑』이라는 말을 만든 것이 틀림없다.

"너, 는…… 아니, 나, 는……?"

멍하니 중얼거린 무시키는 작게 숨을 삼켰다.

그 얼굴을 본 순간, 그것을 기점으로 삼듯이 잃어버린 기억이 떠오른 것이다.

그렇다. 자신은 이 소녀를 안다.

왜 잊고 있었던 걸까. 무시키는 의식을 잃기 직전, 그녀와 만났다.

가슴에 피의 꽃이 피어난, 이 소녀와—.

"—여기 계셨습니까."

바로 그때였다.

등 뒤에서 옥구슬 같은 목소리가 들려오자, 무시키는 퍼뜩 고개를 들었다.

"어……?"

뒤편을 쳐다보니, 어느새 한 소녀가 거기에 서 있었다.

짧은 머리카락을 모아 묶고, 검은색 옷을 걸친 소녀였다. 무시키의 얼굴을 들여다보는 두 눈 또한, 흑요석처럼 검게 빛나고 있었다.

"……, 나, 말인가요?"

무시키가 자신을 가리키며 그렇게 말하자, 소녀는 뭔가를 눈치챈 것 같았다. 하지만 표정은 바꾸지 않으며 말을 이어갔다.

"실례했습니다. 기억의 공유가 이뤄지지 않았군요. 매우 급박한 상황이었을 테죠. —저는 카라스마 쿠로에. 당신이 지금 **변모해 있는** 분의 종자입니다. 만일의 사태가 벌어졌을 경우, 그 대응을 명받았습니다."

소녀는 그렇게 말한 후, 공손히 예를 표했다.

무시키는 다급히 그녀를 향해 고개를 돌렸다.

"……윽! 혹시 아는 게 있어요? 가르쳐 주세요. 이 애는 대체 누구인가요?!"

무시키가 묻자, 쿠로에라고 이름을 밝힌 소녀는 살짝 고개를 끄덕이며 대답했다.

"그분은 쿠오자키 사이카 님. ―세계 최강의 마술사이십니다."

"저―."

충격적인 정보를 접한 무시키는 무심코 눈을 치켜떴다.

그리고 가슴속에 생겨난 충동에 따라, 이렇게 중얼거렸다.

"정말…… 멋진 이름이야―."

"……, 네?"

"어?"

쿠로에와 무시키는, 의아한 표정으로 서로를 쳐다보며 고개를 갸웃거렸다.

분수 앞에서의 만남으로부터 약 20분 후.

무시키는 쿠로에의 안내에 따라, 포장도로 끝에 존재하는 거대한 건조물― 중앙 학사 안으로 이동했다.

최상층. 입구에 『학원장실』이라는 문자가 적혀 있는 방. 근대적 설비가 갖춰진 공간이지만, 한쪽 벽을 차지한 책장에 가득 꽂힌 고풍스러운 디자인의 책과 주위에 어지러이 놓인 오래된 물건들이 이 방의 인상을 잡다하게 만들었다.

그리고 그곳에서 자신의 사정을 설명하는 중인 무시키는—.

어찌 된 건지 거울 앞에 앉아서, 등 뒤에 선 쿠로에에게 머리를 빗겨지고 있었다.

듣자 하니, 자다 일어나서 머리카락이 흐트러진 상태로 밖을 돌아다니면 곤란합니다, 란다.

"—그러셨군요. 학교를 마치고 돌아가는 길에 기묘한 공간에 들어섰고, 그곳에서 피범벅이 된 사이카 님과 마주쳤다. 그리고 누군가에게 습격을 당해 의식을 잃었으며, 정신을 차리니 이곳이었다—는 겁니까."

쿠로에는 무시키가 한 말을 복창하듯 그렇게 말했다. 무시키는 작게 「네」 하고 답했다.

"기묘한 공간이란, 구체적으로 어떤 곳이었습니까?"

"으음…… 뭐랄까요. 높은 빌딩이 잔뜩 있는 미로 같은 느낌이었달까……."

무시키가 손짓과 발짓을 섞으며 설명하자, 쿠로에는 희미하게 미간을 찌푸렸다.

"……제4현현— 역시 마술사…… 하지만 그런 공간을 만들 수 있는 자라면……."

"네?"

"아뇨. 말씀 감사합니다. 상황은 대략적으로나마 파악했습니다."

쿠로에는 얼버무리듯 고개를 젓더니, 들고 있던 빗을 테이블에 내려놓은 후에 프릴이 달린 리본으로 무시키의 머리카락을 묶어줬다.

거울 속의 미소녀가, 더욱 아름다워졌다. 무시키는 도취한 듯이 한숨을 토했다.

"아름다워……. 마치 내가 아닌 것만 같아……."

"엄연한 사실이니까요."

"뭐, 그건 그렇죠."

무시키는 앉아 있던 의자를 빙글 돌리면서 쿠로에와 시선을 마주했다.

"저기…… 카라스마 씨, 라고 했죠?"

"쿠로에라고 불러주십시오. 그 얼굴로 저를 그런 호칭으로 부르니, 기분 나빠서 견딜 수가 없군요."

"……."

무시키는 이 주인과 종자의 관계에 대해 약간 불안을 느끼면서, 말을 이었다.

"으음, 그럼 쿠로에. 물어볼 게 있는데요……."

"네. 당연히 당혹스러울 테죠. 뭐든 물어보시길. 제가 답해드릴 수 있는 것이라면 뭐든 말씀드리겠습니다."

쿠로에가 어서 물어보란 듯이 고개를 끄덕였다.

무시키는 그 호의를 받아들이듯 말을 이었다.

"이 여자애…… 사이카 씨라고 했죠?"

"네."

"사이카 씨는, 어떤 남성을 좋아하나요……?"

"……네?"

무시키가 약간 부끄러워하며 질문을 던지자, 쿠로에는 무표정한 얼굴로 고개를 갸웃거렸다.

"아, 질문이 너무 노골적이었나요? 그럼 우선 좋아하는 음식부터……."

"아니, 그게 아니라……."

쿠로에는 고개를 원래 위치로 되돌리더니, 무시키의 눈을 응시하며 물었다.

"처음 묻는 게 그겁니까? 그런 것 말고도 신경 쓰이는 점이 있을 텐데요."

"그야 있지만…… 어, 저기, 그런 걸 물어봐도 되나요? 왠지 비밀일 것 같은데……."

"이런 상황에서 뭘 주저하는 겁니까. 부디 물어봐 주시길. 우선은 당신이 상황을 파악하는 것이 중요하니까요."

"그, 그렇다면……."

무시키는 으흠 하고 헛기침을 하더니, 볼을 살짝 붉히며 질문을 입에 담았다.

"으음, 사이카 씨는 스리 사이즈가……."

"그러니까, 그런 게 아니란 말입니다."

쿠로에는 무시키의 말을 끊으며 딱 잘라 말했다.

"저기, 바보입니까? 아니면 역시 사이카 님이 장난치는 겁니까? 다른 질문이 있을 텐데요. 여기는 어디인가, 같은 것 말입니다. 자기가 왜 사이카 님의 모습을 하고 있는가, 라든가……."

"아, 맞네요. 제대로 설명해주세요! 대체 뭐가 어떻게 된 거죠?!"

"……"

무시키가 순순히 묻자, 쿠로에는 희미하게 미간을 찌푸리면서 말을 이었다.

"차근차근 설명해드리죠. —아까 말씀드렸다시피, 그분은 쿠오자키 사이카 님입니다. 세계 최강의 마술사이자, 마술사 양성 기관 〈공극의 정원〉의 수장이시죠."

"네. 몇 번을 들어도 참 가련한 이름이에요……."

"……, 저로서는 『마술사』라는 말에 관심을 보여주셨으면 합니다만……."

"아, 죄송해요."

듣고 보니 그것도 신경 쓰이는 단어였기에, 무시키는 순순히 사과했다.

"마술사라면…… 주문을 외워서 불길을 일으키거나, 같은 편을 회복시키는 그런 사람인가요?"

"추상적이며 몇 세대 전의 이미지이긴 합니다만, 틀리진 않습니다."

"그런 사람이 진짜로 있나요?"

"실제로 당신의 몸에는 상식적으로는 설명되지 않는 일이 일어났을 텐데요?"

"……그건 그래요."

쿠로에의 말을 들은 무시키가 작게 고개를 끄덕였다. 말보다 명확한 증거였다.

무시키가 사이카라는 소녀로 변모한 일은 그런 존재로만 설명이 될 것이다.

"당혹스러운 게 당연하겠습니다만, 지금은 마술이 존재한다는 전제하에 이야기를 들어주십시오."

"알았어요. ……그런데, 내 몸에 대체 무슨 일이 일어난 건가요?"

무시키가 차분한 표정으로 묻자, 쿠로에는 손가락을 하나 세워서 무시키의 가슴을 톡 두드리며 말을 이었다.

"결론부터 말씀드리자면— 당신과 사이카 님은 현재, 합체한 상태입니다."

"뭐…… 그, 그런……!"

"동요하는 것도 무리는 아닙니다만, 부디 진정—"

"그런 건, 결혼한 다음에 해야 하지 않을까요……?!"

쿠로에는 도끼눈을 뜨더니, 오물이라도 보는 듯한 눈길

을 무시키에게 보냈다.

"아무리 사이카 님의 모습을 하고 있더라도, 확 패버릴 겁니다."

"죄송해요. 너무 자극적인 단어라서 그만……."

무시키가 송구하다는 듯이 어깨를 움츠리자, 쿠로에는 마음을 다잡으며 말을 이었다.

"무시키 씨, 라고 했죠? 당신의 이야기에 따르면, 사이카 님은 어젯밤에 치명상을 입고 쓰러져 있었습니다. 상황에서 유추해볼 때, 누군가에게 습격을 당했다고 보는 게 자연스럽겠죠."

"네. ……범인은 짐작되나요?"

"아뇨."

"딱히 원망을 산 사람이 없었던 거군요."

"아뇨. 원망을 산 사람은 하늘의 별만큼 많을 거라고 생각합니다."

"……."

쿠로에가 딱 잘라 단언하자, 무시키는 진땀을 삐질삐질 흘렸다.

하지만, 하고 쿠로에는 말을 이었다.

"—이 세상에 존재할 리가 없습니다. 세계 최강의 마술사, 극채의 마녀, 쿠오자키 사이카를 해칠 수 있는 사람은 말이죠."

"＿＿."

고요하면서도 강렬한 감정이 어린 말이었기에, 무시키는 숨을 삼켰다.

"잠시 실례했습니다. 하던 이야기를 계속하죠."

그런 무시키의 반응을 눈치챈 것인지, 쿠로에는 작게 헛기침을 했다.

"아마— 사이카 님을 공격한 범인과, 당신을 공격한 범인은 동일 인물일 겁니다."

"네…… 나도, 그렇게 생각해요."

그때 일을 떠올렸다.

피범벅인 사이카에게 다가간 무시키에게 가해진, 무자비한 일격.

범인의 얼굴은 보지 못했지만, 무시키의 몸에 남겨진 상처는 사이카가 입은 상처와 매우 흡사해 보였다.

"그리하여 생겨난, 빈사 상태의 사이카 님과 빈사 상태의 무시키 씨. 이대로는 두 사람 다 목숨을 잃고 말죠. — 그래서 사이카 님께서는 남은 힘을 쥐어짜서, 최후의 마술을 펼치셨습니다."

"최후의 마술…… 그건, 대체……."

무시키가 묻자, 쿠로에는 오른손과 왼손의 검지를 세워서 천천히 맞댔다.

"융합 술식. 단순한 덧셈입니다. 내버려 두면 둘 다 죽고 만다. 그렇다면, 한 사람이라도 살아남는 편이 낫겠죠. 다시 말해 0.5+0.5=1. ―사이카 님은 빈사 상태인 자신과 빈사 상태인 당신을 융합시켜, 하나의 생명으로 존속시킨 겁니다."

"융합―."

쿠로에의 그 말에…….

무시키는, 무의식적으로 자신의 ― 그렇게 말해도 될지는 확실치 않지만 ― 볼에 손을 대며 얼이 나간 투로 말했다.

"네. 그래서 합체라는 단적인 표현을 쓴 겁니다."

"……그런 것치고는 제 요소가 전혀 보이지 않는데요…….."

"사이카 님의 신체가 비교적 경상이었던 건지, 몸에 깃든 내재 마력의 양과 관련이 있는 건지는 알 수 없습니다만― 지금은 사이카 님의 신체가 베이스인 것 같군요. 하지만 안심하십시오. 당신의 몸이 흡수당한 건 아닙니다. 어디까지나 당신의 요소가 감춰져 있을 뿐이죠. 아마 당신의 육체는 현재, 상처 입은 사이카 님의 신체를 보완하고 있는 것으로 추정됩니다."

"아니, 그런―."

"충격이 심하시겠지만, 이야기를 끝까지―."

"그런 영광스러운 역할을 내가 맡고 있는 건가요……?"

"조금이라도 당신을 염려한 제가 바보처럼 느껴지니 그만해 주시겠습니까?"

쿠로에가 혐오감이 어린 눈길로 쳐다보자, 무시키는 불합리하다는 느낌을 받으면서도 순순히 사과했다.

"……확실히, 보아하니 지금의 신체는 사이카 님의 것이군요. 하지만— 의식은 무시키 씨, 당신인 듯합니다만?"

"아……."

무시키는 그 말을 듣고 숨을 삼켰다.

그 말대로였다.

무시키와 사이카의 의식이 뒤바뀌고 말았다—라면, 이 세상 어딘가에 무시키의 신체와 사이카의 의식을 지닌 인간이 존재할 것이다.

무시키의 몸이 사이카의 모습으로 변화하고 말았다—라면, 진짜 사이카가 따로 있을 것이다.

하지만 쿠로에가 말한 것처럼 빈사의 무시키와 사이카가 하나의 인간으로 융합해 서로의 목숨을 보완했다면, 없어선 안 되는 게 딱 하나 존재한다.

"사이카 씨의 의식은…… 마음은, 어디 간 거죠……?"

무시키가 떨리는 목소리로 묻자, 쿠로에는 잠시 침묵을 지킨 후에 천천히 고개를 저었다.

"모릅니다. 당신의 몸 깊숙한 곳에 잠들어 있는지, 방황하는 영혼이 되어 떠돌고 있는지, 아니면—."

쿠로에는 말을 끝까지 잇지 못했다.

어디까지나 가능성에 지나지 않을지라도, 입에 담고 싶

지 않은 것이리라. 무시키도 더는 추궁하지 않았다.

"……아무튼, 지금은 앞으로 어떻게 할지를 이야기하죠. ―이건 비상사태입니다. 이 세상이 최대의 위기를 맞이했다 해도 과언이 아니니까요."

쿠로에는 굳은 표정으로 그렇게 말했다.

무시키는 그 과장된 표현을 듣고 고개를 갸웃거렸다.

"세상……? 아니, 사이카 씨 같은 미소녀가 사라지는 건 세상에 있어 손실이라 해도 과언이 아니겠지만……."

바로 그때였다―.

"……어?"

무시키가 말을 이으려던 순간, 학원 안에 알람 같은 것이 울려퍼졌다.

그와 동시에, 스피커에서 여성의 늘어지는 목소리가 흘러나왔다.

『―기사 엘루카 프레에라가 전하느니라. 멸망인자의 발생을 확인했다. 등급은 재해급에서 전쟁급으로 추정. 가역토멸 기간은 24시간. 기사 안비에트 스바르나가 대응하겠다. 각자, 경계 태세를 유지하거라.』

"……어? 이 방송은 뭔가요?"

"―흠."

쿠로에는 턱에 손을 대더니, 곧 고개를 들었다.

"좋은 기회군요. 밖으로 나가죠. ―세상의 이면을 보여드리겠습니다."

　학원장실을 나선 무시키는 그대로 쿠로에를 따라 중앙 학사의 옥상으로 향했다.

　참고로 학원장실에서 슬리퍼를 벗고 제대로 된 구두로 갈아 신었다. 굽이 낮다고는 해도 힐에 익숙하지 않았기에, 무시키는 약간 휘청거리고 있었다.

　"자, 이쪽입니다. 턱이 있으니 조심하시길."

　쿠로에는 그렇게 말하며 손을 내밀었다. 무시키는「고마워요」하고 말하며 쿠로에의 손을 잡더니, 걸음을 크게 내디디며 밖으로 나갔다.

　"—여기는……."

　옥상 가장자리의 높은 철조망 앞으로 걸어간 무시키는 강한 바람에 휘날리는 머리카락을 손으로 누르더니, 눈앞의 광경을 보며 작은 목소리로 그렇게 중얼거렸다.

　지상에 있을 때는 몰랐던 주위의 풍경을 여기서라면 한눈에 볼 수 있었다.

　학원 주위에는 여러 시설을 내포한 광대한 부지와 높은 벽이 있으며, 그 벽 너머에는 마을이 펼쳐져 있었다.

　"아…… 주위는 평범한 마을이네요."

　"네. 그럼 여기를 어떤 곳이라고 생각한 겁니까?"

"그게…… 마술이란 말이 튀어나오길래, 이세계에라도 온 건 줄……."

"당신이 모를 뿐, 저희는 항상 세상의 이면에서 활동해 왔습니다. 이 〈정원〉은 주소로 보자면 오죠시 동오죠에 위치합니다."

"생각보다 가까운 곳이네요……. 하지만, 그 근처에는 이런 시설이―."

"인식 저해가 걸려 있기 때문에, 외부에서 이 장소를 인식할 수 없습니다. ―아, 지금은 아래가 아니라 위를 주목해 주십시오."

"네?"

무시키는 쿠로에의 말을 듣고 하늘을 올려다봤다.

바로 그 순간이었다.

―구름이 드문드문 떠 있는 평온한 하늘에, 『그것』이 모습을 드러냈다.

"……어? 저게…… 뭐야?"

『그것』은, 발톱이었다.

거대한 발톱이, 아무것도 없는 허공에서, 모습을 드러냈다.

아니, 아무것도 없는―이란 표현은 올바르지 않다.

정확하게 말하자면, 그 발톱 주위의 공간에는 마치 금이 간 듯한 균열이 존재했다.

그리고, 서서히 그 균열이 커지더니―.

다음 순간, 하늘을 찢으면서 거대한 그림자가 모습을 드러냈다.

"뭐—."

그것을 본 무시키는 눈을 치켜떴다.

단단한 피부에 감싸인 거대한 체구. 발에 달린 다수의 발톱. 그리고, 머리에 달린 뿔과 등에 달린 한 쌍의 날개.

그 모습은, 태고의 시대에 존재했던 공룡— 혹은, 영화 속 세상에서 튀어나온 괴수를 연상케 했다.

"—멸망인자 206호:『드래곤』."

무시키의 생각에 답하듯, 쿠로에는 그 이름을 입에 담았다.

"강인한 육체와 생명력을 지녔기에, 웬만한 공격은 통하지 않습니다. 입에서 뿜어져 나오는 불꽃의 숨결은 며칠 안에 일본 전체를 불바다로 만들 수 있죠. 비교적 흔히 발견되는『멸망』이군요."

쿠로에는 담담한 어조로 말을 이었다.

그리고 그 말을 기다린 것처럼 드래곤이 포효를 지르자, 그 입에서 엄청난 불꽃의 격류가 뿜어져 나왔다.

"아니……?!"

하늘이, 시뻘겋게 타올랐다. 꽤 거리가 떨어져 있는데도, 저 맹렬한 불꽃 탓에 무시키는 피부가 따끔거렸다. 그 엄청난 열기 탓에 눈을 뜨고 있는 것조차 어려웠다.

그야말로 신화의 한 장면을 연상케 하는, 처절한 불꽃의 숨결.

저런 것에 직접 휩싸인다면, 인간은, 야산은, 마을은, 대체 어떻게 될까.

그 절망적인 의문의 해답은, 곧 무시키의 시야 전체에 펼쳐졌다.

"……윽!"

눈앞에 펼쳐진 경치가, 순식간에 불꽃에 휩싸였다.

익숙한 마을의 풍경이, 어제까지 생활했던 세계가, 순식간에 지옥으로 변모했다.

길을 따라 나아가듯 불꽃이 지면을 휘감더니, 거기에 있던 것을 검은색과 붉은색으로 물들였다.

비명. 경보. 파괴음. 온갖 것들이 뒤섞인 아비규환이 주위에 울려 퍼졌다.

그 갑작스러운 파멸의 광경을 바로 받아들이지 못한 무시키는 한동안 아연실색했다.

"아니……, 어—."

다음 순간. 얼이 나가 있던 뇌가 눈앞의 상황을 인식하더니, 굳어 있던 손발에 지령을 내렸다.

무시키는 쿠로에를 감싸려는 듯이 그녀의 어깨를 움켜잡았다.

"쿠로에! 큰일이에요, 마을이……!"

"저도 보고 있으니 말 안 해도 됩니다. 진정하십시오, 무시키 씨.”

“이런 광경을 보고 어떻게 진정하냐고요! 쿠로에야말로 왜 이렇게 차분한 거예요?!”

“당황한다고 사태가 호전되지는 않기 때문입니다. 게다가—.”

무시키에게 어깨를 잡힌 쿠로에가 몸이 흔들리는 상황에서 상공을 손가락으로 가리켰다.

“한눈을 팔았다간, 놓치고 말 겁니다.”

“……네?”

무시키는 쿠로에가 가리키는 곳을 보기 위해, 상공으로 시선을 돌렸다.

바로 그 순간이었다.

“—이이이이이이이이이이이얏호오오오오오오오오—!!!”

그런 외침과 함께, 조그마한 그림자가 지상에서 하늘을 향해 탄환처럼 날아올랐다.

그리고 그 그림자는 일직선으로 드래곤을 향해 뻗어나가더니, 엄청난 뇌광을 흩뿌리며 그 거구를 상공으로 날려버렸다.

“아니—.”

드래곤의 엄청난 포효가 공기를 진동시켰다.

하지만 그것은 사냥감에게 자신의 존재를 알리거나 적을 위협하기 위한 것이 아니라, 어마어마한 고통을 견디다 못해 지른 비통한 외침 같았다.

"흥. 시끄럽다고, 이 도마뱀 자식아—."

드래곤을 날려버린 존재가 양손을 활짝 벌렸다.

그러자, 주위에서 움직이던 위성 같은 것이 그 움직임에 맞춰 더욱 강렬히 빛났다.

다음 순간.

낙뢰를 연상케 하는 폭음이 울려 퍼지자, 한순간 하늘이 눈부신 빛에 휩싸였다.

그 엄청난 섬광에, 무심코 눈을 감고 말았다.

"……윽!"

그리고 무시키가 다시 눈을 떴을 때, 거대한 드래곤은 흔적조차 남아 있지 않았다.

"저, 저 사람은……."

"기사 안비에트 스바르나. 사이카 님의 직할 기관인 〈기사단〉의 일원이자, 이 〈정원〉에서도 최상위에 위치하는 S급 미술사입니다. 저 정도의 밀방인자라면 그가 혼자서 충분히 상대할 수 있죠."

무시키의 말에 답하듯, 함께 하늘을 올려다보던 쿠로에가 말했다.

"사이카 씨의 직할…… 사이카 씨는, 저 사람보다 강하다는 건가요?"

무시키가 묻자, 쿠로에는 태연한 표정으로 대답했다.

"비교하는 것조차 주제넘은 생각입니다."

"⋯⋯우와~."

무시키는 잠시 얼이 나갔지만, 곧 어깨를 부르르 떨며 아래편을 쳐다보았다.

"맞아. 마을이—."

불바다로 변하고 만 마을을 본 순간— 무시키는 말문이 막혔다.

"어⋯⋯."

이유는 단순했다. 방금까지 새빨간 불꽃에 유린당하며 비명과 고함이 메아리치던 마을이, 아무 일도 없었다는 듯이 원래대로 되돌아와 있었다.

"어라⋯⋯ 분명 방금까지 마을이 불타고 있었는데⋯⋯."

"네. 그렇습니다. 환각이 아니죠. 마을은 드래곤의 불꽃에 의해 괴멸 상태에 빠졌습니다. 기사 안비에트가 드래곤을 해치우지 않았다면, 저 광경은 『결과』로서 세상에 기록되었을 테죠."

"⋯⋯드래곤을 해치웠기 때문에, 그 광경이 없었던 일이 됐단 건가요?"

"단적으로 말하자면 그렇습니다. 〈정원〉 밖에서 사는 사람들은 지금 무슨 일이 일어났는지도 기억 못 할 테죠."

쿠로에가 별일 아니라는 투로 그렇게 말했다.

무시키는 갑자기 눈앞에서 믿기지 않는 일이 일어나자, 당황하고 말았다.

하지만 곧, 쿠로에가 이제까지 한 말이 머릿속에서 이어졌다.

"혹시, 이런 일이 꽤 빈번하게 일어나는 건가요……?"

쿠로에는 천천히 고개를 끄덕이더니, 무시키의 눈을 응시하며 말을 이었다.

"—1만 5,165회."

"네?"

"사이카 님을 비롯한 마술사들이 이제까지 세계를 구한 횟수입니다."

"……윽! 그렇게나……?!"

"네. —이 세계는, 평균적으로 약 300시간에 한 번, 멸망의 위기를 맞이하고 있습니다."

"——."

느닷없이 들은 그 말에…….

무시키는 당황할 대로 당황한 채, 쿠로에를 한동안 응시했다.

"드래곤만이 아닙니다. 별을 부수는 병기를 창조할 수 있는 지혜의 열매, 영맥(靈脈)의 이상 발생에 의한 온갖 천재지변의 동시 발생, 모든 것을 먹어 치우는 금색 메뚜기 떼, 절대적인 감염력과 치사율을 자랑하는 사신(死神)의 병, 역사를 바꾸기 위해 시간을 넘어 미래에서 온 사자(使者), 존재하는 것만으로 지상을 업화로 뒤덮는 불꽃의 거인―. 이 세상을 붕괴시킬 가능성을 지닌 존재를 통틀어, 저희는 『멸망인자』라고 부릅니다."

또한, 하고 쿠로에는 말을 이었다.

"저희는 기적의 힘으로, 멸망인자를 계속 제거해왔습니다. 그리고 과거에 발생한 멸망인자 중에서 사이카 님만이 대처 가능했던 것이 열두 종류나 되죠. ―이해가 되셨습니까? 사이카 님이 안 계셨다면, 이 세상은 적어도 열두 번은 멸망했을 겁니다. 당신이 융합하고 만 인물은, 그런 분이시죠."

쿠로에가 무시키를 이해시키는 듯이 담담히, 그러면서도 열띤 어조로 그렇게 말했다.

그런 충격적인 정보를 접한 무시키의 두 손이 부들부들 떨렸다.

"미, 믿기지 않아……."

무시키가 멍하니 그렇게 중얼거리자, 쿠로에는 자못 당연하다는 듯이 눈을 약간 내리깔았다.

"뭐, 무리도 아니겠죠. 하지만 전부 진실―."

"평균 300시간에 한 번 일어나는 붕괴의 위기를 1만 5,000번 이상……? 그건 단순하게 계산해 봐도 500살 이

상이란 거잖아요……? 그런데도 피부가 이렇게 탱글탱글
하다니, 믿기지 않아…….”

“……．”

“아얏. 아파요, 쿠로에.”

결국 쿠로에는 무시키를 때리고 말았다.

쿠로에로부터 자신의 몸을 지키려는 듯이, 무시키는 두
손으로 머리를 감쌌다.

바로 그때였다.

“……윽! 어?”

하늘에서 별똥별처럼 빛이 쏟아져 내리더니, 다음 순간
에는 무시키와 쿠로에의 눈앞에 한 남자가 나타났다.

“—여어, 쿠오자키. 이런 데서 구경이나 하는 거냐? 팔
자 한번 좋네.”

호리호리하면서도 근육질인 몸을 고급스러운 셔츠와 조
끼, 바지로 감싼 청년이었다.

단정하게 땋은 흑발과 갈색 피부. 사냥감을 노려보는 듯
한 날카로운 두 눈과 야성적인 미소. 그 모습은 흉포한 네
발짐승을 연상케 했다.

“당신은—.”

틀림없다. 방금 드래곤을 해치운 마술사다.

그것을 증명하듯, 삼고저— 발톱을 연상케 하는 형태를
지닌 금색 무기 두 개가 때때로 파지직 하고 뇌광을 뿜으

며 그의 몸을 감싸듯 천천히 떠다니고 있었다.

그리고 그의 등에는 마치 후광처럼, 거대한 빛의 고리가 이중으로 빛나고 있었다. 그 신성한 모습과 이 남자의 거친 용모가 묘하게 미스매치를 이루고 있었다.

무시키가 뜻밖의 사태에 얼이 나가 있자, 남자는 처절한 미소를 머금었다.

"이봐, 왜 얼이 나간 표정을 짓고 있는 건데? —흥, 내 마술을 보고 너무 놀라서 말이 안 나오는 거냐?"

그는 농담하듯 그렇게 말하며 어깨를 으쓱했다.

무시키는 그 말을 듣고 순순히 고개를 끄덕였다.

"—정말 대단했어요. 당신이 방금 그 드래곤을 해치운 거죠?"

"……뭐?"

무시키가 그렇게 말하자, 남자는 입을 쩍 벌리며 얼빠진 목소리를 냈다.

"저렇게 거대한 드래곤을…… 정말 대단해요. 참 강한 마술사……? 군요."

"이…… 이, 이 자식이 무슨 소리를 하는 거야……. 뭐 잘못 먹었냐……? 말투도 이상하잖아……."

그는 당황한 듯이 몸을 뒤편으로 뺐다.

하지만 그 말과 달리, 그의 얼굴은 부끄러워하는 것처럼 붉게 달아올랐다.

"아뇨, 대단하니까 대단하다고 말했을 뿐이에요. 방금, 대체 어떻게 한 거예요?"

"어, 어떻게 한 거냐니…… 그냥, 평범한 제2현현이야. ……뭐, 술식을 약간 고치긴 했지만 말이지."

"그랬군요! 술식…… 잘 모르겠는데, 어떤 건가요?"

"그걸 가르쳐 줄 것 같냐! 내가 왜 너한테 술식을 알려줘야 하는데!"

"너무 그러지 마세요. 괜찮잖아요. 방금 같은 대단한 기술을 대체 어떻게 쓴 건지 알고 싶을 뿐이에요."

"……어, 어쩔 수 없지……. 조금만 가르쳐주마……."

그는 고개를 휙 돌렸지만, 입가를 히죽거리며 그렇게 말했다.

겉보기엔 거칠게 생겼지만, 잘만 구슬리면 간단히 넘어오는 청년 같았다.

"정말이에요?! 감사해요! 으음―."

"응?"

"당신, 이름이 어떻게 되시나요?"

"잇."

무시키가 환한 목소리로 그렇게 말한 순간, 쿠로에가 짤막하게 숨을 토했다.

마치「큰일났다」하고 말하는 것처럼 말이다.

그리고 거기에 맞춘 것처럼, 방금까지 기분이 썩 좋아

보이던 남자의 얼굴이 분노에 휩싸였다.

"……흐, 흐음……? 오호라……? 나 같은 조무래기의 이름은 기억에도 남아 있지 않다는 거냐……?"

"어? 아, 저기, 그게 아니라, 기억이 안 난다고나 할까—."

"좋아! 다시는 안비에트 스바르나라는 이름을 까먹는 일이 없도록, 정성껏 작살을 내주마아아아아아!"

안비에트(그러고 보니 그런 이름이었다)가 분노를 드러내며, 거칠게 걸음을 내디뎠다.

그러자 그가 내디딘 곳을 기점으로 삼듯, 어마어마한 번개가 주위에 흩뿌려졌다.

"……윽?!"

마치 거미줄처럼 옥상에 빛의 선이 그어졌다. 무시키는 무심코 몸을 웅크렸다.

"잠깐— 이러지 마세요!"

"시끄러워! 목숨을 구걸해 봤자—."

"사이카 씨의 아름다운 얼굴에 상처라도 나면 어쩌려는 거예요!"

"……"

무시키가 그렇게 외치자, 어찌 된 건지 안비에트의 볼에 경련이 일어났다.

"아무래도 봐줄 필요는 없겠는걸……?"

안비에트가 양손을 허리 쪽으로 가져갔다.

그 동작에 맞춰, 위성처럼 그의 주위를 떠다니던 두 삼고저의 회전 속도가 빨라지면서 전기를 머금기 시작했다.

"쳐부숴라, 【뇌정저(雷霆杵)】!!"
_{바즈드라}

그 외침에 맞춰 안비에트가 양손을 내밀자, 무시키를 향해 필살의 일격이 쇄도했다.

그 순간, 무시키의 시야가 눈부신 빛에 휩싸였다.

"—우왓?!"

무시키는 숨을 삼키면서, 압도당한 것처럼 그 자리에서 굳어버렸다.

"무시키 씨!"

쿠로에의 비명 같은 목소리가, 굉음에 삼켜져 사라졌다.

머리로는 피해야만 한다는 것을 알고 있었다. 하지만 몸이 움직이지 않았다.

이치를 짓밟는 압도적인 폭력. 원시적인 죽음의 직감. 마술이라는 것에 대해 전혀 알지 못하는 무시키조차도, 그것이 치명적인 일격이란 사실을 간단히 이해했다. 다음 순간, 분노에 찬 금색 번개가 무시키의 몸을 갈가리 찢으리라.

하지만—.

"———."

그 와중에 무시키의 머리를 지배하고 있는 건, 절망도 공포도 아닌— 기묘한 위화감이었다.

—눈 깜빡할 틈조차 주지 않으며 작렬할 번개가, 왠지

느리게 느껴졌다.

마치, 시간이 천천히 흐르는 듯한 느낌이었다.

세상 전체가 슬로 모션으로 흐르는 가운데, 자신만이 원래 속도로 생각하고 있다. 그런 초월적인 이미지가 들었다.

설마, 이것이 소문으로 들었던 주마등이란 걸까.

죽음과 마주한 순간, 인간의 뇌는 이제까지의 경험 속에서 타개책을 찾아내기 위해 빠른 속도로 머리를 굴린다고 한다. 그래서 상대적으로 시간이 천천히 흐르는 것처럼 느껴지는 것이다.

하지만 무시키의 뇌를 뒤져본들, 이 상황을 어떻게 할 타개책 같은 건—.

「두려워할 필요 없어. 지금의 너는, 최강의 몸을 지녔으니까—.」

바로 그때였다.

"어—."

갑자기 머릿속에서 그런 목소리가 울려 퍼지자, 무시키는 눈을 동그랗게 떴다.

희미하고 어렴풋하지만, 환청이라기엔 또렷한 목소리였다.

그것이 누구의 목소리인지는 알 수 없다.

하지만 그 목소리를 들은 순간, 무시키는 불가사의한 안도감을 느꼈다.

그 목소리는—.

어제 무시키가 정신을 잃기 전에 들었던, 첫사랑 소녀의 목소리와 비슷한 것 같은 느낌이 들었다.

「—힘을 쓰는 법이라면, 몸이 기억하고 있어. 너는 그저, 마음을 맡기기만 하면 돼—.」

목소리가 들려오는 것과 동시에…….

"——."

무시키는, 두 손을 앞으로 들어 올렸다.

왜 그런 동작을 취한 건지는 자기도 알 수 없었다. 하지만 지금은 이러는 게 옳다는 확신이 들었다.

몸이 뜨거워졌다. 마치, 온몸을 흐르는 혈류가 열기를 머금은 것만 같았다.

다음 순간, 뇌광으로 가득 차 있던 무시키의 시야에 새로운 빛이 생겨났다.

무시키의 머리 위편에, 극채색으로 빛나는 빛의 고리가 나타난 것이다.

하나씩 따로 보면, 그것은 천사의 고리처럼 생겼다.

하지만, 세로로 나란히 위치한 그 고리들은— 마녀의 모자를 연상케 했다.

"……아니, 4획—?!"

뒤편에서, 쿠로에의 경악에 찬 목소리가 들려왔다.

다음 순간, 무시키를 기점으로 공간이 일그러지더니—.

세상이, 변했다.

"뭐—."

비유도, 과장도 아니다.

방금까지 무시키와 쿠로에, 그리고 안비에트는 학원 옥상에 있었다.

하지만 눈 깜짝할 사이에, 세 사람을 둘러싼 경치가 바뀌고 만 것이다.

—어디까지 펼쳐져 있는지 알 수 없는, 창궁(蒼穹)으로.

아니, 그것만이 아니다. 무시키는 눈동자만을 움직여서 **지면**과 **상공**을 쳐다봤다.

지면에는 광대한 도시의 전경이, 그리고 상공에도 마찬가지로 대도시의 광경이, 뒤집힌 채 펼쳐져 있었다.

눈에 익지만, 기묘한 풍경이었다. 수많은 빌딩과 전파탑이, 위와 아래에서 무시키를 향해 그 끝부분을 뻗고 있었다. 그 보습은 마치 거대한 심승의 입을 연상케 했다.

바로 그때, 안비에트의 당황한 목소리가 들려왔다.

"제4현현……?! 이봐, 쿠오자키! 비겁하잖아! 그건 반칙—."

하지만, 무시키를 비난하는 안비에트의 외침은 거기서 끊겼다.

이유는 단순했다. 지면과 상공에 펼쳐진 대도시의 풍경이 마치 안비에트를 씹어 먹으려는 듯이 한쪽은 솟구쳤고, 다른 한쪽은 추락하고 있었다.

"—만상개벽(萬象開闢). 이리하여 천지는 내 손아귀 안."

반쯤 무의식 상태인 무시키의 입에서, 그런 낭랑한 목소리가 흘러나왔다.

"순종을 맹세해. —너를, 신부로 삼아주겠어."

—안비에트는 저항을 시도하려는 듯이 양손을 치켜들었지만, 그가 날린 뇌격은 공허하게 흩어졌다.

"큭⋯⋯?! 비, 빌어먹으으으으으으으으으을─!!!"

불쌍한 안비에트는 파도에 농락당하는 나뭇잎 배처럼, 떼 지어 몰려오는 거대한 건조물에 삼켜지고 말았다.

엄청난 굉음을 내면서, 송곳니 같은 마천루가 무너지자⋯⋯.

세상이, 그 형태를 잃었다.

잠시 후, 무시키 일행을 감싼 경치는 원래의 옥상으로 되돌아왔다. 무시키의 머리 위에서 빛나던 빛의 고리 또한 어느새 사라졌다.

아까와 다른 점을 꼽자면, 옥상 바닥에 안비에트가 쓰러져 있다는 것이다.

고급스러운 셔츠와 바지는 더러워지고, 찢어져서, 이제는 의복의 역할을 다하지 못했다. 긴 머리카락은 그을음으로 범벅이 됐고, 온몸에는 크고 작은 상처와 멍이 존재했다. 그런데도 겨우겨우 목숨은 부지한 그는 경련이 일어난 것처럼 때때로 손발을 부들부들 떨었다.

"방금 그건……."

얼이 나간 것처럼 그렇게 중얼거리며 자신의 손바닥을 쳐다본 무시키는 손을 쥐었다가 폈다. 가늘고 긴 아름다운 손가락이, 무시키의 뜻에 따라 움직였다.

―대체 무슨 일이 일어난 건지, 본인도 알 수가 없었다.

그저, 방금 눈앞에서 펼쳐진 불가사의한 일을 자신― 사이카가 일으켰다는 것만은 어렴풋이 알 수 있었다.

지금까지 경험한 적이 없는, 기묘한 감각을 느꼈다.

뇌에서 손가락 끝까지, 뜨거운 혈류가 흐르며 타오르는 감각.

자신이란 존재가, 풍선처럼 팽창되며 가슴속이 고양되는 감각.

그리고― 세상을 손아귀에 거머쥔 전지전능한 존재가 된 듯한 감각.

그런 감각이 뒤섞인 채 한꺼번에 밀려들자, 무시키는 한동안 얼이 나가 있었다.

"이, 자……식……."

"……아!"

그런 무시키의 의식을 현실로 되돌린 건, 쓰러진 채 땅을 기고 있는 안비에트의 입에서 흘러나온 원망에 찬 목소리였다.

"저기, 괜찮으세요……?"

무시키가 안부를 살피려는 듯이 다가가서 안색을 살피기 위해 몸을 숙이자, 안비에트는 겨우겨우 고개를 들어서 핏발 선 눈으로 상대방을 노려보았다.

"두, 두고…… 봐라……. 반드시, 죽여버리—."

하지만 안비에트는 말을 끝까지 잇지 못했다.

다음 순간, 쿠로에가 나타나서 그의 머리를 짓밟아버린 것이다.

"우그극."

필연적으로 안비에트의 안면은 딱딱한 옥상 바닥과 격돌했다. 결국 희미하게 움직이던 손발조차 꼼짝도 하지 않게 됐다.

"……."

하지만 쿠로에는 안비에트를 입 다물게 만들거나, 그의 숨통을 끊을 생각은 아니었던 것 같았다. 굳이 따지자면, 무시키의 앞에 서려다 보니 마침 발을 둘 자리에 안비에트의 머리가 있었던 것 같았다.

"쿠로에?"

무시키는 질문을 던지는 투로 쿠로에의 이름을 입에 담았다.

이쪽을 쳐다보는 그녀의 얼굴은 아까와 마찬가지로 무표정했지만— 숨길 수 없는 놀라움과 희미한 흥분, 그리고 고양감이 묻어났다.

"……믿기지 않아. 아무리 사이카 님의 몸이라고는 해도, 설마 느닷없이 제4현현을…… 하지만, 이 정도라면—."

쿠로에는 혼잣말을 중얼거리더니, 다시 무시키를 쳐다보았다.

"무시키 씨."

"아, 네."

강한 의지의 빛이 어린 눈에 압도당한 것처럼 무시키가 고개를 끄덕이자, 쿠로에는 그대로 말을 이었다.

"당신이 이 건에 휘말리게 된 것은 불행한 사고입니다. 하지만, 그것을 알면서도 부탁드리겠습니다. 부디 저에게 협력해 주십시오. —이 세상을, 구하기 위해서 말입니다."

쿠로에의 그 말에—.

"어, 무리인데요……."

무시키는 즉시 그렇게 답했다.

그럴 만도 했다. 무시키는 평범한 고등학생이다. 느닷없이 세상을 구하기 위해서란 말을 들었으니 당혹스러운 게 당연했다.

"……."

그러자 쿠로에는 땀을 삐질삐질 흘리면서 미간을 살짝

찌푸렸다.

"……보통 이런 상황에서는 승낙하기 마련 아닌가요?"

"아니, 승낙할 리가 없잖아요……."

"……."

쿠로에는 잠시 생각에 잠긴 후, 다시 말했다.

"저에게 협력해주신다면, 당신과 사이카 님을 분리할 수 있을지도 모릅니다. 그 후, 사이카 님에게 무시키 씨를 다시 소개해드리겠습니다. 사이카 님께서 안 계신 동안 당신의 소임을 대신 맡아주신 은인입니다, 하고 말이죠."

"뭐부터 하면 될까요? 마침 세상을 구하고 싶던 참이었어요."

"……."

무시키가 힘차게 고개를 끄덕이자, 쿠로에는 또 입을 다물었다.

하지만 곧 마음을 다스리려는 듯이 작게 한숨을 토했다.

"여러모로 준비가 필요하겠군요. ─우선, 귀찮은 일부터 처리하도록 하죠."

"귀찮은 일?"

무시키가 고개를 갸웃거리자, 쿠로에는 고개를 끄덕였다.

옥상에서의 그 일을 마치고 약 30분 후.

무시키는 중앙 학사 안에 있는 커다란 문 앞으로 안내됐다.

"쿠로에, 여기는 뭔가요?"

"회의실입니다. 오늘은 〈정원〉 관리부의 정례 보고회가 열리는 날이죠. —이런 상황이니 가능하면 불참하는 편이 좋겠습니다만, 사이카 님께서 결석하실 수도 없으니 어쩔 수 없습니다."

쿠로에는 무시키의 질문에 답한 후, 주의를 주듯 말을 이었다.

"이미 방 안에는 관리부와 〈기사단〉의 멤버들이 모여 있을 겁니다. —대응은 제가 할 테니, 무시키 씨는 가능한 한 발언을 자제해주시길 부탁드립니다."

"알겠어요. 사이카 씨의 이미지를 훼손할 수는 없으니까요."

"아, 네. 뭐, 그렇습니다."

쿠로에는 「그런 게 아니지만, 그런 걸로 해두는 편이 여러모로 낫겠지……」 하고 말하는 듯한 표정을 짓더니, 문에 노크한 후에 천천히 열었다.

그리고 무시키에게 방 안으로 들어갈 것을 공손히 권했다.

무시키는 그에 따라, 약간 긴장하면서 회의실 안으로 들어섰다.

"어……."

방에 들어선 순간, 무시키는 발언을 자제해달란 말을 들었는데도 불구하고 작게 소리를 내고 말았다.

하지만 그것도 무리는 아니었다. 회의실에는 이미 열 명가량의 인간이 모여 있었으며, 그들 전원이 무시키를 맞이하듯 일제히 자리에서 일어난 것이다.

"―**사이카 님**. 자리에 앉아주십시오."

무시키가 한동안 멍하니 서 있자, 쿠로에가 착석을 권하듯 그렇게 말했다.

확실히, 이대로 계속 서 있을 수는 없다. 무시키는 어색한 발걸음으로 테이블에 향하더니, 빈자리에 앉았다.

그러자, 서 있던 관리부 사람들이 당혹스럽다는 듯이 술렁거리기 시작했다.

"마, 마녀님……?"

"무슨 일 있으십니까……?"

"네……?"

무시키가 고개를 갸웃거리자, 뒤편에서 스윽…… 하고 다가온 쿠로에가 귓속말을 했다.

"―사이카 님의 자리는 저쪽입니다."

쿠로에는 그렇게 말하면서 방 가장 안쪽에 있는 자리를 가리켰다.

테이블 가장 안쪽. 생일 파티 때, 주인공이 앉는 자리다. ―뭐, 이 공간의 분위기 탓에 행사의 주인공보다 악의 조직 보스가 앉을 자리처럼 보이지만 말이다.

"아……."

무시키는 작게 신음을 흘리더니, 허둥지둥 그 자리로 옮겨갔다.

그러자 다른 이들이 자리에 앉기 시작했다.

"……"

무시키는 묘한 긴장감을 느끼면서, 테이블에 둘러앉은 이들을 살펴보았다.

그리고, 미간을 살짝 찌푸렸다. 대부분은 정장을 단정하게 차려입은 이들이지만, 이 장소에 어울리지 않는 인물이 두 명 정도 섞여 있었다.

한 명은 10대 초로 보이는 여자애였다. 진한 눈썹과 살짝 붉은 볼 때문인지, 안 그래도 앳된 얼굴이 더 어려 보였다. 끝자락이 긴 흰색 가운을 걸치고 있었으며, 그 안에는 민족의상처럼 문양이 새겨진 비키니 상의 같은 것과 타이츠만 입었다. 속옷 차림이나 거의 다름없는 복장이었다. 여러모로 미스매치란 느낌이 감도는 모습이었다.

"……쿠로에, 저 사람은 누구죠?"

무시키가 작은 목소리로 묻자, 의자 뒤편에 시립해 있던 쿠로에가 속삭이듯 대답했다.

"─기사 엘루카 프레에라. 어려 보입니다만, 〈정원〉 안에서도 사이카 님 다음가는 최고참 마술사입니다."

"와아……."

사람은 겉모습만 보면 알 수 없는 법이다. 무시키는 감탄한 듯한 목소리를 냈다.

이어서, 바로 앞자리에 앉은 소녀를 쳐다봤다.

이쪽 또한 엘루카만큼은 아니지만 젊었다. 열여섯, 열일곱 정도일까. 그 점을 드러내듯, 그녀는 교복을 입고 있었다.

둘로 나눠 묶은 긴 머리카락, 눈초리가 살짝 올라간 느낌의 눈매. 꾹 다문 입술은 그녀의 강한 의지를 드러내고 있는 것 같았으며─.

바로 그때, 무시키는 미간을 살짝 모았다.

그녀의 얼굴이, 왠지 낯익은 듯한 느낌이 들었다.

"……, 혹시, 루리?"

"─네? 마녀님, 무슨 일이시죠?"

무시키가 무심코 그렇게 중얼거리자, 소녀─ 루리가 고개를 갸웃거리며 대답했다. 그 눈에는 사이카에게 이름을 불린 것에 대한 환희로 가득 차 있었다.

"아─ 아냐."

말을 걸 생각은 없었지만, 목소리가 들렸던 것 같다. 무시키는 말끝을 흐렸다.

슬쩍 고개를 돌려보니, 쿠로에는 미심쩍은 눈길로 자신

을 쳐다보고 있었다.

무리도 아니었다. 무시키가 느닷없이, 알 리 없는 소녀의 이름을 입에 담았으니 말이다.

바로 그때—

"……!"

무시키가 어떻게 얼버무릴지 생각하고 있을 때, 회의실의 문이 거칠게 열렸다.

그리고, 온몸에 붕대가 감긴 남자가 비틀거리며 들어왔다.

바로 알아보지는 못했지만, 무시키를 노려보는 시선을 느끼고 눈치챘다. —아까 싸웠던 기사, 안비에트 스바르나다.

"스, 스바르나 님! 다치신 겁니까?!"

"설마, 아까 멸망인자와 싸우다가……?!"

"맙소사, S급 마술사인 안비에트 씨가……?!"

경악을 금치 못하는 관리부 사람들을 진정시키려는 듯이, 안비에트는 혀를 찼다.

"……떠들지 좀 말라고. 내가 그딴 조무래기한테 당할 리가 없잖아."

"그, 그럼 그 상처는……."

안경을 쓴 남성이 묻자, 안비에트는 증오에 찬 눈길로 무시키를 다시 노려보았다.

그 모습을 관리부 사람들은 후유 하고 한숨을 내쉬었다.

"뭐야…… 마녀님이었구나."

"마녀님께서 그런 거라면 어쩔 수 없죠."

"목숨을 건져서 다행이군요, 안비에트 님."

"바로 납득하지 말라고, 이 망할 놈들아!"

안비에트는 언짢다는 듯이 그렇게 말한 후, 엘루카의 옆 자리에 털썩 앉았다.

그 와중에 고통을 느낀 건지, 미간을 살짝 찡그렸다. ……하지만 그걸 들키기 싫은 건지, 온몸을 부들부들 떨면 서도 신음을 흘리지 않았다.

"늦었군요, 안비에트. 마녀님을 기다리게 하면 어쩌잔 거예요."

"……시끄러워. 와준 것만으로도 고맙게 생각하라고."

루리가 주의를 주자, 안비에트는 흥 하고 코웃음을 치며 대꾸했다.

루리는 질렸다는 듯이 고개를 젓더니, 테이블에 둘러앉 은 이들을 살피듯 쳐다보았다.

"—그럼 전원이 모인 것 같으니, 정례 보고회를 시작하 겠습니다. 우선 이걸 봐주세요."

루리는 그렇게 말하면서 앞에 있는 단말을 만졌다. 그러 자, 타원형 테이블의 중앙에 자료 화면이 투영됐다.

"—지난번 정례회 이후의 멸망인자 출현 횟수는 2회. 511호『레프러콘』및 206호『드래곤』. 양쪽 다 가역 토멸 기간 안에 토벌 완료. 마술사의 피해는—."

그리고 또렷한 목소리로, 보고회라는 것을 진행했다.

무슨 말을 하는 건지 잘 모르겠지만, 너무 흥미 없는 듯한 표정을 짓는 것도 좋지 않을 것이다. 무시키는 자세가 흐트러지지 않도록 신경 쓰면서, 때때로 루리의 말에 의미심장하게 맞장구를 쳤다.

그 후, 루리의 진행에 따라 몇몇 사람의 보고가 이어졌다.

"—감사합니다. 혹시 보고할 내용이 남은 분은 계신가요?"

그 후로 40분 정도 흘렀을까. 전원의 보고가 끝나자, 루리는 사람들을 둘러보며 말했다.

다들 침묵으로 그 말에 답했다. 그런 분위기를 느낀 건지, 루리는 작게 고개를 끄덕였다.

"그럼—."

하지만 바로 그때, 무시키의 뒤편에 시립해 있던 쿠로에가 한 걸음 앞으로 나섰다.

"—실례지만, 제가 한마디 해도 되겠습니까?"

"당신은 누구죠?"

"소개가 늦었습니다. 사이카 님의 종자인 카라스마 쿠로에라고 합니다. 오늘은 사이카 님께서 몸이 좋지 않아 이렇게 동석하게 되었습니다."

"네?!"

쿠로에의 말에, 루리가 깜짝 놀랐다.

"몸이 좋지 않다니— 괘, 괜찮으신 건가요?"

"네. 걱정하실 정도는 아닙니다. 그렇죠? 사이카 님."

"어? 아, 응."

쿠로에가 말을 맞춰달라는 듯한 시선을 보내오자, 무시키는 고개를 끄덕였다.

"그래서? 대체 무슨 말이 하고 싶은 게지?"

엘루카가 턱을 괴며 말했다.

그 말에 답하듯, 쿠로에는 고개를 끄덕이며 입을 열었다.

"—어제, 사이카 님은 누군가에게 습격을 받았습니다. 마술사로 추정됩니다만, 모습을 확인하지는 못하셨죠. 사이카 님께서 또 습격을 받을 가능성이 있습니다. 그러니 경계망의 강화를 요청드리고 싶습니다."

"""……윽?!"""

쿠로에의 그 말에…….

이 자리에 모인 이들의 표정이 굳어졌다.

"뭐— 마녀님을, 습격?!"

"그리고 정체를 들키지 않고 도망쳐……?!"

"말도 안 돼, 어떻게 그런 일이—!"

관리부 사람들이 노골적으로 동요했다.

하지만 그것은 무시키도 마찬가지였기에, 낮은 목소리로 쿠로에에게 말을 건넸다.

"……쿠로에, 그걸 밝혀도 괜찮은 거예요?"

"—사이카 님의 현재 상태만 알려지지 않는다면 문제없습니다. 오히려 이 정도로 협박을 해둬야 경계를 강화할 겁니다."

쿠로에는 당황한 이들을 쳐다보면서 태연한 표정으로 그렇게 말했다. 무시키는 이해했다는 듯이 고개를 끄덕였다. 전부 비밀로 해뒀다간, 무방비한 상태에서 무시키가 적에게 공격을 또 받을 가능성이 있었다.

"크— 하하, 하하하!"

다들 낭패한 기색이 역력한 가운데, 홀로 박장대소를 하는 이가 있었다. —안비에트였다.

"적에게 습격당한 걸로 모자라, 정체조차 알아내지 못한 채 놓친 거냐? 흥, 꼴사납네. 잘나신 마녀님도 이제 망령이 든 거 아냐?"

안비에트는 그렇게 말한 후에 보란 듯이 어깨를 으쓱했다.

그러자, 무시키를 향해 걱정스러운 눈길을 보내던 루리가 안비에트를 날카롭게 노려보았다.

"흐음. 입은 여전히 살아있나 보군요, 안비에트. 마녀님에게 연패를 거듭하고 있는 사람의 발언처럼 들리지 않는 걸요?"

"아앙……?"

안비에트는 눈썹이 움찔거리더니, 루리를 노려보았다.

하지만 루리는 개의치 않으면서, 놀리는 듯한 어조로 말을 이었다.

"혹시 당신이 그 습격자 아니에요? 정공법으로는 마녀 님한테 이길 수 없을 것 같으니까, 결국 기습을 선택했다 거나요."

"아아아앙?! 이 녀석, 보자 보자 하니까―."

"아, 미안해요. 방금 말은 좀 심했어요. 당신이 습격자 일 리 없죠. ―범인이 당신이라면, 그 자리에서 마녀님께 박살이 났을 테니까요."

"야, 죽고 싶냐!"

"어디 죽여보시죠―."

안비에트와 루리가 의자를 걷어차려는 듯한 기세로 벌떡 일어섰다.

그 순간, 주위의 공기가 떨리면서 두 사람을 중심으로 흐릿한 빛이 소용돌이치기 시작했다.

하지만…….

"시끄럽구나. 작작 좀 다투거라."

안비에트와 루리 사이에 앉아있던 엘루카가 짜증 섞인 어조로 그렇게 말하더니, 흰색 가운의 소매로 두 사람의 머리를 때렸다.

"으극…….."

"……엘루카 님."

두 사람은 여전히 흥분을 가라앉지 않은 기색이었지만,

마지못해 의자에 다시 앉았다. 맞은편에 앉아있던 관리부 사람들은 후유 하고 안도의 한숨을 내쉬었다.

"어찌 된 건지는 알겠다. 이쪽에서 대처하도록 하마. 그런데, 보고할 건 그게 다인 게냐?"

엘루카는 쿠로에게 시선을 보내며 물었다.

그러자 쿠로에는 조용히 말을 이었다.

"이번 일에 관련해, 사이카 님께서 제안하신 내용이 있습니다."

"호오? 뭐지? 말해 보거라."

"네. —우선, 당분간 사이카 님은 붕괴급 이하의 멸망인자 대처를 자제하신다고 합니다. 그리고, 이 정례회도 횟수를 줄여주셨으면 합니다."

"흠…… 그건 괜찮다만, 이유가 뭐지? 설마 부상이라도 당한 게냐?"

엘루카는 무시키의 눈을 응시했다.

마음을 들여다보는 듯한 그 시선에, 무시키는 심박수가 상승하는 느낌을 받았다.

하지만 쿠로에는 지극히 태연한 태도로 고개를 저었다.

"당치도 않습니다. 그 어떤 상대도, 사이카 님을 다치게 할 수는 없으니까요."

"나도 안다. 농담이니라. —그 이유는 대체 무엇이지?"

"사이카 님께서는 따로 할 일이 있으시다고 말씀하셨습

니다.”

“따로 할 일?”

엘루카는 의아하다는 듯이 고개를 갸웃거렸다.

쿠로에는 크게 고개를 끄덕인 후, 말했다.

“네. 사이카 님께서는 내일부터— 학생으로서, 이 학원
에 다니실 겁니다.”

““““······어?””””

쿠로에가 그렇게 말하자······.

무시키를 비롯한 전원이 얼이 나간 듯한 반응을 보였다.

제2장 정원

　도쿄도 오죠시에 존재하는 마술사 양성 기관— 〈공극의
정원〉.

　그곳의 고등부 2학년 1반 교실은 현재, 기묘한 긴장감으
로 가득 차 있었다.

　""""……."""

　질서 정연하게 앉아 있는 학생들이, 교탁 옆에 선 교사
가, 하나같이 표정을 굳힌 채 숨을 죽이고 있었다. 마치
작은 숨결이 중대한 과실로 이어질 수도 있는 것처럼…….

　그 모습은 대형 육식 동물로부터 몸을 숨기고 있는, 연약
한 초식 동물 무리를 연상케 했다. 천적의 시야에 들어가지
않도록, 초월자의 주의를 끌지 않도록, 필사적으로 풍경에
녹아 들어간다. 세상의 멸망을 미연에 방지한다는 사명을
짊어진 마술사답지 않은, 영 미덥지 못한 모습이었다.

　하지만, 그들을 겁쟁이라고 비난할 수 있는 사람은 많지
않을 것이다.

　왜냐하면—.

　"으, 음…… 그럼, 소개하겠습니다. 오늘부터 여러분과
함께 공부하게 된 편입생, 쿠오자키 사이카 님— 아니,

사, 사이카 양……입니다."

이 학원의 수장이자, 세계 최강의 마술사.

극채의 마녀, 쿠오자키 사이카가 한 명의 학생으로 이 반에 편입했으니 말이다.

"아, 응. 다들, 잘 부탁해."

겉보기에는 학생들과 나이가 비슷해 보였다. 윤기 넘치는 머리카락을 지닌, 눈부시게 아름다운 미소녀다. 익숙하지 않은 저 교복도, 멋지게 소화하고 있다. 만약 이 교실이 그녀를 모르는 이들로 구성되어 있었다면 저 자태를 보고 한눈에 반하는 이가 속출했을 것이다.

하지만 그녀가 지닌 농밀한 마력이, 뇌리에 새겨진 그녀의 전설이, 소름 돋을 만큼 아름다운 극채색의 두 눈이, 그들에게 그것을 허락하지 않았다.

'……학원장님이 학생으로 편입……? 대, 대체 목적이 뭐지……?'

'설마, 장래성이 있는 학생을 찾으려는 걸까……? 그럼 어떻게든 눈에 들어야 해……!'

'하지만, 만에 하나라도 기분을 상하게 했다간…….'

학생들의 소리 없는 외침이 교실 안을 가득 채웠다.

학생들에게 사이카를 소개하는 임무를 맡은 교사 또한, 아까부터 몸을 희미하게 떨고 있었다. 이 교실에 있는 이들 중에서 가장 긴장한 것처럼 보일 정도였다.

바로— 그때였다.

"……더는, 못 참겠어요."

자리에 앉아 있던 고지식해 보이는 여학생이, 더는 못 참겠다는 듯이 자리에서 일어난 것이다.

"""앗……!!"""

그 모습을 본 다른 학생들, 그리고 담임 교사가 숨을 삼켰다.

"……윽! 아, 안 돼, 후야죠! 참아!"

"참으세요! 상대는 마녀님이세요!"

"모처럼 쌓은 커리어를 전부 내다 버릴 거야?!"

그리고, 그 여학생을 말리는 목소리가 주위에서 들려왔다.

하지만 그 여학생은 결의와 각오에 찬 표정을 짓더니, 힘찬 발걸음으로 사이카를 향해 걸어갔다.

"마녀님."

"응. 무슨 일이야?"

사이카가 고개를 갸웃거리자, 여학생은 귀기 어린 표정으로 스마트폰을 꺼내 들었다.

"—사진 한 장, 찍어도 될까요……?"

그리고 이마에 땀방울이 맺힌 채, 볼을 붉히며 그렇게 말했다.

그 말에, 학생들은 『사고쳤어……』라고 말하는 듯한 표정으로 머리를 감싸 쥐었다.

그렇다. 〈정원〉 고등부 2학년 1반의 학생이자, 〈기사단〉의 일원인 후야죠 루리.

예절 바르고 성적도 우수한 그녀는— 쿠오자키 사이카의 굉장한 팬인 것이다.

"후…… 후야죠 양! 그건 실례야! 자리에 앉으렴!"

그제야 담임인 쿠리에다 토모에가 다급히 루리를 제지했다.

20대 중반의 여성 교사인 그녀는 키가 사이카보다 머리하나 정도 컸다. 하지만 유약해 보이는 표정 때문인지, 떨리는 목소리 때문인지, 혹은 둘 다인지, 어딘가 미덥지 못해 보였다.

"……죄송해요, 선생님. 실례라는 건 알고 있어요. 하지만, 여자에겐 안 된다는 걸 알면서도 싸워야만 할 때가 있어요……!"

"아니, 그게 대체 어떤 때인데?! 학원장님 앞에서 문제 행동을 저지르지 말아주겠니?! 내, 내 책임 문제가 되면 어쩔 건데!"

토모에가 비명에 가까운 목소리로 고함을 질렀다. 학생들이 「그게 본심이냐……」라는 의미의 눈길로 쳐다보고 있었지만, 토모에는 눈치채지 못한 것 같았다.

"……확인 삼아 묻겠는데, 이대로 선생님의 지시에 따르지 않은 탓에 받게 되는 최악의 처분은 뭐죠?"

"뭐? 그, 그건…… 정학……일까?"

"흐음…….."

"아앗! 왜 「최악이 정학이라면 마녀님의 레어 사진을 선택하자」 같은 결의로 가득 찬 표정을 짓는 건데!"

"말리지 마세요! 마녀님의 교복 차림은 흔히 볼 수 있는 게 아니라고요! 이 모습을 후세에 남기지 못한다면, 저는 내일의 저를 볼 면목이 없어요……!"

"안 돼애애애애애! 그럴듯한 소리 늘어놓으면서 내 평가 떨어뜨릴 짓 좀 하지 마아아아앗!"

토모에가 울상을 지으면서 루리의 어깨를 흔들었다. 하지만 루리는 그 자리에서 한 걸음도 움직이지 않았다. 몸이 정말 튼튼한 것 같았다.

하지만 그런 광경을 보면서도, 사이카는 그저 미소를 머금었다.

"그래. ―좋아. 마음 놓고 얼마든지 사진을 찍어."

그리고, 크게 고개를 끄덕이며 그렇게 말했다.

"마, 마녀님……?"

"그래도 되나요?!"

"응. 교복 차림의 사이카 씨…… 이 모습은 귀하니까. 그 심정은 이해해. 이해하고말고. 역시 취향이 비슷한 걸까. 솔직히 나도 오늘 아침에 쿠로에가 말리지 않았다면 셀카를 찍었을 거야."

"네?"

"아니, 그것보다 사진을 찍고 싶댔지? 괜찮아. ―나중에 나도 주겠어?"

"아! 네! 무, 물론이죠!"

표정이 환해진 루리는 마치 프로 카메라맨처럼 스마트폰을 들더니, 다양한 각도에서 사이카를 촬영했다.

"마녀님! 이쪽, 이쪽을 쳐다봐 주세요!"

루리가 흥분한 어조로 그렇게 외쳤다. 그러자 사이카 또한 즐거운 듯이 포즈를 취했다.

"훗, 이러면 될까?"

"꺄아, 멋져요! 미의 화신! 머리부터 발끝까지 전부 아름다워요!"

"그럼 이런 포즈는 어떠려나?"

"끝내줘요! 정말 끝내줘요, 마녀님! 아름다워요! 얼굴 천재!"

"그리고 창틀에 기대며 애수에 찬 표정을 짓는 쿠오자키 사이카."

"끼야아아아앗?! 어떠케…… 어떻게 제가 빠라는 뽀즈를 아씨는 꺼예요오오오오―?!"

이리하여, 교실 한편에서 촬영회가 열리고 말았다.

최강의 마술사인 쿠오자키 학원장이 남들 앞에서 즐거운 듯이 차례차례 포즈를 취했고, 그것을 촬영하는 평소엔 진지 그 자체인 기사의 안면에서는 다양한 물이 흘러내리고 있었다.

아직도 당혹감에서 벗어나지 못한 학생들은, 눈앞에서 펼쳐지는 광경을 보며……

'대체 무슨 일이 벌어지고 있는 거지……?'

'우리는 시험당하고 있는 건가……?'

'마술사의 힘은 정신의 힘…… 당황하면 안 돼…….'

더욱 큰 혼란에 빠져들어 갔다.

―시간을, 조금 거슬러 올라가겠다.

"……으음, 그럼 설명해줄래요? 쿠로에. 왜 내가…… 아니, 사이카 씨가 학생으로서 학원에 다녀야 하는 거죠? 사이카 씨는 이곳의 학원장이잖아요?"

정례회 후, 학원장실로 돌아간 무시키는 쿠로에에게 물었다.

그러자 쿠로에는 크게 고개를 끄덕이며 대답했다.

"아까 말씀드렸다시피, 당신은 현재 사이카 님과 합체한 상태입니다."

"네."

"한시라도 빨리 두 사람을 분리하고 싶습니다만― 그건

쉬운 일이 아닙니다. 그렇다면, 그 전에 어떻게든 해야만 하는 일이 있죠."

"예의 습격자…… 말이군요?"

무시키가 그렇게 말하자, 쿠로에는 수긍했다.

"당시 상황을 모르긴 하지만, 사이카 님께 해를 입힌 상대입니다. 만약 사이카 님께서 깨어나시기 전에, 지금의 당신이 습격을 받는다면—."

"……"

무시키는 긴장 탓에 땀을 흘리며 침묵했다.

말을 끝까지 듣기도 전에, 이해하고 만 것이다.

만약 범인이 다시 나타난다면, 무시키는 저항도 못 해보고 살해당하리라.

그리고 그것은 쿠오자키 사이카의 완전한 죽음을 의미했다.

"그러니 우선 무시키 씨는 마술을 자유자재로 다룰 수 있게 되어주셔야겠습니다. 예의 습격자가 다시 나타났을 때, 대항할 힘을 지니지 못해선 허무하게 당하고 말 테니까요."

"마술…… 안비에트 때 같은 일을 기대해선 곤란해요. 나도 뭘 어떻게 한 건지 모른다고요."

"안심하시길. 이 〈정원〉은 마술의 사용법을 가르치는 마술사 양성 기관입니다. 마술을 배우는 데 있어, 이곳보다 적절한 장소는 없죠."

"아니, 갑자기 그런 소리를 해도 곤란한데……. 아무리 마술을 배우더라도, 나 같은 게 사이카 씨만큼 마술에 능숙해질 리가—."

"그러고 보니……."

무시키가 망설이는 듯한 발언을 하려고 하자, 쿠로에가 그것을 끊듯 말을 이어갔다.

"〈정원〉의 학생 된 사람에게는 예외 없이 교복이 지급됩니다. 특수 섬유를 영사(靈絲)로 만들어서 물리적 및 마술적으로 강인한 그 옷은 현대 마술사의 법의라고 해도 과언이 아니죠. 그리고 견장 끝에는 현대 마술사의 지팡이인 리얼라이즈 디바이스가 장착되어 있습니다. 무시키 씨도 교복을 입은 학생을 본 적이 있을 겁니다."

"……네? 갑자기 무슨 소리를 하는 거예요? 그게 대단한 옷인 게 나와 무슨—."

"—〈정원〉의 교복은 사이카 님께 참 잘 어울릴 테죠."

"다닐게요."

본인도 놀랄 만큼 주저 없는 대답이었다.

무시키는 자기도 모르는 사이에 고개를 끄덕이며 마술학교에 다니겠다는 뜻을 밝혔다.

"……."

"쿠로에, 왜 그래요?"

"······아뇨. 제가 이런 말을 하는 것도 좀 그렇지만, 너무 뜻대로 풀리니 좀 복잡한 기분이 듭니다."

쿠로에는 「······뭐, 중요한 건 결과죠」 하고 자기 자신을 이해시키려는 듯이 중얼거렸다.

"무시키 씨는 내일부터 〈정원〉에 다녀주십시오. 무시키 씨가 『밖』에서 다니던 학교와 부모님에게는 저희 쪽에서 손을 써둘 테니 걱정하지 마시길."

"손을 쓴다는 게 무슨······."

"걱정하지 마시길."

쿠로에는 질문을 허락하지 않는다는 듯이 그렇게 말했다. ······신경이 아예 안 쓰인다면 거짓말이겠지만, 이런 몸으로는 원래 있던 곳으로 돌아가는 건 어려운 만큼 믿어볼 수밖에 없다.

"반은······ 그래요. 고등부 2학년 1반이 좋겠군요."

"무슨 이유라도 있나요?"

"네. 2학년 1반에는 기사, 후야죠 루리가 있습니다. 학생이면서도 〈기사단〉의 일원이 된 천재죠. 언제 또 습격당할지 모르는 만큼, 강한 마술사를 곁에 둬도 나쁠 건 없으리라고 생각합니다."

"아— 루리가 있는 반이군요. 그 녀석, 그렇게 대단해졌나요."

"······흐음?"

무시키가 납득한 것처럼 그렇게 말하자, 쿠로에는 의아하단 듯이 고개를 갸웃거렸다.

"그러고 보니 무시키 씨는 그녀를 아시는 것 같더군요. 지인입니까?"

"아, 그게─. 동생이에요."

"……네?"

기나긴 침묵 후.

쿠로에가 당황한 목소리로 그렇게 말했다.

"동생분, 이라고요? 다름 아닌 후야죠 루리가 말입니까?"

"아, 네. 뭐, 한참 전에 부모님이 이혼하신 후로 몇 년 동안 만나지 못했지만요. 생이별이란 거죠."

"……생이별한 동생과 마술사 학원에서 재회했는데, 반응이 너무 밋밋한 것 아닙니까……?"

"하아. 그야 현재 내 몸은 사이카 씨의 모습을 하고 있잖아요. 깜짝 놀라며 재회를 기뻐할 수도 없다고요."

"그건 그렇습니다만…… 이지적인 건지, 형편없는 건지 알다가도 모를 사람이군요."

쿠로에는 이해가 안 된다는 듯한 표정을 지었지만, 곧 마음을 다잡으며 말을 이었다.

"아무튼, 무시키 씨는 사이카 님으로서 고등부 2학년 1반에 편입해주십시오. ─하지만, 주의해야 하는 점이 몇 가지 있습니다."

"뭔데요?"

무시키가 묻자, 쿠로에는 검지를 세웠다.

"우선 첫 번째는— 당신이 사이카 님이 아니라는 사실을 절대 들켜선 안 된다는 겁니다."

"아…… 그야 그렇죠. 사이카 씨의 명예를 생각하면 말이에요."

"그것도 그렇습니다만, 가장 큰 이유가 따로 있습니다."

"뭔가요?"

"적이 이미, 사이카 님의 생존을 눈치챘을 가능성이 있기 때문입니다."

쿠로에가 그렇게 말하자, 무시키는 「……그렇군요」 하며 고개를 끄덕였다.

죽었다고 여긴 상대가 살아있다. 게다가 그 상대는 세계 최강이라 불리는 마술사다. 자기가 모르는 방법을 써서 목숨을 건진 걸지도 모른다. —그것은 적에게 있어 경계하지 않을 수 없는 사안이리라. 다시 습격하더라도, 신중하게 일을 진행할 수밖에 없다. 그리고 거기까지 걸리는 시간이야말로, 이쪽에 있어 유예 기간이다.

하지만, 무시키의 현재 상황이 알려진다면, 적은 주저 없이 덤벼들 것이다. 그것도 그럴 게 지금 이 자리에 있는 건, 사이카의 모습을 한 일반인이다. 습격자가 어디 숨어 있는지 모르는 만큼, 언동에는 주의를 기울여야만 한다.

하지만, 그러기 위해서는 커다란 문제가 하나 있다.

"물론 노력은 하겠지만…… 나는 사이카 씨에 대해 잘 알지는 못해요."

"알고 있습니다."

쿠로에는 무시키의 우려를 이해했다는 듯이 고개를 끄덕였다.

"사이카 님의 기록 영상을 준비하겠습니다. 최대한 사이카 님의 언동을 익혀 주십시오."

"어, 정말요?!"

무시키가 환한 표정으로 몸을 쑥 내밀자, 쿠로에는 약간 질색하는 듯한 표정을 지었다.

"보여드리면 안 될 듯한 느낌이 듭니다만…… 상황이 여의치 않으니까요. ―하룻밤만 빌려드리겠습니다. 겉모습만이 아니라, 사이카 님이 『되어』 주십시오."

"사이카 씨가 『되어라』……는 거군요."

"무리한 말이라는 건 압니다. 당신이란 인간의 존엄에 대한 무례라는 것도 말이죠. 하지만 지금은―."

"가슴이 두근거리네요."

"아, 네. 저도 학습 능력이 참 떨어지는군요."

무시키가 볼을 살짝 붉히며 그렇게 말하자, 쿠로에는 어처구니없다는 듯한 눈빛을 머금으며 땀을 삐질삐질 흘렸다.

"……예상과는 다른 반응입니다만, 이쪽으로서는 감사

한 일이죠. ─다시 확인하겠습니다만, 학원에 다니는 동안에는 당신이 진짜 사이카 님이 아니란 사실을 누구에게도 들키면 안 됩니다. 알겠습니까?"

"네, 맡겨주세요. 이건 전부 사이카 씨를 위한 일이니까요."

쿠로에가 다짐을 받듯 그렇게 말하자, 무시키는 힘차게 고개를 끄덕였다.

"……."

조례가 끝난 후…….

무시키는 지정된 자리에 앉아서 아무 말 없이 팔꿈치를 책상에 올려놓더니, 이마에 손가락을 댔다.

이유는 단순했다. 어제 쿠로에와 굳게 약속했는데도, 수업이 시작되기도 전에 느닷없이 촬영회가 개최된 것이다.

물론 조심은 했다. 무시키는 등교하면서, 쿠오자키 사이카처럼 행동하려고 조심했다.

하지만 루리가 촬영을 요청한 순간 「아, 나도 사진 가지고 싶어」라고 생각해서, 그대로 무의식적으로 다양한 포즈를 취하고 말았다. 솔직히 말해 이렇게 반성하고 있는 지금도, 사진이 정말 기대됐다.

……그리고 변명을 들어줬으면 한다. 루리는 사이카의

제자 격이며, 직할 기관에도 소속되어 있다. 그런 이의 부탁을 딱 잘라 거절하는 것도 사이카답지 않은 행동 아닐까. 지금 생각해 보니, 사이카가 사진을 거절할 것 같지는 않았다. 그렇다면 이 선택은 결과적으로 옳지 않을까. 하지만 『산들바람에 머리카락이 휘날리는 쿠오자키 사이카』를 찍기 위해, 머리카락이 멋지게 휘날릴 때까지 계속 찍어댄 것은 좀 과했을지도—.

"……아냐."

거기까지 생각한 무시키는 그렇게 중얼거렸다. 이대로 내버려 뒀다간, 머릿속에서 리틀 무시키들의 사이카 해석 회의가 시작될 것 같았다.

여러모로 반성해야 할 부분이 있지만, 이미 지나간 일을 가지고 고민하는 것도 사이카답지 않다. 중요한 건 이제부터다. 무시키는 그렇게 생각하며 바른 자세로 고쳐 앉았다.

"마녀님!"

무시키가 결의를 새롭게 다지고 있을 때, 목소리가 들려왔다. —루리다.

"아, 루리."

무시키가 고개를 돌리자, 루리는 손에 쥔 것을 책상 위에 내려놨다.

"이건 뭐야?"

"아까 촬영한 사진이에요! 원하시는 것 같아서 서둘러서 현상했어요!"

"흐음. 꽤 빠른걸."

무시키는 태연한 척 그것을 넘겨받았다.

마음 같아서는 덩실덩실 춤을 추고 싶지만, 일단은 참았다.

"네! 휴대용 프린터는 소녀의 7대 도구 중 하나니까요! 아까 선생님이 이야기하실 때, 책상 밑으로 몰래 프린트했어요!"

루리는 눈을 반짝이며 가슴을 폈다.

그러자 등 뒤에서 쓴웃음 섞인 목소리가 들려왔다.

"루리…… 일단 조례도 〈정원〉의 교육 과정이거든? 그리고 선생님을 너무 괴롭히진 마."

고개를 돌려보니, 〈정원〉의 교복을 입은 학생 한 명이 눈에 들어왔다. 어깻죽지까지 기른 머리카락을 세심하게 땋은 상냥한 인상의 소녀였다. 지금은 곤란한 듯이 미간을 살짝 찌푸리고 있었다.

"응. 알아."

루리가 구김 없는 눈길로 쳐다보며 고개를 끄덕이자, 그녀는 땀을 삐질삐질 흘렸다.

"그래……. 알면서 그러는 거구나……. 정말. 평소에는 내가 주의를 받는 편인데, 루리는 마녀님과 얽힌 일이면 이렇게 된다니깐……."

"그야 마녀님의 교복 차림이잖아? 다시 한번 말하는데,

마녀님의, 교복 차림이잖아? 이런 기적은 평생에 한 번 있을까 말까 해. 이해했어? 한 번 더 말해줄까?"

"아, 아냐……. 괜찮아. 열의는 이해했거든."

루리가 열띤 어조로 그렇게 말하자, 소녀는 한 걸음 물러났다. 그 모습을 본 무시키는 작게 웃음을 흘렸다.

"미안해. 내 변덕 때문에 폐를 끼친 것 같네. 으음—."

"아……! 소, 소개가 늦었어요. 나게카와 히즈미라고 해요. 루리와는 기숙사에서 같은 방을 써요……."

히즈미라고 자기 이름을 밝힌 소녀는 허둥지둥 고개를 숙였다. 무시키는 살며시 고개를 저었다.

"그렇게 예의를 차리지 않아도 돼. 지금의 나는 학원장이 아니라 네 클래스메이트거든. 내가 모르는 게 있으면 가르쳐줬으면 해."

"아, 네……."

무시키가 그렇게 말하자, 히즈미는 황송하다는 듯이 어깨를 움츠렸다.

그러자, 두 사람의 대화를 듣고 있던 루리가 삐친 듯이 볼을 부풀렸다.

"루리?"

"저도, 할 수 있어요."

"뭐?"

"히즈미가 더 잘 가르치는 건 맞거든요? 하지만 저도 마녀님께 도움이 될 수 있거든요? 바라신다면 항상 곁에 붙어 다니며 학원생활을 완벽하게 서포트해 드릴 수도 있거든요?"

그렇게 말한 루리는 팔짱을 끼며 고개를 휙 돌렸다. 아무래도 삐친 것 같았다.

"하하. 토라지지 마. 루리한테도 의지하고 있거든."

그런 알기 쉬운 반응을 본 무시키는 무심코 쓴웃음을 지었다. —왠지, 옛날 일이 생각났다.

생각해 보니, 이렇게 얼굴을 마주한 건 대체 몇 년 만일까. 무시키의 기억 속에 존재하는 건, 어릴 적 그녀의 모습이었다. 그리고 보니, 지금보다 머리카락도 꽤 짧았던 것 같다.

설마 이런 곳에서, 그것도 다른 사람이 된 상태에서 재회하게 될 줄은 꿈에도 몰랐지만—

"……마녀님? 제 얼굴에 뭐라도 묻었나요?"

루리는 의아하다는 듯이 무시키의 얼굴을 들여다봤다.

아무래도 한참 동안 감회에 젖어 있었던 것 같다. 무시키는 얼버무리듯 고개를 저었다.

"아니, 그게— 머리카락이 참 아름답단 생각이 들었거든. 머리카락이 짧을 때도 귀여웠지만, 긴 머리카락도 잘 어울려."

"어머나."

무시키가 그렇게 말하자, 루리는 볼을 붉혔다.

"마녀님은 칭찬도 참 잘하시네요. 맞아요. 옛날에는 단발이었는데, 오라버니가 『머리카락이 긴 여자애가 좋다』고 해서 기르기 시작—."

바로 그때, 루리는 뭔가는 눈치챈 것처럼 고개를 갸웃거렸다.

"어? 마녀님께 제가 단발이었을 적의 사진을 보여드린 적이 있던가요?"

"아—."

무시키는 그 말을 듣고 짤막하게 신음을 흘렸다.

—또 실수를 저질렀다. 아무래도 그것은 사이카가 모르는 정보 같았다.

하지만 이 상황에서 허둥지둥 둘러대는 것도 사이카답지 않다. 무시키는 긴장 탓에 격렬하게 뛰는 심장을 무시하며, 우아하게 윙크했다.

"훗— 나는 루리에 대한 거라면 뭐든 다 알고 있어."

"꺄아—!"

무시키가 그렇게 말하자, 루리는 심장을 꿰뚫린 것처럼 가슴을 움켜쥐었다.

그리고 그대로 비틀거리더니, 숨을 헐떡이며 근처 책상을 손으로 짚었다.

"여, 역시 마녀님…… 하마터면 날름날름할 뻔했어……."

루리가 손등으로 입가를 닦았다. 그 모습을 본 히즈미는 쓴웃음을 지었다.

루리 덕분에 어찌어찌 얼버무렸다. 무시키는 두 사람 몰래 가슴을 쓸어내렸다.

◇

"—두 번째 주의점은, 마력 취급에 관해서입니다."

또 시간을 거슬러 올라가, 학원장실.

첫 번째 주의점을 설명한 후, 쿠로에는 두 번째 손가락을 세우며 그렇게 말했다.

"마력 취급……인가요. 그게 뭔지도 잘 모르는데요……."

"살아있는 존재에게 깃든 에너지라고 생각하면 됩니다. 크게 나누자면 세상을 가득 채우고 있는 외재 마력과 개개인에게 깃든 내재 마력으로 분류할 수 있죠. 각각 대마력, 소마력이라고도 부릅니다."

쿠로에는 손짓을 가미하며 설명을 이어갔다.

"세세한 설명은 생략하겠습니다만— 사이카 님의 내재 마력은 일반인을 아득히 능가합니다. 일반 마술사가 외재 마력에 의존해야만 사용할 수 있는 규모의 마술을, 개인의 힘만으로 발동시킬 수 있을 정도죠."

"대단하네요. 역시 사이카 씨예요."

"네. 대단한 일입니다. 하지만 지금은 그 폭포처럼 방대한 마력이, 제어되지 않으며 항상 방출되고 있죠. ―몸 주위에 있는 뭔가가 보이지 않습니까?"

"……네?"

그 말을 듣고, 양손을 쳐다봤다.

주의 깊게 쳐다보니, 몸 주위가 어렴풋이 빛나고 있다는 것을 알 수 있었다.

"어…… 이게 뭔가요?"

"그게 바로 사이카 님의 마력입니다. 제 말을 듣고 그 존재를 의식하면서, 느낄 수 있게 된 거죠."

"어, 이렇게 간단히 볼 수 있는 건가요?"

"설마요. 원래라면 마력을 감지하는 데만 젊은 나이에도 평균적으로 1년가량 걸립니다. 지금 당신의 눈은 사이카 님의 눈이란 사실을 잊지 마시길."

쿠로에는 주의를 주듯 그렇게 말했다.

"뛰어난 마술사에게는 당신의 현재 마력을 감지당하고 있다고 여기십시오. 다행인지 불행인지 사이카 님은 얼마 전에 목숨이 노려졌으니, 항상 주의를 경계하고 있는 거라 여겨지겠습니다만…… 계속 이러고 있을 수는 없겠죠."

"그건 그래요……. 사이카 씨가 질질 흘리고 다니는 건 좀 그렇네요."

"표현에 문제가 있는 듯합니다만, 아무튼 맞는 말씀입니다. 우선 그 마력을 체내에 억누르는 감각을 익혀— 아니, 『떠올려』 주십시오.”

“떠올리라는, 건가요.”

무시키는 그 기묘한 표현을 듣고 팔짱을 꼈다.

“네. 방금 마력 감지에 성공한 것처럼, 그것들은 사이카 님이 원래 지니고 계셨던 능력입니다. 하지만 지금 몸을 조종하는 당신이 그 감각을 모르기에, 그 힘이 발동하지 않는 거죠. 필요한 건 자각과 인식입니다.”

하지만, 하고 쿠로에는 말을 이었다.

“마력이란 것은 그 자체가 강력한 에너지이기도 합니다. 주문과 진, 술식을 이용하지 않더라도, 그냥 모아서 던지기만 해도 상당한 파괴력이 발생하죠. 게다가 그것이 세계 최강이신 사이카 님의 마력이라면—.”

쿠로에는 위협적인 어조로 그렇게 말한 후, 부디 주의해 주십시오, 란 말로 끝맺었다.

—1교시, 강의 수업.

당연하다면 당연하겠지만, 수업 시간에도 교실 안의 분위기에는 변함이 없었다.

아니, 굳이 따지자면 조례 때보다 한층 긴장감이 감돌았다.

““““…….””””

대놓고 쳐다보는 이는 없었지만, 교실 안에 있는 이들 전원이 무시키의 일거수일투족에 주의를 기울이는 것이 느껴졌다. 만약 무시키가 기침이라도 한다면, 놀라서 의자에서 굴러떨어지는 학생이 있을지도 모른다.

"……."

무시키는 거북한 느낌을 받으며, 작게 한숨을 내쉬었다.

그러자 옆자리에 앉아있던 루리가 다른 이들에게 들리지 않도록 작은 목소리로 말을 건넸다.

"―이해해 주세요. 다들 긴장해서 저러는 거예요."

그렇게 말한 후, 미소를 머금었다.

참고로 루리는 조례 때까지 떨어진 자리에 앉아 있었지만, 수업이 시작될 시점에는 무시키의 옆자리에 앉아있었다.

원래 이 자리에 앉아 있던 학생은 아까까지 루리가 앉아 있던 자리에 앉아서 부들부들 떨고 있었다. 대체 어떤 식으로 교섭을 한 것일까.

"……응. 그건 알아. 하지만 불가사의한 기분인걸. 눈에 보이지 않는 손이 내 온몸을 매만지고 있는 느낌이야."

"뭐, 어쩔 수 없겠죠. 마녀님이 이렇게 가까운 곳에 계신걸요. 의식하지 말라는 게 무리 아닐까요."

"그래. ……그런데 눈에 보이지 않는 손이 내 온몸을 매만지고 있단 표현 말인데, 좋은 표현은 아니란 생각이 들면서도 왠지 가슴이 두근거리지 않아?"

"어, 제 생각을 읽으셨어요?"

루리는 볼을 붉히면서 눈을 동그랗게 떴다.

무시키는 그녀가 천재라 불리는 이유 중 하나를 안 듯한 느낌이 들었다.

"—으, 으음…… 그럼 마음을 다잡고 수업을 시작할게."

전혀 마음을 다잡지 못한 듯한 투로 그렇게 말한 이는 교탁 앞에 선 이 반의 담임 교사, 쿠리에다 토모에였다. 아무래도 1교시 수업은 그녀가 담당하는 것 같았다.

그녀가 떨리는 손가락을 등 뒤의 보드에 대자, 그곳에 어렴풋한 빛이 맺혔다. 아무래도 전자 칠판 같았다.

학생들의 책상 위에는 태블릿 단말이 놓여 있었다. 근대적— 아니, 근미래적이라고 해도 과언이 아니다. 『마술학원』이란 단어를 듣고 무시키가 상상했던 것과는 동떨어진 광경이었다.

참고로 쿠로에에게 그런 점에 대해 물어보니 「……네? 전기로 해결할 수 있는데, 왜 일부러 마술을 써야 하죠?」 하며 의아하다는 투로 대꾸했다. 찍소리도 못 했다.

"—그, 그럼 어제 수업 내용을 이어갈게. 마술 역사에서의 5대 발견과 변혁에 관해……."

토모에가 희미하게 떨리는 손가락으로 칠판을 조작하면서 수업을 시작했다.

학생들은 무시키의 반응에 주의를 기울이면서, 태블릿

을 쳐다보거나 메모를 하기 시작했다.

"⋯⋯다들 알다시피, 마술의 역사는 대략 다섯 세대로 구분돼.『마력의 발견』,『주문의 사용』,『진과 그림의 사용 및 물질에의 부여』─."

"⋯⋯흐음."

그런 수업을 들으면서, 무시키는 턱을 살며시 쓰다듬었다.

당연하다면 당연하겠지만, 토모에의 이야기를 전혀 알아들을 수가 없었다.

하지만, 무시키도 시간을 낭비할 수는 없다. 그도 그럴 것이 무시키와 사이카, 두 사람의 목숨이 걸려 있는 것이다.

무시키는 수업을 방해하는 것을 미안하게 여기면서도, 슬그머니 손을 들었다.

"저기─ 잠시 실례해도 될까?"

"""⋯⋯!"""

그 순간, 교실 안의 모든 시선이 무시키에게 쏠렸다.

안 그래도 날 서 있던 분위기가 더욱 날카로워지더니, 학생들의 표정에도 긴장감이 흘렀다.

대체 학원장이 무슨 말을 하려는 걸까. ─그 일거수일투족을 놓치지 않기 위해, 다들 마른침을 삼키며 무시키의 동향을 살폈다.

"히익─ 호, 호호호혹시 미진한 부분이라도 있었나요⋯⋯?!"

토모에는 금방이라도 울음을 터뜨릴 듯한 표정으로 어깨를 움츠리더니, 온몸을 부들부들 떨었다.

이런 말은 좀 그렇지만, 차가운 비를 맞으며 떨고 있는 버려진 애완동물 같아 보였다.

"아니, 그게, 좀 묻고 싶은 게 있어서 말이야."

"아, 네……. 뭐, 뭔가요……?"

토모에는 겁먹은 태도로 그렇게 물었다.

무시키는 남들이 웃을지도 모른다고 여기면서, 그 질문을 입에 담았다.

"매우 초보적인 질문이라 미안하지만…… 마술이란 무엇인지, 간단히 설명해주지 않겠어?"

"""──?!"""

무시키의 질문에…….

교실 안이 술렁거리며 소란스러워졌다.

"……마, 마술이란…… 무엇인지……?"

"말 그대로의 의미일 리가 없어……. 이건 간단해 보이지만 실은 매우 심오한 질문이야……!"

"마술의 근간을 묻는 철학적 명제……『인간이란 무엇인가』란 질문에 버금가……!"

"학회 같은 데서 흔히 하는 거야! 기초적인 질문을 해서 _{이제부터 너를 작살내} 죄송합니다만! 저는~ 마술 같은 거~ 잘 몰라요~!"
_{버리겠어}

"선생님, 조심해요……! 마녀님의 질문…… 틀린 대답을

했다간—."

무시키의 질문을 오해한 학생들의 말이 교실 곳곳에서 들려왔다. 본인들은 작게 말했다고 생각할지도 모르지만, 전부 들렸다.

이런 목소리를 들은 건지, 들을 것도 없었던 건지는 모르겠지만 토모에의 얼굴이 시뻘겋다 못해 새파랗게 질렸다.

일단은 대답을 하기 위해 생각에 잠긴 것 같지만, 이윽고 온몸의 수분을 땀으로 다 배출할 듯이 식은땀을 흘리면서 교탁에 이마가 닿을 정도로 고개를 조아렸다.

"……으, 죄, 죄죄죄죄, 죄송합니다, 마녀님……! 저는 마녀님의 심오하기 그지없는 질문에 답하기엔 아직 학식이 짧아요……! 부디, 부디, 목숨만은……!"

"아, 평범한 내용만 알려주면 되는데……."

무시키는 당혹스러운 표정을 짓더니, 그렇게 중얼거리며 볼을 긁적였다.

그러자 토모에는 무시키의 낯빛을 몇 번이나 힐끔힐끔 살핀 후, 머뭇머뭇 고개를 들었다.

"저, 정말 평범한 내용이면 될까요……?"

"그래. 초보자라도 알 수 있는 식으로 부탁해."

"그, 그럼, 잠시 실례하겠어요……."

토모에는 머뭇거리며 설명을 시작했다.

"마, 마술이란, 마력을 통해 다양한 현상을 일으키는 기술의 총칭이에요……. 다양한 종류가 존재하며, 이 〈정원〉에서 주류인 것은 마력을 물질화시키는 현현술식이죠…… 여, 여기까지는 맞죠……?"

토모에가 불안한 표정으로 학생들을 쳐다봤다. 다들 『괜찮아』, 『파이팅』이라는 듯이 고개를 끄덕였다.

"……."

하지만 무시키는 표정을 굳히며 턱을 쓰다듬었다. ─솔직히 말해, 잘 이해가 되지 않았다.

"구체적인 방식을 가르쳐주겠어? 가장 기초적인 것이면 돼."

"어……? 아, 네……."

토모에는 머뭇머뭇 손을 들더니, 검지를 세웠다.

"제가 옛날에 배운 것은, 이렇게 손가락을 돌리면서 거기에 마력을 휘감는 연습법이었어요. ……손가락을 막대, 마력을 솜사탕이라고 상상하면 간단……."

그렇게 말한 토모에는 손가락을 빙글빙글 돌렸다.

유심히 쳐다보니, 그녀의 몸에 어렴풋이 감돌던 빛이 손가락으로 모여드는 듯한 느낌이 들었다.

"흠."

확실히 저 정도라면 할 수 있을 것 같았다. 쿠로에도 직감적으로 「할 수 있다」고 여겨지는 감각을 소중히 하라고 했다.

무시키는 토모에를 따라 하듯 손가락을 세우더니, 솜사탕을 상상하며 빙글빙글 돌렸다.

　그 순간.

　손가락 끝에 거대한 마력으로 된 솜사탕이, 쿠오오! 하는 소리를 내며 생성되나 싶더니—.

　그대로 토모에의 머리카락을 스치면서 전자 칠판에 작렬했다. 그리고 주위의 벽, 바닥, 천장을 도려내듯 소멸시켰다.

　"—어?"

　느닷없이, 교실 앞쪽에 원형의 커다란 구멍이 뚫렸다. 그 벽의 내부에 존재하던 전기 배선이 단선된 건지 교실의 전기가 꺼졌고, 벽의 단면에서 불똥이 튀었다. 그에 맞춰 밖에서 바람이 불어 들어오더니, 잘려 나간 토모에의 머리카락 일부가 그 바람에 흩날렸다.

　"히익—."

　사람은 진정으로 놀라면 비명조차 지르지 못한다고 한다.

　토모에는 눈이 까뒤집히더니, 실 끊어진 꼭두각시처럼 그 자리에서 쓰러졌다.

　"서, 선생니이이이이이이이임?!"

　"진짜로 기초 중의 기초를 가르치면 어떻게 해요오오오오오오오오!"

　"제발 화 푸세요, 마녀님……! 선생님은 마녀님을 무시한

게 아니에요……!!"

느닷없는 일에 얼이 나간 학생들은 쓰러진 토모에를 보고 정신을 차리며 그렇게 외쳤다.

그런 가운데, 무시키의 옆에 앉은 루리는 탄복한 것처럼 팔짱을 끼며 천천히 고개를 끄덕였다.

"단순 마력만으로 이만한 위력— 대단하세요, 마녀님. 아무리 마술이 복잡해지더라도, 기술을 과신해선 안 된다는 것이군요. 명심하겠어요."

루리가 자신만만한 어조로 그렇게 말하자, 비명을 지르고 있던 학생들이 「어…… 그런 거야……?」 하고 말하는 표정으로 무시키를 쳐다보았다.

"……."

물론 그런 건 아니다. 단순한 사고다.

하지만 최강의 마술사가 실수를 저질렀다고 여겨질 수는 없다.

"—홋. 다들 정진하도록 해."

무시키는 여전히 뻐끔거리는 심장을 어찌어찌 진정시킨 후, 태연한 척 극채의 마녀다운 한 마디를 입에 담았다.

……이 미션은 의외로 어려운 게 아닐까, 하고 무시키는 생각했다.

◇

—점심시간 이후의 5교시.

무시키는 클래스메이트와 함께, 연무장이라 불리는 시설로 이동했다.

그것은 〈정원〉 서쪽에 위치한 거대한 건조물이다. 낯선 문양이 새겨진 광대한 필드 주위를 낯선 기계가 감싸고 있었다. 계단식으로 된 관람석과 개폐식 천장. 체육관과 운동장이라기보단 스타디움이나 돔, 혹은 고대 로마의 콜로세움에 가까워 보였다.

정말 호화스러운 대규모 시설이었다. 원래라면 무시키도 필드 중앙에 서서, 주위를 둘러보며 탄성을 터뜨렸을 것이다.

하지만, 그러지는 않았다.

이유는 두 가지.

하나는 그것이 사이카답지 않은 행동이라서다.

다른 하나는— 무시키가 다른 것에 푹 빠져 있어서다.

"호오…… 오호라…… 이건 이것대로…….”

무시키는 작은 목소리로 그렇게 중얼거리면서, 자신의 모습을 내려다봤다.

그렇다. 5, 6교시는 실기 과목이며, 무시키는 아까까지 입고 있던 교복에서 움직이기 편한 운동복으로 갈아입었다.

반소매 상의와 끝자락이 긴 내의, 그리고 반바지. 촉감이 부드러운데도 교복과 같은 소재로 만들어서 그런지 꽤 튼튼해 보였다.

언뜻 보면 신비한 외모를 지닌 사이카에게 어울리지 않을 듯한 활동적인 복장이다. 하지만 그런 미스매치가 무시키도 상상하지 못한 사이카의 새로운 매력을 꽃피우는 것처럼 느껴졌다. 솔직히 말해, 이 자리에 전신 거울이 없다는 사실이 아쉬울 지경이었다.

무시키가 그런 생각을 하고 있을 때, 뒤편에서 숨을 헐떡이는 소리가 들려왔다.

"……윽! 운동복 차림의 마녀님……?! 이, 이런 게 존재해도 괜찮은 거야……?! 이건 기간 한정 가챠잖아……. 뽀, 뽑아야 해……!"

그 소리의 주인은 물론 루리였다. 무시키와 같은 운동복을 입었으며, 혼란에 빠진 것처럼 눈이 빙글빙글 돌고 있었다.

그대로 사진을 찍는 자세를 취했지만, 아무것도 손에 들고 있지 않았다. 루리는 아쉽다는 듯이, 연무장 바닥을 발꿈치로 걷어찼다.

"큭……, 왜 나는 지금 카메라를 가지고 있지 않은 거야?!"

"탈의실에 두고 와서 아닐까……."

루리의 뒤편에 선 히즈미가 볼을 긁적이며 그렇게 대꾸

했다.

"왜 두고 온 거야?!"

"실기 수업 시간이라서 아닐까……."

루리와 히즈미가 그런 이야기를 나누고 있을 때, 연무장 안쪽에서 한 남자가 나른한 듯한 발걸음으로 걸어왔다.

"하암……. 이봐. 빨리 모여라, 이 꼬맹이들아."

그렇게 말하면서, 졸린 듯이 하품을 했다.

그 모습을 본 무시키의 눈썹이 희미하게 움직였다.

그렇다. 연무장에 나타난 이는 어제 무시키와 대치했던 〈기사단〉의 일원, 안비에트 스바르나였다. 그러고 보니, 평상시에는 교사라는 이야기를 들었다.

어떻게 한 건지는 모르지만, 상처는 다 나은 것 같았다. 그의 몸에는 붕대가 감겨 있지 않았다.

어제는 바지에 조끼 차림이었던 그는 현재 검은색 천에 금색으로 선이 그어진 운동복을 입고 있었다. 목덜미와 손목에는 여전히 다양한 액세서리를 착용하고 있는 것을 보면, 딱히 운동에 적합한 복장처럼 보이지는 않았다.

"그럼 시작하자. 준비 운동을 마치면, 현현술식의 기초 수련부터—"

안비에트는 말을 갑자기 멈추더니, 무시키를 노려보았다.

"……아앙? 이봐, 쿠오자키. 인마, 이런 데서 뭐 하냐? 그것도 학생과 같은 복장을 하고 말이지. 이번에는 또 무슨 놀이를 하려는 건데?"

그렇게 말한 안비에트는 미간을 찌푸렸다.

무시키가 그 말에 대꾸하기도 전에, 루리가 허리에 손을 대며 한 걸음 앞으로 나섰다.

"어머나, 어제 일을 벌써 까먹은 건가요? 정례회에서 마녀님께서 말씀하셨잖아요? 학생으로서 이 학원에 다니시겠다고요."

"아앙? 그거, 진담이었던 거냐? 대체 무슨 속셈이야?"

안비에트는 한쪽 눈을 치켜뜨며 물었다.

하지만 무시키는 당황하지 않으며 옅은 웃음을 흘렸다.

"그게— 요즘 몸이 둔해진 것 같거든. 초심을 되찾기 위해 훈련을 할까 해. 학생들도 직접 살필 기회이고, 또한—."

그리고 연극하는 듯한 어조로 자신만만하게 웃음을 흘렸다.

"—교사의 능력이 내가 바라는 수준에 도달했는지, 사찰할 수도 있지 않겠어?"

"……아앙?!"

무시키가 그렇게 말하자, 안비에트의 이마에 힘줄이 불거졌다.

그런 반응을 보일 만도 했다. 빙빙 돌려서 안비에트가 능력 부족이라고 말한 것이나 다름없으니 말이다.

하지만, 그 반응을 노리고 있었다.

쿠로에의 말에 따르면, 루리는 사이카의 행동에 이의를 표하지 않는다고 한다. 엘루카는 이해해주고 있다. 안비에트는 시비를 걸어올지도 모르지만, 적당히 속을 긁어주면 얼렁뚱땅 넘어갈 것이라고 한다.

"좋다고. 하지만 그 전에 자기 입장을 또오오오오옥똑히 이해해줬으면 좋겠는걸. 이유야 어쨌든, 너는 지금 〈정원〉의 학생인 거야. 교사에 대한 말투가 그게 뭐냐고. 아앙?"

"뭐……! 안비에트, 당신—."

안비에트가 도발하듯 그렇게 말하자, 루리는 미간을 찌푸렸다.

하지만 무시키는 루리를 말리듯 손을 들어 보이더니, 옅은 미소를 머금으며 말을 이었다.

"—훗. 맞는 말이군요. 실례했어요, **선생님?**"

"……큭."

정중하면서도 어딘가 거만한 투로 그렇게 말하자, 안비에트의 얼굴에는 더욱 분노가 어렸다. 눈앞에 있는 상대가 저렇게 노려보니, 좀 무서웠다.

하지만 사이카라면 겁먹지 않을 것이다. 무시키는 긴장했지만, 그것을 겉으로 드러내지 않으려고 노력했다.

"……좋아. 네가 이렇게 나온다면, 철저하게 굴려주마. 나중에 울지 말라고!"

이윽고 안비에트는 그런 소리를 늘어놓더니, 뒤편으로

걸어갔다.

그리고 마른침을 삼키며 두 사람을 쳐다보던 학생들을 향해, 화난 목소리로 말했다.

"이봐, 꼬맹이들! 왜 멀뚱멀뚱 서 있는 거냐! 빨리 준비운동을 시작해!"

""""아, 네!""""

학생들이 일제히 대답하더니, 허둥지둥 줄을 서며 스트레칭을 시작했다.

아무래도 정해진 순서가 있는 것 같았다. 무시키는 앞에 있는 학생의 움직임을 흉내 내며, 손발을 움직였다.

그러자, 안비에트가 고함을 질렀다.

"대충대충 하지 말라고, 쿠오자키! 아킬레스건을 더 풀란 말이다! 부상은 방심에서 비롯된다고, 짜샤!"

"어? 아…… 미안해."

무시키는 그 말에 따라, 다리의 아킬레스건을 더 풀었다.

그러자 안비에트가 고함을 질렀다.

"끝났으면 운동장을 세 바퀴 뛰어! 농땡이 부리지 마!"

"그래—, 어? 세 바퀴면 돼?"

철저하게 굴려주겠다고 했으니 더 어려운 짓을 시킬 거라고 생각했다. 그래서 김샌 투로 그렇게 대꾸했다.

그러자 안비에트는 성큼성큼 걸어오더니, 불량배 만화의 한 장면처럼 노려봤다.

"너, 바보냐? 준비 운동이라고. 오버워크가 몸에 부담을 주다는 건 상식이잖아, 인마. 너, 교육자 맞냐? 무턱대고 횟수만 채우는 것보다, 한 번을 할 때 제대로 하는 거야. 손의 움직임과 보폭을 주의하라고, 인마!"

"으, 응."

무시키는 왠지 불가사의한 기분에 사로잡히며, 다른 학생들과 함께 운동장을 달렸다.

그런 무시키의 심정을 눈치챈 건지, 옆에서 뛰고 있던 히즈미가 쓴웃음을 머금으며 말했다.

"아하하……. 안비 선생님은 생긴 게 무섭고 말투도 거칠지만, 맞는 말만 하세요……."

그러자 루리가 태연한 표정으로 이어서 말했다.

"심성이 바른 사람인 거겠죠. 마녀님을 증오하더라도, 자기 학생이니 함부로 다룰 수 없단 딜레마가 묻어나고 있어요. 괜히 거친 척할 필요 없을 텐데 말이에요."

"……."

안비에트에 대한 무시키의 인상이 조금 달라졌다.

그러는 사이에 조깅이 끝났고, 학생들은 다시 연무장 한가운데에 모였다.

안비에트는 그 앞에 섰다.

"몸은 풀렸겠지? 그럼 바로 시작하겠다."

그렇게 말한 안비에트는 손에 쥔 금속제 공 같은 것을

던졌다.

 그러자 공 주위에 어렴풋한 빛이 깃들더니, 그 빛이 손발 같은 형태를 띠었다. 그리고 그대로 껑충껑충 뛰기 시작했다. 아무래도 이동식 과녁 같아 보였다. 이것도 마술의 일종일까. 참 불가사의한 기술이다.

 "우선— 후야죠. 너부터 해봐."

 "네."

 지명을 받은 루리가 한 걸음 앞으로 나섰다. 무시키를 본받은 건지, 아니면 평소 수업 때도 이런 건지는 모르겠지만 아까보다 말투가 정중했다.

 "그럼 마녀님, 저부터 할게요."

 "그래. 어디 실력 좀 볼까."

 무시키가 그렇게 말하자, 볼을 살짝 붉힌 루리는 「좋아!」하고 외치면서 의욕을 불태웠다.

 그녀는 의식을 집중시키려는 듯이 눈을 가늘게 뜨더니— 손을 앞으로 내밀었다.

 "〈천일불야성(千日不夜城)〉 제2현현— 【인황인(燐煌刃)】."

 그리고 그 말을 읊조린 순간—

 그녀의 머리에, 검푸른 빛으로 빛나는 문양이 두 개 생겨났다.

 —계문(界紋). 현현술식을 다룰 때 나타나는, 빛의 문양.

 사이카의 머리 위, 그리고 안비에트의 등에서 빛나던 빛의 고리와 같은 것이다. 하지만 루리의 그것은 천사의 고리나 후광이라기보단 일본식 투구에 달린 무시무시한 가면, 혹은 도깨비의 얼굴을 연상케 했다.

그리고 그 뒤를 이어 루리가 앞으로 내민 손이 빛나더니— 곧 길쭉한 무기 같은 것이 출현했다.

칼날 부분이 출렁이는 빛으로 된, 길고 거대한 왜장도(倭長刀). 루리는 그것을 가볍게 휘두르더니, 자루 부분을 허리춤에 고정하는 듯한 자세를 취했다.

"——."

그 몽환적인 모습을 본 무시키는 무심코 눈을 치켜떴다.

안비에트의 제2현현과 사이카의 제4현현은 어제 봤다.

하지만, 이렇게 제삼자의 위치에서 차분하게 현현을 관찰하는 것은 처음이었다.

"—준비됐어요."

루리는 차분한 어조로 그렇게 말했다.

그 말을 들은 안비에트가 손가락을 튕기자, 앞에서 대기하고 있던 공이 자유자재로 늘어나는 손발을 이용해 고속으로 이동하기 시작했다.

공격을 명중시키는 건 고사하고, 사진 찍기도 어려울 정도로 움직임이 빨랐다.

하지만, 루리는 당황하지 않으며, 날카로운 시선을 머금더니……

"핫—."

짧게 숨을 내쉬며, 왜장도를 휘둘렀다.

빛의 칼날이 남긴 궤적이, 초승달 같은 형태를 취했다.

다음 순간, 루리의 등 뒤에서는 두 동강이 난 공이 묵직한 소리를 내며 지면에 떨어졌다.

눈곱만큼의 낭비도 없는, 날카로운 일격이었다.

다음 순간, 학생들의 『오오……』하는 탄성이 주위를 가득 채웠다.

"흥. 뭐, 일단은 합격이다."

안비에트는 작게 코웃음을 치며 팔짱을 꼈다.

그러자 루리는 손에 쥔 왜장도를 없애며 대답했다.

"황송하군요. 선생님이라면 겉보기에만 화려하고 실속 없는 공격만 높이 평가할 것 같아서 걱정했거든요."

"아앙?"

안비에트가 미간을 찌푸렸다. 그러자 진땀이 난 히즈미가 허둥지둥 루리의 등을 밀면서 안비에트와 떼어났다.

"쳇…… 뭐, 좋아. 다음은 쿠오자키, 네가 해봐라. 무슨 변덕인지는 모르겠지만, 모처럼의 기회잖아? 학원장님의 힘을 이 꼬맹이들에게 똑똑히 보여주라고."

안비에트는 그렇게 말하면서 또 공을 던졌다.

"어, 아니, 나는—."

무시키는 반사적으로 거절할 구실을 떠올렸다.

그럴 만도 했다. 강의 수업 시간에는 대충 마력을 모았을 뿐인데 교실을 파괴하고 말았다. 사이카의 마력을 완전히 제어하지 못하는 자신이 실전 훈련을 했다간, 무슨 일이 벌어질지 모른다.

""".....""

하지만 학생들의 시선이 몰리자, 무시키는 살며시 고개를 저었다. ……솔직히 잘할 자신은 없지만, 이 상황에서 머뭇거리는 건 사이카답지 않은 행동이라는 생각이 들었다.

"아— 응. 그럼, 어디 한번 해볼까."

무시키는 자신만만한 척하며 앞으로 한 걸음 내디뎠다.

어젯밤에 쿠로에에게 배운 것, 어제 안비에트와 대치했을 때의 일, 그리고 방금 본 루리의 마술을 머릿속에 떠올리며 눈을 감았다.

최신의 마술식— 현현술식. 형태 없는 것에 형태를 부여하는, 기적의 힘. 그 근간은 마력의 물질화……라고 한다.

점토 세공을 하듯, 마력을 조물조물 반죽하는 이미지.

어째서일까. 처음 느끼는 이 감각이, 손에 익은 듯한 느낌이 들었다.

하지만, 주의해야만 한다. 도가 지나치면 교실에서의 일이 또 벌어지고 말 것이다.

가능한 한 출력을 낮춰서, 작고, 조용하며, 무난하게……. 새끼손가락 끝으로 살짝 튕겨내듯—.

"─윽?!"

무시키는 퍼뜩 눈을 뜨며, 고개를 들었다.

바로 그때, 눈치챘다. 어느새 무시키의 앞으로 이동한 건지, 안비에트와 루리가 눈앞에 서 있었다.

그리고 두 사람 다 얼굴이 땀으로 흥건했으며, 호흡이 거칠어져 있었다.

─그렇다. 마치, 강대한 적과 대치한 것처럼 말이다.

그것만이 아니다. 안비에트의 등에는 이중으로 된 빛의 고리가, 루리의 머리에는 도깨비의 가면 같은 문양이 떠올라 있었다. 그리고 각자의 손에는 삼고저와 왜장도가 쥐어져 있었다.

제2현현. 〈정원〉 최고 전력이라 불리는 기사들이 임전태세를 취하고 있었다.

"으음─."

무시키가 무슨 일이 벌어진 건지 몰라서 어리둥절한 표정을 짓자, 안비에트의 턱에서 커다란 땀방울이 떨어졌다.

"큭……. 쿠오자키, 이 자식…… 방금 뭘 하려고 했냐……? 연무장─ 아니, 〈정원〉을 통째로 날려버릴 심산이냐고……!!"

"어─?"

그 뒤를 이어 루리는 쓰러질 듯한 기세로 무릎을 꿇으며 말했다.

"죄, 죄송해요, 마녀님……! 마녀님께 칼을 겨누다니……!

하지만, 몸이 멋대로 반응을……."

루리는 그렇게 말하며 고개를 깊이 숙였다.

"아니, 저기……."

뭐가 뭔지 모르겠지만, 무시키가 또 사고를 칠 뻔한 것 같았다.

무시키는 어떤 반응을 보여야 정답일지 고민했고—.

"……홋. 두 사람 다 반응이 좋은걸……?"

약간 궁색한 변명이라고 생각하면서도, 두 기사를 칭찬하기로 했다.

뭐, 루리는 몰라도 안비에트는 여전히 무시키를 노려보고 있지만 말이다.

"……."

……설마 그렇게 힘을 억눌렀는데도 위험할 줄은 몰랐다. 무시키는 자신의 새하얗고 가녀린 손을 내려다보면서, 자신이 손에 넣은 힘의 거대함을 깨달았다.

—5, 6교시 수업은 별일 없이 진행되면서 무난하게 종료됐다.

뭐, 무시키는 안비에트의 말에 따라 그 후로 아무것도 하지 않으며 수업을 견학하기만 했지만 말이다.

하지만 그 점에 대해 불평을 할 생각은 없다. 오히려 무시키로서는 고마운 조치였다.

그도 그럴 것이, 사이카의 어마어마한 마력을 쓰는 법을 아직 파악하지 못한 것이다. 그래서 학생들의 마술을 눈앞에서 보는 것이 크게 도움이 됐다.

학생들 또한 학원장인 사이카가 곁에서 쳐다보고 있는 상황이 좋은 자극이 된 것 같았다. 우연이라고는 해도, 안비에트는 양쪽에 있어 최적의 지시를 내린 것 같았다.

"자, 그럼 가죠. 마녀님, 히즈미."

안비에트가 사라진 후, 루리가 기지개를 켜면서 그렇게 말했다.

무릎을 끌어안고 앉아 있던 무시키는 그 말을 듣고 고개를 끄덕인 후, 자리에서 일어났다.

"후후, 수업 풍경을 이렇게 가까이에서 볼 기회는 없어서 그런지, 좋은 자극이 됐어."

"아하하…… 솔직히 너무 긴장되어서 뭘 했는지 잘 기억이 안 나……"

"뭐? 아깝네. 모처럼 마녀님께서 마술을 살펴봐 주셨잖아."

셋이서 이야기를 나누면서 연무장 근처에 설치된 탈의실로 걸어갔다.

바로 그때—

"—아."

탈의실에 들어가려던 무시키는 갑자기 걸음을 멈췄다.

이유는 단순했다. 여자 탈의실에는 이미 클래스메이트가 몇 명이나 있었으며—

그들 대부분이 속옷 차림을 하고 있었다.

"……윽!"

심장이 크게 뛰었다. 무시키는 방심한 자신을 저주했다.

생각해 보면 당연한 일이었다. 무시키는 현재 사이카의 모습을 하고 있으니, 여자 탈의실을 이용해야 한다. 그리고 탈의실이란 바로, 옷을 갈아입는 장소다.

그것을 이해하고 있기에 무시키는 5교시 직전의 쉬는 시간에, 남들이 옷을 다 갈아입은 것을 확인하고 나서 탈의실에 들어갔다.

하지만 지금은 루리, 히즈미와 이야기를 나누느라 그 점을 까맣게 잊고 말았다. 어쩌면 오늘 수업이 다 끝나서 방심한 것일지도 모른다. 눈앞에 펼쳐진 소녀들의 꽃밭을 보고, 한순간 얼어붙고 말았다.

"하아…… 왠지 평소보다 더 피곤해……."

"맞아~. 그래도 영광이네. 마녀님께서 직접 우리의 마술을 살펴봐 주셨잖아."

"당황한 안비 선생님은 좀 귀엽지 않았어?"

"동감이야. 나쁜 척하는 남자일수록 공격을 받는 것에 약하다는 설이 요즘 학회에서는 지배적이거든."

"아, 다 썼으면 스프레이 좀 빌려줘~."

"응~."

──등등.

앳된 소녀들이 허물없이 이야기를 나누면서, 아무렇지 않게 속살을 드러내고 있다.

평소에는 볼 수 없는 가슴과 엉덩이가, 얄팍한 천 조각 한 장에 감싸인 채, 무시키의 눈앞에 훤히 드러나 있었다.

"……."

사이카에게 한눈에 반한 무시키는 절개를 지킬 생각이지만, 그렇다고 다른 여성에게 아무런 감정도 느끼지 않는 건 아니다.

슬프지만, 그것이 수컷이란 동물의 본성이다. 한창때 소녀의 부드러운 속살이, 목소리가, 체취가, 무시키의 뇌를 마비시킬 정도의 자극을 안겨주고 있었다.

"……어머? 마녀님, 왜 그러시죠?"

"안색이 좋지 않으신데요……."

그런 무시키를 본 루리와 히즈미가 영문을 모르겠다는 투로 그렇게 말했다.

"아, 어어, 그게─."

무시키는 어떻게든 얼버무릴 생각으로, 고개를 저으며 대꾸하려 했다.

하지만 두 사람의 모습을 보자, 또 몸이 꼼짝도 하지 않게 됐다.

아무래도 루리와 히즈미 또한, 무시키가 굳어 있는 사이에 옷을 갈아입기 시작한 것 같았다.

즉— 두 사람 다, 다른 소녀들과 마찬가지로 운동복을 벗고, 속옷만 걸친 상태로 서 있었다.

"——."

그 모습에서, 한동안 눈을 떼지 못했다.

루리는 여동생이다. 옛날에는 함께 목욕도 했다. 아무리 속옷 차림이라고 해도, 눈길을 빼앗긴다는 건 말도 안 된다. —무시키도 그렇게 생각했다. 방금까지는 말이다.

하지만 몇 년 동안 못 본 여동생의 요염한 자태는 무시키의 마음에 예상을 능가하는 강렬한 충격을 가했다.

단순한 디자인의 연파란색 브래지어와 팬티. 거기에 감싸인 육체는 세련된 분위기가 감돌고 있었다. 전사와 소녀. 상반된 두 요소가 동거하고 있는, 호리호리한 몸매. 무시키는 반쯤 무의식적으로 숨을 삼켰다.

한편, 히즈미는 루리와 대조적이었다. 온색 계통의 속옷에 상냥히 감싸여 있는 건, 교복과 운동복 위로는 눈치챌 수 없는 대량 파괴 병기였다.

『시크릿 글래머』— 무시키의 뇌리에, 고문서에 새겨져 있던 전설의 말이 떠올랐다. 벌레 하나 죽이지 못할 듯한 히즈미의 얼굴과, 선정적이면서 육감적인 몸매. 그 두 가

지가 하나로 합쳐지면서, 무시키의 뇌를 혼돈의 구렁텅이에 빠뜨렸다.

─좋지 않다. 이건, 좋지 않다.

무시키는 얼굴 전체에서 땀이 배어 나오는 느낌을 받았다. 안 그래도 기습적으로 충격을 받아 극도로 동요했는데, 연이어서 이런 공격을 받은 탓에 매우 위험했다. 지인의 속옷 차림이란 것이 이렇게 마음을 흐트러뜨릴 줄은 생각도 못 했다. 어떻게든 평정심을 되찾아야─.

"……윽?! 어, 아─."

그 순간. 무시키는 몸이 뜨겁게 달아오르는 느낌을 받았다.

한순간, 흥분 탓에 현기증이 난 거라고 생각했지만─ 아니었다.

온몸에 흐르는 혈류가 열기를 머금는 듯한 그 감각은─.

"……윽!"

무시키는 말로 형용할 수 없는 초조함에 등을 떠밀리듯, 탈의실 안쪽에 있는 문 너머로 몸을 날렸다. 그리고 그대로, 힘껏 문을 닫았다.

이유는 모르겠지만, 저 자리에 있어선 안 될 것 같은 느낌이 들었다.

무시키가 들어간 곳은 샤워실 같았다. 여러 개의 샤워기가 줄지어 있으며, 간이 칸막이와 위쪽과 아래쪽이 훤히 뚫린 문이 설치되어 있었다.

실기 수업 정도로 샤워를 하는 사람은 없는 건지 아니면 이미 다 씻은 건지는 모르겠지만, 안에는 사람이 없었다. 무시키는 일단 안도의 한숨을 내쉬었다.

『마녀님?! 무슨 일이시죠?!』

문 너머에서 루리의 다급한 목소리가 들려왔다.

그럴 만도 했다. 사이카가 느닷없이 샤워실로 뛰어 들어 갔으니 말이다.

"아, 응…… 걱정하지 마. 좀—."

무시키는 루리에게 변명을 하려다 말을 멈췄다.

몸이, 어렴풋이 빛나기 시작한 것이다.

"아니, 이건……."

대체 자신의 몸이 무슨 일이 일어난 것인지 몰라서, 눈을 동그랗게 떴다.

—몇 초 후, 서서히 빛이 잦아들면서 방금까지 느껴졌던 타들어 가는 느낌 또한 점점 희미해졌다.

일단 큰일은 벌어지지 않은 것 같았기에, 무시키는 가슴을 쓸어내렸다.

"대체, 뭐가 어떻게 된 거야—."

하지만…….

멍하니 그렇게 중얼거린 순간, 무시키는 엄청난 위화감을 느꼈다.

자신의 목에서 흘러나온 목소리가, 귀에 익지 않았— 아니, **너무 귀에 익은** 목소리로 변모한 것이다.

"……윽?!"

무시키는 숨을 삼키면서 자기 손을 쳐다봤다.

—**아니다.**

그것은 사이카의 아름다운 손가락이 아니라, 투박하고 거친 소년의 손가락이었다.

그뿐만 아니라 가슴에 달려있던 어엿한 언덕 또한 어느새 사라지고 말았다.

"설마—."

주위를 둘러본 무시키는 창가로 뛰어가서, 약간 높게 설치된 창문을 들여다봤다.

"——."

거기에 비친 얼굴을 보자, 한동안 말문이 막혔다.

그럴 만도 했다. 유리 너머에서, 경악에 찬 표정으로 무시키를 쳐다보고 있는 건—.

『쿠가 무시키』 본인이었던 것이다.

"왜…… 내가……?"

그렇다. 눈에 드리워진 앞 머리카락. 약간 멍한 느낌의 두 눈. 창백한 피부.

그것은 분명, 사이카와 합체하기 전의, 무시키의 얼굴이었다.

그러고 보니 무시키는 들었다. 두 사람은 합체한 상태이

며, 지금은 사이카의 요소가 겉으로 드러나고 있을 뿐이라
는 이야기를 말이다.

하지만, 왜 이렇게 갑자기—.

"아……."

바로 그때, 무시키는 떠올렸다.

어제 쿠로에가 말하려다 말았던, 마지막 주의점을 말이다.

"자, 그럼 세 번째. 마지막 주의점입니다만—."

중앙 학사 최상층의 학원장실.

〈정원〉 편입에 따른 주의 사항을 이야기하던 쿠로에는
세 번째 손가락을 세우더니, 갑자기 말을 멈췄다.

그리고 그대로 몇 초 동안, 생각에 잠기듯 입을 다물었다.

"……어? 세 번째는, 뭔가요?"

"……아뇨. 잊어주십시오. 아마 괜찮을 겁니다."

"어, 대체 뭔데요? 괜히 신경 쓰인다고요."

"이 점은 가능한 한 의식하지 않는 편이 좋을지도 모릅
니다. 미리 알아도 대책을 세우긴 어려우니까요. —만일
의 경우에는 제가 직접 대처할 테니 걱정하지 마시길."

쿠로에가 태연한 표정으로 그렇게 말하자, 무시키는 불
만을 드러내듯 입술을 삐죽 내밀었다.

"……쿠로에, 일부러 신경 쓰이게끔 말하는 거 아니에요?"

"당치도 않습니다."

쿠로에는 별일 아니라는 표정으로 시선을 돌리며 그렇게 대답했다.

"설마, 이거야……?!"

그렇게 생각할 수밖에 없었다. 확실히 이건 대책을 세울 방도가 없고, 미리 알아봤자 긴장 탓에 행동이 어색해질 우려가 있다. ─아니, 그래도 이렇게 중대한 사태라면 미리 알려줬으면 좋겠는데 말이다.

『마녀님! 마녀님! 괜찮으세요?! 문 열게요!』

"……윽?!"

루리가 걱정스러운 어조로 그렇게 말하며 문에 노크했다.

그러자 무시키는 흠칫하며 어깨를 부르르 떨었다.

이곳은 여자 탈의실과 연결된 샤워실이다. 그리고, 무시키는 현재 남자다.

지금 문을 열게 할 수는 없다. 무시키는 루리를 말리기 위해 무심코 입을 열었다.

"잠깐만 기다려. 나는 괜찮으니까─."

『……윽?! 이 목소리는……?!』

"─아."

아차, 하면서 손으로 입을 막았지만 이미 늦었다.

문 너머에서, 소녀들이 술렁거리고 있었다.

『어…… 뭐야? 남자 목소리……?』

『들어간 사람은 마녀님 아니었어?』

『혹시 샤워실에 미리 숨어있었던 거야……?!』

『하이 레벨의 변태―.』

『그걸 눈치챈 마녀님이, 혼자서 하수인을 해치우려고 하신 거야?!』

『지금 구해드릴게요, 마녀님……!!』

『앗, 잠깐만! 옷이라도 좀 입고 나서……!』

탈의실에서 이런 소리가 들려오며 술렁거렸다.

무시키는 「히익」 하고 숨을 삼켰다.

지금 들킬 수는 없다. 그렇다고 탈의실을 통해 도망치는 건 불가능하며, 샤워실의 창문도 남자인 무시키가 빠져나가기엔 비좁았다.

"아, 아무튼 쿠로에게 연락을―."

"―부르셨습니까."

"우왓?!"

바로 그때, 창문이 드르륵 하며 열리면서 쿠로에가 얼굴을 내밀었다.

갑작스러운 사태에 발이 미끄러진 무시키는 그대로 바닥에 엉덩방아를 찧었다.

"아야야야……."

"조심하십시오. 지금 당신의 몸은 사이카 님의 몸이기도 하니까요."

쿠로에는 그렇게 말하면서 몸을 비틀더니, 샤워실 안으로 들어왔다. 원래 날씬한 체격이긴 하지만, 재주가 참 좋다고 생각했다. 왠지 곡예사나 탈옥범을 보는 듯한 느낌이다.

"마력의 흐트러짐이 느껴져 와봤습니다만— 역시 존재변환이 발생했군요."

"존재변환? 그, 그게 대체……."

"자세한 설명은 나중에 해드릴 테니, 우선 처치부터 하겠습니다."

쿠로에가 그렇게 말하며 무시키에게 다가갔다.

그러고 보니 만일의 경우에는 쿠로에가 직접 대처하겠다고 말했던 게 생각났다.

"이 상황을 타개할 방법이 있나요? 부탁이에요. 서둘러—."

말을 이으려던 무시키가 갑자기 입을 다물었다.

이유는 단순했다. 쿠로에가 무시키를 벽 쪽으로 몰아넣더니, 그의 얼굴 옆으로 손을 내밀어서 벽을 짚은 것이다.

"어, 쿠로에. 이게 대체……?"

"조용히 하시길. 조준이 어긋납니다. —아니, 입술이, 가 적절할까요."

쿠로에는 그렇게 말하더니, 다른 한 손으로 무시키의 턱을 들어 올렸다.

그리고 그대로, 천천히 얼굴을 내밀었다.

코에, 볼에, 쿠로에의 숨결이 닿았다.

잡티 하나 없이 고운 피부와 빨려들 것만 같은 칠흑 같은 눈동자, 그리고 그것을 꾸며주는 긴 속눈썹이 시야를 가득 채우면서 무시키의 심장을 옥죄어들게 했다.

"쿠로에, 잠깐—."

"으응……."

무시키의 제지를 거부하듯, 쿠로에는 자신의 입술을 무시키의 입술에 포갰다.

부드러운 감촉. 희미하게 물기가 어린 접촉음. 신경을 마비시키는 듯한 체취. 그런 것들이 뒤섞이면서, 무시키의 뇌를, 몸을 유린했다.

"——."

의식이 혼란스러운 가운데, 무시키는 어찌 된 건지 사이카와 나눴던 키스를 떠올렸다.

"—마녀님! 괜찮으세요?!"

운동복을 앞뒤 거꾸로 걸친 루리가 고함을 지르면서 샤워실의 문을 열어젖혔다.

뒤편에는 히즈미를 비롯한 클래스메이트가 긴장한 표정으로 서 있었다. 다들 계문을 전개하지는 않았지만, 임전

태세였다.

원래라면 더 빨리 들어오고 싶었을 테지만, 히즈미가 「루, 루리, 하다못해 운동복이라도 걸쳐……!」라고 애원하는 탓에 시간을 허비하고 말았다. 루리는 그 시간을 메우려는 듯이 급하게 주위를 둘러봤고—.

"……어라?"

문 너머에 펼쳐진 광경을 보더니, 김샌 듯한 반응을 보였다.

샤워실에는 운동복 차림의 사이카뿐이었다.

"마녀님……? 남자가 숨어 있지 않았나요……?"

"……응? 무슨 소리지? 여기에는 아무도 없었어."

루리의 질문에, 사이카는 그렇게 대꾸했다.

……하지만 어째서일까. 약간의 위화감을 느낀 루리는 고개를 갸웃거리면서 다시 물었다.

"저기, 마녀님."

"왜?"

"왜 갑자기 샤워실에 들어가신 건가요?"

"아, 별거 아냐……. 땀이 나서 씻고 싶었거든."

"왜 벽에 기대신 건가요?"

"그게…… 미끄러졌지 뭐야."

"……얼굴은 왜 빨개지신 건가요?"

"그건……."

사이카는 손가락 끝을 입술에 대더니, 그 손가락을 들어 보였다.

"……비밀, 이야."

"—다행히 늦지 않게 대처했군요."

『처치』를 마치고 샤워실의 창문을 통해 밖으로 나온 쿠로에는 젖은 치맛자락을 털면서 그렇게 중얼거렸다. 마르는데 시간이 조금 걸릴 것 같지만, 샤워실 창문을 통해 나왔으니 어쩔 수 없다.

"하지만 첫날에 존재변환이 발생할 줄은 몰랐습니다. 이래서야 또 처치가 필요할지도—."

거기까지 말했을 때였다.

"……."

쿠로에는 그 자리에서 몸을 웅크리며 양손으로 얼굴을 감쌌다.

—마치, 새빨개진 볼을 숨기려는 듯이 말이다.

"……각오는 했을 텐데, 실행에 옮기니 꽤 부끄럽군요……."

그리고, 아무에게도 들리지 않도록 작은 목소리로 중얼거렸다.

하지만, 그로부터 십여 초 후…….

"……자."

다시 얼굴에서 표정을 지운 쿠로에는 몸을 일으키더니, 아무 일도 없었다는 것처럼 〈정원〉 안을 걸었다.

제3장 변환

〈공극의 정원〉은 크게 나눠 다섯 개의 구역으로 구성되어 있다.

중앙 학사 및 대(對) 멸망인자 작전 사령 본부가 존재하는 중앙 에어리어.

학원의 분관과 의료동, 각종 연구 시설이 밀집된 동부 에어리어.

연무장 등의 훈련 시설이 중점적으로 배치된 서부 에어리어.

학원장의 저택과 사적 기관 등, 일반 학생에게는 개방되지 않는 시설이 많은 북부 에어리어.

그리고, 기숙사와 상업 시설 등이 있는 남부 에어리어가 있다.

그러니 무시키는 수업이 끝나면 북부 에어리어로 돌아갈 거라고 생각했다.

하지만—.

"쿠로에, 여기는 어디예요?"

"보다시피—〈정원〉여자 기숙사 제1숙사입니다."

무시키가 눈앞의 건물을 쳐다보며 묻자, 쿠로에는 담담

한 어조로 그렇게 말했다.

그렇다. 편입 첫날의 수업을 마친 무시키는 중앙 학사 앞에서 기다리고 있던 쿠로에의 안내로 남부 에어리어의 기숙사로 향한 것이다.

기숙사는 수평으로 넓은 3층 건조물이었다. 대규모지만 소탈한 정취가 감돌았다. 학생 기숙사라기보다 저층 맨션이란 느낌이었다.

"제가 잘못 알고 있는 게 아니라면, 여자 기숙사는 여학생이 집단생활을 하는 장소 아니에요?"

"맞습니다. 그리고 지금, 사이카 님은 여자이자 학생이시죠."

"확실히 그렇긴 한데— 쿠로에라면 다른 이유도 있을 것 같아요."

"역시 사이카 님은 뛰어난 혜안을 지니셨군요."

쿠로에는 남들이 듣는 걸 신경 쓰며 대화를 나누는 게 귀찮아진 건지, 낮은 목소리로 말을 이었다.

"—저택에서는 여차할 때 무시키 씨를 지켜드릴 수 없습니다. 그러니 기사 후야죠와 같은 기숙사에 지내는 게 가장 타당하지 않을까 싶군요."

"……아하."

확실히 〈정원〉에서 가장 오랜 시간을 보내는 건, 학원 시설이 아니라 주거 공간이다. 아무리 학원에서 기사가 곁에 있을지라도, 수면을 취하는 장소의 경비가 허술해선 의미가 없다.

"하지만 문제가 되지 않을까요? 확실히 나는 지금 온 세상이 부러워할 초절정 S급 미소녀지만—."

"쓸데없이 미사여구를 붙일 필요 없습니다."

쿠로에가 도끼눈을 뜨자, 무시키는 「무심코……」 하고 중얼거린 후에 말을 이었다.

"하지만, 내용물은 남자잖아요. 여자 기숙사에 들어가는 건 좀 그렇지 않나요?"

"하시고 싶은 말이 뭔지는 이해합니다만, 지금은 비상시입니다. 무시키 씨의 죽음은 사이카 님의 죽음. 사이카 씨의 죽음은 세상의 죽음을 의미하죠."

"그건— 그렇지만요."

무시키는 그렇게 대답했지만, 방금 쿠로에가 한 말에서 약간의 위화감을 느꼈다.

무시키의 죽음이 사이카의 죽음이란 부분은 이해한다. 하지만 사이카의 죽음이 세상의 죽음을 의미한다는 말은, 쿠로에답지 않은 부정확한 표현이란 느낌이 들었다.

확실히 사이카의 죽음이 세상에 위기 상황을 가져온다는 건 틀림없으리라. 하지만 쿠로에의 표현에서는 더 직접적인— 사이카가 죽은 순간에 이 세상마저 멸망하고 만다, 같은 인상이 감돌았다.

"하지만, 안심하시길."

무시키가 생각을 눈치챈 건지는 알 수 없지만, 쿠로에는 담담히 말을 이었다.

"보통 학생은 둘이서 같은 방을 이용합니다만, 무시키 씨는 혼자서 방을 이용할 수 있도록 손을 써뒀습니다."

"아하, 그렇다면……."

"무시키 씨도 남성이니까, 혼자만의 시간이 필요할 테니까요."

"아니, 딱히 그렇지는……."

"어머, 필요 없으신가요?"

"……배려에는 감사할게요."

무시키가 시선을 돌리며 그렇게 대답하자, 쿠로에는 어깨를 으쓱하며 숨을 내쉬었다.

"그럼, 따라오십시오."

그렇게 말한 쿠로에는 무시키를 안내하듯 여자 기숙사 안으로 들어갔다.

무시키는 조금 긴장하면서, 쿠로에의 뒤를 쫓으며 비밀의 화원에 발을 들였다.

전자인증 문을 통과하고, 로비를 걸어갔다. 학생 기숙사 치고는 꽤 호화로운 설비와 인테리어였다.

"―그런데 무시키 씨, 학원은 어떠셨습니까?"

도중에 쿠로에가 속삭이듯 그렇게 물었다. 무시키는 살

짝 고개를 끄덕이며 대답했다.

"아, 네. 조금 긴장되긴 했지만, 주위 사람들이 더 긴장한 바람에 거꾸로 진정됐지만……. 마술을 자유자재로 쓰는 데는 좀 더 시간이 걸릴 것 같아요."

"혹시 문제를 일으키진 않았습니까?"

"……아, 네. 물론이죠."

"2학년 1반 교실의 수리 요청이 들어왔습니다만……."

"……죄송해요."

"……."

무시키가 시선을 피하며 대답하자, 쿠로에는 도끼눈을 뜨며 쳐다봤다.

하지만 쿠로에 또한 처음부터 잘 풀릴 거라고 생각하지는 않았던 것 같았다. 작게 한숨을 내쉰 후, 더는 추궁하지 않으며 조용히 기숙사 복도를 걸었다.

"—이 방입니다."

쿠로에가 안내한 곳은 여자 기숙사 3층에 위치한 방이었다. 다섯 평 정도 되는 공간이며, 고급스러운 침대와 책상 및 옷장과 화장대가 놓여 있었다. 왠지 무시키가 정신을 차렸던 사이카의 침실에 놓여 있던 가구와 비슷한 것 같은 느낌이 들었다.

"엄청나네요. 학생 기숙사인데, 이렇게 호화롭다니……."

"다른 방의 가구는 평범합니다. 이곳은 사이카 님의 방인 만큼, 미리 신경을 써뒀죠."

쿠로에는 그렇게 말하더니, 가구를 하나하나 손가락으로 가리켰다.

"갈아입을 옷과 꼭 필요한 생활 도구는 이미 준비해뒀습니다. 혹시 사용법을 모르는 물건이 있다면 말씀해 주십시오. 저는 오른편의 316호실에 대기하고 있겠습니다."

"아, 쿠로에도 기숙사에서 지내는 건가요."

"물론이죠. 사이카 님을 돌보는 것이 제 소임이니까요. 참고로 왼편인 314호실이 기사 후야죠의 방입니다. 유사시에는 즉시 그곳으로 향하십시오."

자, 하고 쿠로에는 말하며 고개를 들었다.

"방을 안내했으니, 다음 장소로 이동하겠습니다."

쿠로에는 그렇게 말하며 문을 열더니, 복도로 나갔다. 무시키도 그 뒤를 따르며 방에서 나갔다.

"다음 장소요? 어디에 갈 건데요?"

"1층입니다. —어찌 보면 이 기숙사의 가장 중요한 과제라고 해도 과언이 아니죠."

"가장 중요한 과제……? 그게 뭔데요?"

"그건 바로—."

대화를 나누면서 복도를 걷고 있을 때였다.

"—마, 마녀님?!"

"어?"

모퉁이를 돈 두 사람은 오른편에서 걸어온 루리, 히즈미와 마주쳤다.

서로가 갑작스러운 사태에 눈을 치켜뜨면서 놀랐다. 하지만 무리도 아니었다. 자신들의 생활 영역에 느닷없이 사이카가 나타났으니 말이다.

루리는 믿기지 않는다는 표정을 지으며 히즈미를 쳐다봤다.

"……히, 히즈미. 한 대 때려줘. 힘껏 말이야. 나, 지금 꿈을 꾸고 있는 거야. 이건 말도 안 돼. 동경하던 사람이 갑자기 같은 반으로 편입한 걸로 모자라, 기숙사에도 있잖아. 이건 뻔하디뻔한 러브 코미디야. 이대로 있다간 마주친 순간에 러키 색골 이벤트를 감행할 것 같아. ……서둘러……! 내 망상이 마녀님을 더럽히기 전에……!!"

"지, 진정해, 루리. 나한테도 보여."

"아하하. 에이, 농담하지 마."

루리가 메마른 웃음을 흘리더니, 그 자리에서 엉덩방아를 찧었다.

무시키는 그 모습을 보더니, 우아한 웃음을 흘렸다.

"이야, 또 만났는걸. 루리, 히즈미. —뭐, 나도 학생이니 말이야. 오늘부터 한동안 여기서 지낼까 하거든."

"저, 저저저저저저, 정말인가요?! 차, 참고로 방은……."

"315호실이야."

"옆바아아아아아아아아앙—?!"

루리는 새된 목소리로 그렇게 외치더니, 그대로 뒤편으로 털썩 쓰러졌다. 히즈미는 허둥지둥 다가갔다.

"루리! 괜찮아?!"

"트, 틀렸을지도 몰라…… 명백하게 행복의 허용량을 넘었어…… 내가 죽으면 오라버니에게 전해줘…… 루리는 굳세게 살았다고…… 그리고 진심으로 사랑한다고—."

루리의 몸에서 힘이 쏙 빠졌다. 하지만 그 얼굴은 참 행복해 보였다.

"루, 루리이이이이이이이잇!"

히즈미가 루리의 어깨를 안으며 고함을 질렀다.

좀 걱정이 된 무시키는 루리의 얼굴을 들여다봤다.

"……괜찮은 거야?"

"아, 네. 때때로 이러거든요. 한동안 쉬면 멀쩡하게 부활할 거예요."

히즈미는 갑자기 태연해지면서 그렇게 대답했다.

무시키가 겉으로는 태연한 척하면서 내심 당혹스러워하자, 「그럼, 실례하겠습니다」 하고 말한 히즈미는 축 늘어진 루리의 겨드랑이에 손을 집어넣고 그대로 질질 끌고 갔다. 묘하게 익숙해 보이는 그 모습은 마치 시체를 처리하는 연쇄 살인마 같아 보였다.

두 사람이 314호실로 들어가는 모습을 본 후, 무시키는 쿠로에를 돌아보았다.

"S급 마술사 맞는 거죠?"

"S급 마술사 맞습니다."

쿠로에는 마음을 다잡듯 헛기침을 했다.

"그것보다, 서두르죠. 시간이 없습니다."

"아, 맞아요. 그런데 가장 중요한 과제가 대체 뭔가요?"

무시키가 묻자, 쿠로에는 진지한 눈길로 대꾸했다.

"—목욕입니다."

몇 분 후.

쿠로에는 기숙사 1층에 있는 대형 목욕탕의 탈의실로 무시키를 안내했다.

넓은 공간이다. 벽을 따라 선반이 있었으며, 거기에는 바구니가 줄지어 놓여 있었다. 안쪽에는 세면대가 나란히 있으며, 더 안쪽에는 욕실로 이어지는 커다란 유리문이 설치되어 있었다.

"가장 중요한 과제가…… 이건가요."

무시키는 땀을 삐질삐질 흘리며 말했다.

하지만, 쿠로에의 말도 이해가 안 되는 건 아니었다. 어제는 밤새도록 사이카의 기록 영상을 보는 와중에 쿠로에가 몸을 닦아줬을 뿐이기에, 이번이 바로 사이카의 몸이 되어 처음으로 하는 목욕이다.

"네. 밖에는『가스 점검 중, 사용 금지』라는 종이가 붙어 있습니다. 이참에 목욕을 마치도록 하죠. 여학생과 함께 목욕할 수도 없으니 말입니다."

"뭐…… 그건 그렇죠. 그래도 다행이에요. 쿠로에도 그런 점을 신경 써주는 거네요."

쿠로에는 도끼눈을 뜨며 작게 코웃음을 쳤다.

"딱히 학생을 배려하는 건 아닙니다. 세상의 운명이 걸린 일이니까요. 남의 알몸 같은 걸 신경 쓸 여유는 없습니다. ─하지만, 지금 무시키 씨의 정체가 알려져선 안 되죠."

"네?"

"자세한 이야기는 목욕하면서 해드리겠습니다. 시간이 많지 않은 데다, 무방비한 시간은 최대한 짧은 편이 좋겠죠."

쿠로에가 재촉하듯 그렇게 말했다. 무시키가 고개를 갸웃거리면서도, 쿠로에의 말에 따라 바구니를 꺼냈다.

하지만 바로 그때, 움직임을 멈췄다.

"─쿠로에."

"왜 그러십니까. 갑자기 표정이 진지해지셨군요."

"욕실에 들어간다─는 건, 바꿔 말해 옷을 벗어야 한다는 것과 같은 말이에요."

"……뭐, 그렇다고 할 수 있죠."

"물론 사이카 씨의 아름다운 몸에 보기 흉한 부분이 있을 리 없고, 누구에게 보여줘도 부끄럽지 않은 지고의 예술품이라는 건 의심할 여지가 없어요. 게다가, 나도 한창 사춘기를 겪고 있는 남자 고등학생이죠. 보고 싶은지, 보기 싫은지 묻는다면— 죽도록 보고 싶어요. 뇌리에 새기고 싶어요. 게다가 몸을 씻으려면, 평소에는 만질 일 없는 부분까지 마구 만질 수 있을 거잖아요. 솔직히 말해 가슴이 떨려 미치겠어요."

"그런 말은 입에 담지 않는 편이 좋지 않을까 싶습니다만……."

쿠로에가 미간을 찌푸렸지만, 무시키는 개의치 않으며 열띤 어조로 말했다.

"하지만…… 하지만……! 현재 의식의 소재가 불분명한 상태일지라도, 사이카 씨의 몸은 사이카 씨의 것이에요. 내가 함부로 보거나 만지거나 주무를 수는……!!!"

"행동이 추가된 것 같습니다만?"

쿠로에는 왠지 지긋지긋하다는 듯한 어조로 그렇게 말했지만, 곧 이해한다는 듯이 살며시 고개를 끄덕였다.

"지금은 비상사태인 만큼, 사이카 님도 어느 정도는 양해해주실 거라고 생각합니다만…… 확실히, 무시키 씨의 의견도 이해가 안 되는 건 아닙니다. 의외로 신사셨군요."

"감사해요. 역시, 이런 얌체 같은 방법으로 보는 것보다, 깊은 관계가 된 상대방이 스스로 보여주는 편이 더 기뽈 것 같거든요. 수줍음은 중요해요."

"누가 더 빨리 자기 한 말을 취소하는지, 저와 경쟁하는 겁니까?"

쿠로에는 한숨을 내쉬더니, 품속에서 가늘고 긴 천 같은 것을 꺼냈다.

"아무튼, 알겠습니다. 가능한 한 손을 써보도록 하죠."

"그걸로 뭘 어쩌려고요?"

무시키가 묻자, 쿠로에는 「실례하겠습니다」 하고 짤막하게 말하면서 그 천으로 무시키의 두 눈을 가렸다.

갑작스러운 일에 놀랐지만, 곧 쿠로에의 의도를 눈치챘다.

확실히 이렇게 하면 사이카의 알몸이 보이지 않는다.

"아하……. 하지만 눈을 가리고 욕실에 들어가는 건, 꽤 위험한 짓일 것 같은데요……. 미끄러져서 넘어지기라도 하면 큰일이잖아요."

"그 점은 안심하십시오. 제가 함께 들어가서 머리부터 발끝까지 씻겨드린 후, 옷까지 입혀드리겠습니다."

"그것도 꽤 문제가 있는 듯한 느낌이 드는데요……."

"문제없습니다. 사이카 님이 건재하시던 시절에도 그렇게 해왔으니까요."

"네……?! 잠깐, 그 이야기 좀 더 자세하게 해줄래요?!"

"딱히 문제 될 건 없다고 생각합니다만, 매우 거절하고 싶은 기분이군요. ─그럼 옷을 벗기겠습니다."

다음 순간, 쿠로에가 손을 뻗어서 무시키의 몸에 댔다.

그리고, 교복을 하나하나 벗기기 시작했다.

"꺄아……, 이렇게, 갑자기……."

불가사의한 감각에 사로잡힌 무시키의 입에서 그런 목소리가 흘러나왔다.

안 그래도 남이 옷을 벗겨준다는 미지의 체험을 하고 있다. 게다가 시각이 차단된 탓에 쿠로에가 다음에 어디를 만질지 알 수 없다. 그런 위험한 게임이 벌어지자, 심장의 고동이 점점 빨라지는 것을 확연하게 알 수 있었다.

하지만 무시키가 그런 상황인데도, 쿠로에는 거침없이 손을 놀렸다.

드디어 운명의 순간이 찾아왔다. 쿠로에의 손이 등 뒤로 향한 순간, 딸깍하는 작은 소리가 들리면서 가슴을 옥죄고 있던 물체가 벗겨졌다.

"으흑."

다음 순간, 무시키는 브래지어의 후크가 풀렸다는 것을 눈치챘다. 와이어가 지탱해주던 두 물체의 묵직함이 가슴에 가해지자, 무심코 손으로 떠받칠 뻔했다.

"……쿠로에."

무시키는 거칠어지려 하는 숨결을 억누르며 쿠로에에게 말을 건넸다.

"왜 그러십니까?"

"확실히 보이진 않지만…… 이것도 왠지 못된 짓을 하는 느낌이 들어요."

"……기절시키는 편이 좋았을까요?"

쿠로에는 진지하게 고민하는 듯한 어조로 그렇게 말했다.

더 입을 놀렸다간 진짜로 경동맥을 졸려서 기절 당할 것 같았기에, 무시키는 고개를 세차게 저었다.

곧 스르륵 하고 옷깃 스치는 소리가 앞쪽에서 들려왔다.

미심쩍게 생각한 무시키는 미간을 살짝 찌푸렸다.

"……저기, 쿠로에. 이게 무슨 소리죠?"

"준비를 하고 있을 뿐이니 개의치 마시길."

쿠로에가 그렇게 말한 직후, 무시키의 팔에 부드러운 감촉을 지닌 무언가가 닿았다.

무시키는 무심코 흠칫했다. 그리고 감촉이 느껴진 방향에서 쿠로에의 차분한 목소리가 들려왔다.

"실례하겠습니다. 욕실로 안내하기 위해 몸에 손을 댔습니다."

"아…… 그, 그런가요. 그렇겠죠. ……어, 설마 쿠로에까지 아무것도 안 입고 있는 건 아니죠?"

"아무것도 안 입고 있습니다만?"

"……왜요?"

"당연하지 않습니까. 그대로는 옷이 젖을 테니까요."

그런 문제가 아닌데요— 하고 무시키는 말하려고 했지

만, 그 말은 입에서 나오지 않았다.

아까부터 쿠로에가 몸을 딱 밀착시키고 있었던 것이다.

"저기, 쿠로에? 저기, 너무 붙어선 것 아닌가요……?"

"무시키 씨는 지금 눈이 가려진 상태니까요. 만일 발이라도 미끄러져서 사이카 님의 몸에 상처라도 나면 큰일이지 않습니까. 자, 이쪽입니다."

이제 무슨 일이 일어나고 있는 건지 알 수가 없었다. 무시키는 쿠로에의 안내에 따라 욕실로 향한 후, 그대로 의자에 앉혀졌다.

"그럼, 물을 끼얹겠습니다."

"아, 네……."

그렇게 대답하자, 다음 순간에는 무시키의 어깨에 따뜻한 물이 끼얹어졌다. 너무 뜨겁지도, 너무 미지근하지도 않은 적당한 온도였다.

그것을 몇 번 반복한 후, 쿠로에는 섬세한 손놀림으로 무시키의 몸을 씻겨주기 시작했다.

원래 몸일 때는 머리카락이 이렇게 길지 않았기에, 왠지 불가사의한 느낌이 들었다.

"─참, 아까 이야기 말입니다만……."

쿠로에는 무시키의 머리카락을 씻겨주면서 문득 생각난 것처럼 말을 건넸다.

"아까 이야기…… 내가 원래 몸으로 돌아간 이야기 말인가요? 아니면 여학생과 함께 목욕하면 안 된다는 이야기 말인가요?"

"양쪽 다입니다."

"그 말은……."

무시키가 머리가 거품 범벅이 된 상태에서 묻자, 쿠로에는 손가락 끝으로 상냥히 두피를 마사지해주면서 말을 이었다.

"저도 『합체한 인간』을 실제로 보는 건 처음인지라 추측이 섞여 있습니다만— 무시키 씨가 원래 몸으로 돌아간 이유는 아마, 마력의 방출량과 관련이 있을 거라고 생각합니다."

"마력의…… 지금 질질 흘리고 있는 상태라던……."

"네. 제어가 허술한 상태인지라, 지금도 사이카 님의 마력은 조금씩 방출되고 있습니다."

쿠로에는 그렇게 말하더니, 샤워기로 거품을 씻어낸 후에 머리카락에 트리트먼트를 해줬다.

"사이카 님의 마력은 방대합니다. 이 정도로는 바닥날 리가 없죠. —하지만 일시적으로 방출량이 극단적으로 늘어나면, 몸에 방어 본능이 일어날 가능성이 있습니다."

"방어 본능……?"

"간단히 말해, 문제를 감지한 신체가 자동적으로 마력 소비가 적은 절전 모드 같은 상태로 변화하리라고 생각합니다."

"아—."

그 말을 듣자, 눈가리개를 한 상태인 무시키의 눈썹이 움찔거렸다.

현재 사이카란 최강의 마술사의 몸에 무시키라는 풋내기의 정신이 합쳐져 있기에, 이런 비정상적인 상태가 이뤄진 것이다.

그러니 무시키의 요소가 신체에도 현저하게 드러난다면, 마력 소비를 줄일 수 있을 것이다.

"아하…… 이해하기 쉬운 비유네요."

무시키는 납득했다는 듯이 신음을 흘렸다.

"그래서, 내 몸을 사이카 씨로 되돌릴 때 한, 그…….."

"키스 말입니까."

쿠로에가 딱 잘라 말하자, 무시키는 한순간 말문이 막혔다.

"……네. 그건 대체…….."

"제가 마력을 공급했습니다. 그게 가장 효율적인 수단이니까요."

쿠로에는 담담한 어조로 그렇게 말했다.

그녀로서는 아무것도 아닌 일인 걸까. 무시키는 자기만 그 일을 의식하는 게 부끄러운 나머지, 화제를 바꾸려는 듯이 말을 이었다.

"……그건 그렇고 마력의 방출량, 인가요. 확실히 강의 수업 때도 무심코 마력을 썼고, 실기 수업 때도 사고를 칠 뻔했던 것 같으니까요……. 아, 혹시 어제 안비에트와 싸웠을 때도 포함인가요? 그런 일이 쌓이고 쌓여서 그런 사태가 벌어진 거군요."

"뭐, 그것도 포함될지도 모릅니다만, 굳이 따지자면 마술을 쓸 때가 아니라 평상시의 이야기입니다. 직접적인 계기는 따로 있지 않을까 싶군요."

"네?"

쿠로에가 그렇게 말하자, 무시키의 얼굴에 물음표가 떠올랐다.

그러자 그것을 씻어내려는 듯이, 쿠로에가 머리에 샤워기로 물을 뿌렸다.

"—마력의 흐름과 총량은 정신 상태에 크게 좌우됩니다. 각오와 결의, 분노, 흥분— 그런 것을 통해, 마술사는 실력 이상의 힘을 발휘하는 경우가 때때로 있죠."

"그렇다면……."

무시키가 땀을 흘리면서 그렇게 말하자, 쿠로에는 태연하게 말을 이었다.

"그때 무시키 씨는 여자 탈의실에서 옷을 갈아입는 소녀들을 목격하고 말았습니다. 즉, 그 두근거림을 계기 삼아 마력의 방출량이 늘어난 게 아닐까 싶군요."

"으음……."

이유가 이유인 만큼, 무시키는 힘이 축 빠진 것처럼 신음을 흘렸다.

"저기…… 으음, 뭐랄까, 좀 그럴듯한 건…… 없나요……?"

"엄연한 사실이니 어쩔 수 없습니다."

쿠로에가 담담한 어조로 그렇게 말했다. 무시키는 한심한 기분을 맛보며 말했다.

"……그럼 욕실에 다른 여학생이 못 들어오게 한 건……."

"네. 속옷 차림조차도 견디지 못했으니까요. 만약 실오라기 하나 걸치지 않은 모습을 봤다간, 바로 아웃일 겁니다."

"……."

무시키가 자기혐오에 빠져 입을 다물자, 쿠로에는 재미있어하는 투로 말했다.

"사이카 님에게 한눈에 반했다고 말씀하셨습니다만, 남성이란 존재는 한창때의 여성을 보면 누구라도 흥분하기 마련이라죠? 뭐, 생물로서 건강하단 증거일지도 모르지만 말입니다."

"무슨 소리예요! 나는 일편단심 사이카 씨예요!"

"그런가요. 그렇다면 안심해도 되겠군요."

쿠로에가 그렇게 말한 직후였다.

스펀지에 거품을 내는 듯한 소리가 들려오나 싶더니, 갑자기 무시키의 ─ 정확하게는 사이카의 ─ 가슴에, 부드러운 무언가가 닿았다.

"끼얏?!"

느닷없이 간지러운 감촉이 느껴지자, 무시키는 무심코 새된 비명을 지르며 등을 동그랗게 말았다.

하지만 그 정체불명의 감촉은 목, 복부, 엉덩이에서 계속해서 느껴졌다.

"잠깐…… 쿠, 쿠로에—."

"무슨 문제 있으십니까? 저는 사이카 님이 아닙니다만?"

"아, 아니, 그것과 이건, 엄연히 이야기가 다르—."

무시키는 기어 들어가는 목소리로 그렇게 말하더니, 어떻게든 쿠로에의 손길에서 벗어나려 했다.

하지만 인정사정없는 그 정체불명의 촉수에 피부를 유린당하자, 곧 온몸에서 힘이 빠진 무시키는 그대로 축 늘어졌다.

"으, 아아……."

"—흠."

그런 무시키를 본 쿠로에는 낮은 신음을 흘렸다.

"무시키 씨. 난처하게 됐습니다."

"뭐, 뭐가 말이죠……?"

"겉보기에는 사이카 님인데 반응이 참 풋풋한 점, 그리고 한마디도 지지 않으려 드는 무시키 씨가 이렇게 순순해진 걸 보니 좀 즐거워지기 시작했습니다."

"네……?!"

무시키가 고함을 질렀지만, 쿠로에는 손을 멈추지 않았

다. 부드러운 스펀지를 종횡무진으로 움직였다.

"자, 손을 들어주십시오. 온몸을 반질반질 윤이 나게 해
드리겠습니다."

"잠깐— 아, 아아아아아아아아아아아아아아아아아아앗?!"

넓은 욕실에서, 무시키의 비명이 몇 겹으로 메아리쳤다.

"……윽?!"

〈정원〉 여자 기숙사 제1숙사, 314호실.

침대에 누워 있던 루리의 눈썹이 부르르 떨리더니, 그녀
는 퍼뜩 몸을 일으켰다.

"아, 정신이 들었구나. 괜찮아? ……어, 루리. 왜 그래?"

의자에 앉아서 책을 읽고 있던 히즈미가 이상하다는 듯
이 물었다. 루리는 진지한 눈길을 머금으며 대답했다.

"방금…… 뭔가 들리지 않았어?"

"뭔가 들렸다니…… 뭐가 말이야?"

"그게, 뭐랄까…… 이제까지 몰랐던 감각에 눈뜨면서, 치욕
과 쾌락의 틈에서 떨고 있는 마녀님의 목소리…… 같은……?"

루리가 자신의 고막이 포착한 그 모호한 정보를 어찌어
찌 말로 변환하자, 히즈미는 당혹스러운 표정을 지었다.

"어? 나는 못 들었는데…… 꿈 아냐?"

"응. 어렴풋하지만, 분명히—."

루리는 또 말을 멈추더니, 다시 귀를 쫑긋 세우며 고개를 들었다.

"……윽?! 잠깐만. 또 뭔가가 들린 듯한……?"

"어…… 또 마녀님의 목소리야?"

"아냐……. 방금은 더 낮은…… 그래. 끝없는 쾌락에 유린당해, 자기 목에서 나온 목소리가 믿기지 않는…… 그런 이미지……. 아니, 그것만이 아냐……. 묘하게 향수를 자극하는 이 울림은…… 모든 것을 상냥히 감싸는…… 그리운 오라버니 같은―."

루리가 눈을 감으면서 그 어렴풋한 감각을 말로 표현하자, 히즈미는 입가를 손으로 가렸다.

"루리, 오라버니가 그리운 나머지 환청을…….."

"아, 아니, 그게 아니라……!"

"하지만 실기 과목 후에도 『어디선가 오라버니의 목소리가……』 하고 말하지 않았어……? 애초에 〈정원〉에 루리의 오빠가 있는 건 이상하지 않아?"

"그, 그건…….."

히즈미가 그렇게 말하자, 루리는 표정을 굳히며 미간을 찌푸렸다.

"……이상하네……. 내가 오라버니의 목소리를 못 알아들을 리가 없는데…….."

◇

—다음 날 아침.

"좋은 아침입니다, 무시키 씨."

"……좋은 아침이에요, 쿠로에."

정신을 차린 무시키는 의식이 어렴풋한 상태에서 인사를 건넸다.

"……저기, 질문이 있는데요."

"말씀하시죠."

"왜 내 몸 위에 올라타고 있는 거죠?"

"도망치지 못하도록 하기 위해서입니다."

"내가 도망치고 싶어질 만한 짓을 할 작정인가요?"

쿠로에가 담담히 대답하자, 무시키는 약간 겁먹은 투로 질문을 던졌다.

그렇다. 이곳은 〈정원〉 여자 기숙사의 어느 방. 그곳의 침대 위다. 무시키는 사이카의 몸으로 그 침대에 누워 있었다.

어제는 피곤했던 건지, 무시키는 바로 잠들어 버렸는데—.

아침에 일어나 보니, 옆방에 있어야 하는 쿠로에의 얼굴이 눈앞에 있었다.

쿠로에는 현재, 무시키의 복부를 넓적다리 사이에 끼우듯 걸터앉아서 그의 얼굴을 내려다보고 있었다. 흔히 마운

트 포지션이라고 부르는 자세다. 이 상태에서 타격전이 벌어진다면, 무시키는 일방적으로 당할 수밖에 없다.

"진정하세요. 사이카 씨와 쿠로에 사이에 어떤 불화가 있었던 건지는 모르겠지만, 폭력은 나빠요."

"뭔가 착각에 빠진 것 같군요."

"아무리 사이카 씨의 얼굴이 아름답더라도, 질투는 아무것도 낳지 않아요!"

"갑자기 이 포지션을 활용하고 싶단 마음이 샘솟는군요."

쿠로에가 어깨를 풀기 시작하자, 무시키는 「히익」 하고 숨을 삼켰다.

"농담입니다. 그것보다, 본론에 들어가도록 하죠."

"본론?"

무시키가 묻자, 쿠로에는 고개를 살짝 끄덕이면서 천천히 양손을 들더니―.

그대로, 자신의 목덜미를 감싼 리본을 스르륵 풀었다.

"……어? 쿠로에?"

무시키가 의아하다는 듯이 고개를 갸웃거리자, 쿠로에는 대답 대신 옷의 단추를 하나하나 풀기 시작했다.

그렇다. 마치, 무시키의 몸 위에서 옷을 벗는 것만 같았다.

"뭐…… 뭐 하는 거예요?! 쿠로에!"

"눈을 돌리지 말고, 똑바로 쳐다보세요."

당황한 무시키가 그렇게 말했지만, 쿠로에는 담담한 어

조로 작업을 이어갔다.

이윽고 모든 단추를 풀자, 한 치의 빈틈도 없을 만큼 단정하던 그녀의 복장이 흐트러질 대로 흐트러졌다.

쿠로에는 옷의 앞섶을 쥐더니, 그대로 왼쪽 어깨를 드러냈다.

—그녀의 요염한 어깨가 훤히 드러났다.

"—윽?!"

그 순간, 무시키는 무심코 눈을 감았다.

"아. 무시키 씨, 뭐 하는 겁니까. 눈을 뜨십시오."

"그럼 옷을 입으세요!"

쿠로에는 무시키가 눈을 뜨게 하려고 눈꺼풀을 당기거나 목을 간지럽혔지만, 효과가 없자 작게 한숨을 내쉬었다.

"어쩔 수 없군요. 차선책을 쓰겠습니다."

그리고 쿠로에가 그렇게 중얼거린 직후, 무시키는 자신의 가슴에 부드럽고 기분 좋은 물체가 닿은 것을 느꼈다.

"······윽?! 쿠로에—?!"

눈을 감고 있어서 상세한 건 알 수 없지만, 무시키는 쿠로에가 자신과 몸을 밀착시켰다는 것을 눈치챘다. 그런 무시키의 코끝을, 아련한 샴푸 향기가 스쳤다.

대체 뭘 하려는 걸까. —무시키가 긴장 탓에 몸을 딱딱하게 굳히자, 쿠로에가 갑자기 그의 귓가에서 말을 속삭였다.

"—사이카 님이 좋아하는 음식은 컵케이크입니다."

"뭐……?!"

달콤한 숨결. 고막을 간지럽히는 속삭임. 그리고, 그 충격적인 정보.

그 말을 들은 순간, 무시키는 자신의 심장이 오그라드는 느낌을 받았다.

하지만 쿠로에의 맹공은 그걸로 끝이 아니었다. 귀를 쓰다듬듯 계속해서 이어졌다.

"사이카 님은 욕실에서 몸을 씻을 때, 엉덩이부터 씻으십니다."

"……윽!"

그리고 결정타를 날리듯이, 쿠로에가 필살의 일격을 펼쳤다.

"─사이카 님의 스리 사이즈는 88, 59, 86이십니다."

"……커억?!"

몸이 뜨거워지면서, 호흡이 거칠어졌다. 살짝 현기증이 나더니, 눈의 초점이 흐트러졌다. 그리고, 온몸이 옅은 빛에 휩싸였다─.

"……어?"

다음 순간, 무시키의 목에서 흘러나온 것은 소년의 목소리였다.

그렇다. 무시키는 사이카의 몸에서 무시키의 몸으로 되돌아간 것이다.

"—흠. 존재변환에 성공한 것 같군요."

쿠로에가 몸을 일으키더니, 차분한 어조로 그렇게 말했다. 무시키는 당혹스러워하며 볼을 긁적였다.

"쿠로에. 으음, 이건……."

"네. 존재변환을 위해 무시키 씨를 흥분시키려 했습니다."

하지만, 하고 말한 쿠로에는 자신의 왼쪽 어깨를 쳐다보았다.

"이 정도로 변환하실 줄은 생각도 못 했습니다. —의외로 빠르시군요."

"……."

왜일까. 방금 그 말에 다른 뜻은 없을 테지만, 무시키는 왠지 엄청 부끄러웠다.

하지만, 무시키는 놓치지 않았다. 쿠로에가 옷을 고쳐입으면서, 마치 안도한 것처럼 작게 한숨을 내쉬는 것을 말이다.

"……쿠로에, 혹시 안도하지 않았어요?"

"……안 했습니다만?"

쿠로에가 태연한 어조로 그렇게 말하자, 무시키는 미심쩍은 눈길로 그녀를 쳐다봤다.

그러자 쿠로에는 화제를 바꾸려는 듯이 헛기침을 한 후, 침대에서 내려왔다.

"그것보다 시간이 없습니다. 다른 학생들이 오기 전에,

빨리 준비해 주십시오."

"준비……? 무슨 준비 말인가요?"

"뻔하지 않습니까."

무시키가 고개를 갸웃거리자, 쿠로에는 당연하다는 듯이 말을 이었다.

"—오늘부터 새로운 친구가 이 반에 다니게 됐단다. 쿠가 무시키 군과 카라스마 쿠로에 양이야."

기숙사에서 눈을 뜨고 몇 시간 후.

〈정원〉의 남학생 교복을 입은 무시키는 어제와 같은 교실의, 같은 위치에, 같은 자세로 서 있었다.

하지만 모든 것이 어제와 똑같냐면, 그렇지는 않았다.

무시키는 쿠오자키 사이카의 모습이 아니라 쿠가 무시키 본인의 모습을 하고 있었다. 그래서 교실을 가득 채운 것 또한 어제 같은 긴장감이 아니라, 신기함에서 비롯된 기이한 시선과 그의 실력을 파악하려 하는 기척이었다.

"……."

아니, 문제는 그런 변화가 아니다. 무시키는 옆에 선 쿠로에(그녀도 교복으로 갈아입었다)에게, 소곤소곤 말을 건넸다.

"……쿠로에?"

"왜 그러시죠?"

"아니, 그게— 왜 나까지 편입한 거예요? 그리고 쿠로에까지…….."

무시키가 묻자, 쿠로에는 등을 꼿꼿이 펴며 말했다.

"어제 사례로 볼 때, 지금의 무시키 씨는 언제 어떤 계기로 존재변환이 일어날지 알 수 없는 상태입니다."

"아니, 사람을 무슨 폭탄처럼…….."

"적절한 표현이라 생각합니다."

쿠로에는 담담한 표정으로 그렇게 말한 후, 덧붙여 말했다.

"만약 예상하지 못한 사태가 발생하면서 무시키 씨의 몸으로 되돌아가는 모습을 누군가가 보기라도 한다면 큰일입니다. 〈정원〉은 비밀스러운 존재입니다. 외부의 인간이 숨어든다면 철저한 조사 및 추궁을 받게 되겠죠."

하지만, 하고 쿠로에는 말을 이었다.

"이렇게 『쿠가 무시키』로서 명목상으로라도 학원에 속한다면, 만약 무시키 씨로 되돌아간 상태를 누군가가 보더라도 『외부에서 숨어든 정체불명의 인간』에서 『수업을 툭하면 빼먹는 불량 학생』 정도로 사태가 축소될 겁니다. —게다가 제가 있으면 만일의 사태가 벌어졌을 때, 존재변환을 하는 것이 가능하죠."

"그렇군요…… 어."

카라스마 쿠로에

쿠가 무시키

무시키는 고개를 끄덕이려다, 이 작전의 치명적인 결함을 눈치챘다.

"……만약 어제처럼 여자 탈의실에서 변환이 일어난다면, 얼굴과 이름이 알려져 있으니 대미지가 더 클 것 같은데요."

"그건―."

"그건?"

"그런 일이 벌어지지 않도록 노력해주십시오."

"느닷없이 근성론을 주장하지 말아 줄래요?"

목소리를 낮췄다고는 해도, 이야기를 너무 오래 나눈 것 같았다.

담임인 쿠리에다 토모에 교사는 질렸다는 듯한 표정으로 무시키와 쿠로에를 쳐다보았다.

"쿠가 군? 카라스마 양? 무슨 이야기를 나누는 거니? 편입 첫날부터 잡담을 나누는 건 좀 그렇지 않나 싶네."

그리고 그렇게 말한 후, 아양을 부리듯 팔짱을 꼈다.

"아, 죄송합니―."

무시키는 말을 이으려다 멈췄다.

"……응? 쿠리에다 선생님, 맞죠?"

겉모습은 똑같지만, 토모에의 얼굴과 행동거지와 목소리가 어제와 달라도 너무 달랐다.

어제는 겁먹은 표정으로 등을 동그랗게 굽힌, 부들부들

떨고 있는 치와와 같은 모습이었다.

하지만 지금은 자신만만한 표정으로 끝내주는 몸매를 과시하는 듯한 모습이었다. 그 우아하면서 차분한 분위기는 마치 유연한 암표범 같았다.

"어머……? 초면인가 했더니, 어디서 만난 적이 있는 거야? 후후, 아니면 이런 시간에 남들 보는 앞에서 헌팅하는 거니?"

"아, 아뇨. 그런 게 아니라……."

무시키는 고개를 저으며 부정했지만, 혀로 입술을 핥으며 눈을 가늘게 뜬 토모에는 검지로 무시키의 턱을 스윽…… 매만졌다.

"후후…… 고전적인 멘트지만, 싫진 않네. 좋아. 그 용기를 봐서 응해줄게. —방과 후에 교무실로 오렴. 특별 과외 수업을 해줄게."

토모에는 섹시한 몸짓을 취하며 그렇게 속삭였다. 그녀의 태도가 이렇게 돌변하자, 무시키는 눈을 휘둥그렇게 떴다.

바로 그때, 옆에서 지켜보고 있던 쿠로에가 복도 쪽을 쳐다봤다.

"—어머. 안녕하십니까, 사이카 님."

"히이이이이이이익……?! 아, 아니에요! 그런 게 아니에요, 마녀님……! 오해예요! 결코, 결코 직무 중에 귀여운 남학생을 건드릴 생각 같은 건……!!"

쿠로에가 그렇게 말한 순간, 아까까지 자신감과 색기를 온몸에 두르고 있던 토모에가 울상을 지으며 철퍼덕 무릎을 꿇었다. 그리고 그대로 목숨을 구걸하듯 고개를 조아리며 싹싹 빌었다.

"아, 실례했습니다. 제가 잘못 봤군요."

"그, 그랬구나……. 조심 좀 해. 간 떨어질 뻔했잖니. 수명이 줄어드는 줄 알았네……. 그런데 쿠가 군, 방과 후에 말인데―."

"아. 역시 사이카 님이 맞는 것 같습니다."

"끼야아아아아아앗! 농담이에요! 마녀님 때문에 간 떨어질 뻔할 리가 없잖아요오오오오! 센스 넘치는 토모에의 조크예요오오오오! 오히려 마녀님을 뵈어서 수명이 늘어나는 것만 같아요~! 감사합니다, 감사합니다~!"

토모에가 또 전자동 무릎 꿇기 머신으로 변신했다.

쿠로에는 냉철한 눈길로 그 모습을 내려다보더니, 무시키를 향해 고개를 돌렸다.

"안심하십시오. 사이카 님은 오늘 학원을 쉬실 예정입니다."

쿠로에가 그렇게 말하자, 얼굴에 긴장감이 감돌던 학생들이 후유 하고 한숨을 내쉬는 것을 알 수 있었다. 아마 사이카가 언제 올지 몰라 긴장하고 있었던 것이리라.

그런 와중에 토모에는 쿠로에의 목소리를 못 들은 건지,

여전히 고개를 조아리고 있었다.

"자, 선생님이 저 모양이니, 빈자리에 앉도록 하죠."

"······네."

지금은 쿠로에의 말에 따르는 편이 좋을 것 같았다. 무시키는 여전히 눈에 보이지 않는 마녀를 두려워하는 토모에를 남겨둔 채, 쿠로에의 뒤를 따르듯 걸음을 옮겼다.

하지만— 바로 그때, 눈치챘다.

추태를 보이는 토모에를 보며 쓴웃음을 짓거나 한숨을 내쉬는 학생들 사이에서, 경악에 찬 표정으로 무시키를 응시하는 이가 있었다.

"어, 어어어어어어어어어어······."

학원장 직할 기관 〈기사단〉에 이름을 올린 천재 마술사이자, 무시키가 생이별한 여동생.

후야죠 루리가 자리에서 벌떡 일어나더니, 무시키를 손가락으로 가리켰다.

"—어째서 네가 여기 있는 거야, 무시키······!!"

그 갑작스러운 외침을 들은 클래스메이트들이 놀란 표정으로 루리를 쳐다보더니, 그녀의 손가락이 향한 곳을 쳐다보듯 무시키에게 시선을 보냈다.

"어, 뭐야····· 아는 사이야?"

"오늘 아침에 모퉁이에서 부딪치기라도 했어?"

그런 농담 같은 목소리가 들려오는 가운데, 루리의 근처에 앉아 있던 히즈미가 뭔가를 떠올린 것처럼 눈을 동그랗게 떴다.

"어디서 들은 이름이다 싶었는데, 혹시 루리의 오빠분……?"

그 말을 기점으로, 클래스메이트들이 술렁거리기 시작했다.

"어? 루리의 오빠라면, 4월 출생의 그……?"

"루리가 3월 출생이라 실질적으로 한 살 차이 나지만 학년은 같다던 그……?"

"후야죠의 다섯 살 생일 때, 조개껍질로 만든 사진 액자를 선물했다던 그……?"

"어, 왜 초면인 사람들이 나에 대해 이렇게 잘 아는 거야?"

마지막 정보는 무시키 본인의 기억 못 하는 일이었기에, 그는 당혹스럽다는 듯이 미간을 찌푸렸다.

그러자 그 질문에 답하듯, 모두의 시선이 또 루리를 향했다. —마치, 정보의 출처를 알려주듯이 말이다.

"……."

하지만 루리는 주위의 목소리가 들리지 않는 듯이 천천히 발걸음을 옮기더니, 무시키의 앞에 섰다.

그리고 무시무시한 눈길로 무시키를 올려다보며 입을 열었다.

"—다시 묻겠어. 네가 왜 〈정원〉에 있는 거야? 아니—

그 이전에, 어떻게 이곳의 존재를 알아냈어? 관리부에서 스카우트했어? 아니면 혹시, 후야죠의 사람 중 누가 알려 주기라도 한 거야?"

루리는 무시무시한 위압감을 뿜으면서 물었다.

살기, 투기, 검기— 동서고금을 통틀어 여러 표현으로 사람들 사이에서 전해져 내려온, 눈에 보이지 않는 압력. 무시키는 이 순간, 그것이 실존한다는 것을 체감했다. 그 기운을 느낀 건지, 클래스메이트들도 다들 입을 다물었다.

어제 사이카의 몸으로 이야기를 나눌 때와는 분위기가 완전히 달랐다. 평화로운 문명 속에서 살면서 잃었던 본능이, 강제적으로 되살아나는 느낌이 들었다. 자신이 현재, 절대적인 포식자와 대치하고 있다는 사실에 설득력이 느껴졌다.

아무것도 모르는 무시키가 그렇게 느낄 만큼, 루리는 『진짜』였다.

"루리—."

물론 이대로 솔직하게 대답할 수는 없다. 그것은 사이카를 배신하는 행위이며, 그녀의 몸을 위험에 처하게 하는 짓이다.

하지만, 그렇다고 해서 거짓을 늘어놓을 수도 없었다. 루리라면 어설픈 거짓말을 꿰뚫어 볼 것이란 확신이 들었다.

그래서 무시키는— 한 점의 거짓도 섞이지 않은 진심을

입에 담기로 했다.

사이카의 몸일 때는 건네지 못했던, 가장 먼저 해야 했을 말을…….

"오랜만에 만나서 기뻐."

"—흐으으윽?!"

무시키가 그렇게 말하자, 루리는 새된 비명을 지르며 몸을 배배 꼬았다.

얼굴은 새빨개졌으며, 눈은 계절을 따라 일정 경로로 이동하는 물고기처럼 빙빙 돌고 있었다.

하지만 루리는 강인한 정신력을 발휘해 버텨내더니, 거친 숨을 내쉬면서도 똑바로 섰다. 갑자기 땀이 난 탓인지, 이마에는 앞머리 몇 가닥이 붙어 있었다.

"……어, 얼버무리려고 해봤자 소용없어. 똑바로 대답—."

"못 본 사이에 미인이 됐네."

"끄어어푸크까우히익……!!"

루리는 미인답지 않은 기침을 토하면서 그 자리에서 무너졌다.

당황한 무시키는 몸을 웅크리더니, 그녀의 등을 어루만져 줬다.

"괜찮아? 말을 급하게 하니까—."

"……윽!"

그 순간, 루리는 몸을 부르르 떨면서 무시키의 손아귀에서 벗어나듯 바닥을 박찼다.

그리고 토마토처럼 새빨개진 얼굴과, 눈물이 어린 두 눈으로 무시키를 노려봤다.

"이, 이걸로 이겼다고 생각하지 마~! 나는 인정 못 해! 반드시, 바아아아아안드시, 이 〈정원〉에서 쫓아낼 거야아아아앗!"

루리는 그렇게 외치더니, 교실 문을 거칠게 열면서 복도로 뛰쳐나갔다.

어안이 벙벙한 분위기가 흐르는 교실 안에, 조례 종료를 알리는 종소리가 울려 퍼졌다.

―그로부터 약 10분 후. 그제야 진정한 쿠리에다 토모에가 1교시 수업을 시작했다.

"즉, 새로운 발견에 따라 세대가 갱신된다고 해도 종래의 기술이 무의미해지는 것이 아니라―."

어제와 마찬가지로, 토모에는 전자 칠판을 이용해서 마술의 역사를 설명했다.

아니, 어제와 마찬가지란 표현은 그녀에게 실례일지도 모른다. 사이카에 겁을 먹었던 어제와 달리, 지금의 토모에는 당당하기 그지없었다.

가슴을 펴고, 흔들림 없는 목소리로 이야기를 하며, 때때로 유머를 섞어서 학생들의 웃게 하는 여유마저 보여주고 있다. 이것이 토모에의 원래 수업일 것이다.

교실 안의 분위기도 어제보다 훨씬 평온했다.

무시키도 주목을 받지 않는 건 아니지만, 어제에 비하면 클래스메이트들은 꽤 차분해 보였다. 적어도 어제처럼 일거수일투족을 신경 쓰며 힐끔힐끔 쳐다보는 학생은 거의 없었다.

─뭐, 무시키를 향해 날카로운 시선을 계속 보내고 있는 여학생이 한 명 있기는 하지만 말이다.

그렇다. 아까 교실을 뛰쳐나갔던 루리가 1교시 수업이 시작되기 전에 돌아온 것이다.

그러면서 남들의 주목을 받기는 했지만, 딱히 개의치 않는 것 같았다. 그야말로 강철 같은 정신력의 소유자다.

"……무시키 씨."

그 시선이 신경 쓰인 건지, 옆자리에 앉은 쿠로에가 토모에의 수업을 들으면서 작은 목소리로 나에게 말을 건넸다.

"쿠로에, 왜 그래요?"

"기사 후야죠와 남매라고 들었습니다만, 이렇게 험악한 관계였던 겁니까?"

"아, 그렇진 않다고 생각하는데요……. 옛날에는 사이가 좋았고요."

"그럼 왜 저런 눈길로 쳐다보는 거죠?"

"글쎄요……."

무시키가 식은땀을 흘리며 그렇게 대답했을 때, 교탁 앞에 서 있던 토모에가 무시키를 손가락으로 가리켰다.

"저기, 쿠가 군. 이 학원에서의 첫 수업이라 들뜬 건 이해하지만, 잡담을 나누면 안 되잖니."

"아— 죄송합니다."

"정말, 못 말리는 애네. 역시 벌을 좀 받아야겠어. 방과 후에 내—."

"어머나."

토모에가 말을 이으려던 순간, 쿠로에는 뭔가를 눈치챈 것처럼 복도를 쳐다봤다.

그러자 토모에는 어깨를 부르르 떨며 주위를 둘러봤다.

"어…… 안 왔지? 응?"

토모에는 두려움에 떨며 교실의 문을 열더니, 신중하게 복도를 살펴본 후에 안도의 한숨을 내쉬며 원래 장소로 돌아왔다.

그리고 마음을 진정시키려는 것처럼 심호흡을 한 후, 무시키를 다시 쳐다봤다.

"뭐, 좋아. —자, 쿠가 군. 잡담을 나눌 여유가 있는 걸 보면, 수업을 이해했나 보네. 그럼 이 문제에 답해볼래?"

"아, 모르겠습니다."

무시키가 즉답하자, 토모에는 땀을 뻐질뻐질 흘리며 쓴

웃음을 흘렸다.

"모르더라도, 좀 고민하는 척을 하는 편이 좋지 않을까 싶네……."

"죄송해요. 애초에 마술이 뭔지도 아직 몰라서요……."

무시키가 그렇게 말하자, 주위 학생들은 어처구니없다는 듯이 한숨을 내쉬거나 의미심장한 웃음을 흘렸다.

발언 자체는 어제와 별반 다르지 않지만, 발언자가 사이카인지 무시키인지에 따라 반응이 달라지는 것 같았다.

"이봐, 진짜냐. 왜 이딴 초보자가 영광스러운 〈정원〉에 들어온 건데?"

키가 큰 남학생이 어깨를 으쓱하며 그렇게 말했다.

참고로 그는 어제 무시키가 사이카의 모습으로 마술이 뭐냐고 물었을 때, 「매우 심오한 질문이야……」 하고 말하며 전율했었다.

"곤란하게 됐네……. 우리까지 쟤와 같은 레벨로 여겨지겠어."

이어서 안경을 쓴 여학생이 그렇게 말했다.

참고로 그녀는 어제 「마술이란…… 마술이란…… 아아아아~~!!」 하며 머리를 감싸 쥐었다.

"훗……. 순진무구한 바람인가. 그것 또한 정취 있지—."

창가에 앉아 있던 남학생이 긴 앞머리를 쓸어 올리며 중얼거렸다.

참고로 그는 「대, 대단하십니다, 마녀님!」 하며 손을 닳도록 비벼대면서 아양을 떨었다.

바로 그때—.

"—뭐?"

그런 학생들의 반응을 접한 누군가의 얼음장처럼 서늘한 목소리가 교실에 울려 퍼졌다.

미간을 찌푸린 루리가 이마에 혈관이 불거진 채, 핏발선 눈으로 교실 안을 둘러보고 있었다.

""""……윽?!""""

그 시선에 꿰뚫리자, 방금 무시키를 비웃던 학생 몇 명이 어깨를 부르르 떨었다.

하지만 루리는 말을 잇지 않았다.

무시키를 〈정원〉에서 쫓아내겠다고 말한 직후라서 그를 옹호하는 발언을 할 수는 없지만, 그렇다고 자기 말고 다른 누군가가 무시키를 나쁘게 말하는 것을 참을 수 없다는 듯한 반응이었다. 마치 소년 만화에 나오는 라이벌 캐릭터 같았다.

"루, 루리. 루리……."

히즈미가 당황한 투로 그렇게 말하면서 루리의 어깨를 두드렸다.

루리는 그제야 마음을 가라앉히더니, 흥 하고 코웃음을 치며 앞을 쳐다봤다.

"으, 으음~ 수업, 계속해도 될까……?"

범상치 않은 분위기를 느낀 걸까. 토모에는 식은땀을 흘리며 물었다.

그러자 루리는 태연한 어조로 대꾸했다.

"물론이죠. 빨리 계속하세요. 그게 선생님의 일이잖아요?"

"으응……."

토모에는 그 고압적인 말을 듣더니, 인상을 찡그리며 수업을 다시 시작했다.

막연하기 그지없는 강의 수업을 어찌어찌 듣고 맞이한 3교시.

무시키는 클래스메이트들과 함께 중앙 학사에서 연무장으로 이동했다. 어제 5, 6교시와 마찬가지로 안비에트가 담당하는 실기 수업을 듣기 위해서 말이다.

옷을 갈아입은 무시키는 연무장에 서서 어깨를 가볍게 풀었다.

쿠로에가 준비해준 운동복은 교복과 마찬가지로 무시키의 몸에 딱 맞았다. 언제 치수를 잰 건지는 모르지만, 참 용의주도했다.

"눈을 떼려니 좀 걱정됐습니다만, 딱히 문제는 없었나

보군요."

뒤편에서 그런 목소리가 들려왔다. 고개를 돌려보니, 무시키와 마찬가지로 운동복으로 갈아입은 쿠로에가 서 있었다.

"네? 마력 방출량의 변화로 존재변환이 일어나는 건, 사이카 씨의 몸일 때만 아닌가요?"

"그건 그렇습니다만, 그건 저도 처음 접하는 사례이니까요."

쿠로에가 섬뜩한 소리를 하자, 무시키는 쓴웃음을 머금으며 대꾸했다.

"뭐…… 괜찮을 거예요. 어제와 다르게 남자 탈의실을 이용했는걸요. 남자 탈의실은 참 위대하네요. 남자밖에 없는 공간이라 마음이 편해요."

"오해를 살 수 있는 발언이군요."

쿠로에가 도끼눈을 뜨며 그렇게 말했을 때, 연무장 안쪽에서 안비에트가 걸어왔다.

"―이봐, 시작하자. 집합해."

안비에트는 귀찮다는 듯이 손짓을 했다. 그러자 연무장에 있던 학생들이 그의 앞에 정렬했다.

"그럼 일단 준비 운동을 한 다음, 어제와 마찬가지로 발동 수련을 하자. 과녁을 넉넉하게 준비해줄 테니까, 몇 명씩 조를 짜서―."

안비에트가 갑자기 말을 멈췄다.

한순간 무슨 일인가 했더니, 곧 그 이유를 눈치챘다.

모여 있는 학생 중, 루리가 손을 번쩍 든 것이다.

"드릴 말씀이 있어요, 선생님."

"아앙? 후야죠, 뭔데?"

"오늘은 처음으로 실기 과목을 듣는 편입생이 두 명 있어요."

"편입생? ……아, 그러고 보니 그런 이야기를 들었던 것 같네."

머리를 긁적이면서 그렇게 말한 안비에트는 줄지어 선 학생을 둘러보더니, 그 안에서 무시키와 쿠로에를 발견했다.

"너희냐. —어, 쿠오자키의 종자라고 했던 녀석이잖아. 네가 왜 여기 있는 건데?"

안비에트는 그렇게 말하면서 짜증 섞인 표정으로 쿠로에를 노려보았다.

하지만 쿠로에는 전혀 개의치 않으며 살짝 고개를 숙였다. 안비에트도 더는 대화를 나눌 생각이 없는 건지, 흥하고 코웃음을 치며 쿠로에한테서 시선을 뗐다.

"그리고, 네가……."

안비에트의 시선이 자신을 향하자, 무시키는 자세를 바로 했다.

"네. 쿠가 무시키입니다."

"아, 그러냐. 뭐, 관심이 생기면 이름을 기억해주마."

안비에트는 그렇게 대충 대답하며 손을 내저었다.

"그래서? 이제 만족했냐? 준비 운동을 어떻게 하는지 모른다면, 누가 가르쳐주라고. 발동 수련은— 할 수 있으면 하고, 못 하면 일단 다른 애들이 하는 걸 지켜봐. 보는 것도 수행이거든."

"아뇨. 실은 허가를 내려주셨으면 하는 사안이 있어요."

"허가? 뭔데??"

루리의 말을 들은 안비에트가 미심쩍은 표정을 지었다.

그러자 루리는 날카로운 시선으로 무시키를 쳐다봤다.

"—쿠가 무시키와의 모의전을 허가해주세요."

"……아앙?"

""……윽!""

안비에트는 루리의 말을 듣고 미간을 찌푸렸고, 클래스메이트는 경악에 찬 표정을 지었다. 쿠로에 또한 눈썹 끝이 희미하게 흔들렸다.

교실에서 루리가 했던 말이 무시키의 뇌리를 스쳤다. 이유는 모르겠지만, 루리는 무시키를 이 〈정원〉에서 쫓아내겠다고 말했다. 이 자리에서 무시키에게 따끔한 맛을 보여줘서 마음을 꺾어버리려는 속셈일지도 모른다.

결투와 습격이 아니라 수업 중의 모의전을 선택한 것은 그녀의 성실한 성격 때문일까. 아니면 클래스메이트 앞에서 추태를 보이게 할 생각인 걸까.

일촉즉발의 분위기가 연무장을 감쌌다.

—하지만.

"……아니, 갑자기 무슨 소리를 하는 거야. 당연히 안 되지."

안비에트는 식은땀을 흘리면서 안 된다고 말했다.

분위기상 허가해줄 거라고 생각한 건지, 루리는 언짢은 듯이 미간을 찌푸렸다.

"……어째서죠?"

"어째서냐니…… S급 마술사가 편입생과 모의전을 하겠다는데, 그걸 허가해줄 거라고 진짜로 생각한 거냐? 네가 무슨 전투 민족이냐고. 되게 흉포하네……."

"……."

안비에트가 지당한 의견을 내놓자, 루리는 입술을 깨물었다.

왠지 눈이 빨개진 것처럼 보였다.

좀 불쌍하단 생각이 들었다.

"자, 빨리 준비 운동이나 해. 그게 끝나면 연무장을 세 바퀴 돌고 여기로 돌아오라고."

안타까운 분위기가 연무장에 흐르는 가운데, 안비에트가 지시를 내렸다.

학생들은 거북한 표정을 지으면서도, 그 지시에 따라 준비 운동을 시작했다.

참고로 루리 또한 눈이 충혈된 채 준비 운동을 하고 있었다. 학생 중에서 가장 열심히 몸을 풀고 있었다. 달릴 때의 자세도 매우 아름다웠다. 내 동생이지만 마음이 참 강한 애라고 무시키는 생각했다.

모든 준비 운동을 마친 후, 학생들은 연무장 중앙으로 돌아왔다.

그사이에 안비에트는 빛으로 된 손발이 달린 공 형태의 과녁을 열 개 정도 준비해뒀다.

"—차례대로 한 번씩 공격을 날려. 현현 단계는 제2까지야. 버겁다면 두세 명이 조를 짜서 포위해도 돼. 농땡이 부리는 녀석이 있으면 걷어찰 줄 알아."

"""—네!"""

안비에트의 지시에 따라, 학생들은 과녁을 향해 의식을 집중하기 시작했다.

"……어!"

그 광경을 보던 무시키가 살며시 눈을 비볐다.

"무시키 씨, 왜 그러시죠?"

무시키의 반응을 이상하게 생각한 건지, 쿠로에가 그렇게 물었다. 그러자 무시키는 눈을 몇 번이나 깜빡이며 대답했다.

"아, 그게…… 어렴풋하기는 한데, 남들의 마력이 보이는 것 같아서요……."

그렇다. 현재 무시키는 사이카 모드가 아니다.

하지만 학생들의 몸을 감싸고 있는 마력이, 어렴풋하게나마 느껴졌다.

하지만 쿠로에는 딱히 놀라지 않으며 고개를 끄덕였다.

"말도 안 되는 일은 아니군요. 예전에 말씀드렸다시피, 마술 습득의 첫 고비는 마술이란 미지의 감각을 느끼는 겁니다. ―하지만, 무시키 씨는 이미 사이카 님의 몸으로 그 단계를 돌파했죠. 무시키 씨의 뇌는 이미, 마술을 받아들이고 있는 겁니다."

"뭐―."

무시키는 그 말을 듣더니, 자신의 손을 쳐다봤다.

"자기도 모르는 사이에, 사이카 씨를 통해 몸이 개발된 거군요……?"

"표현에 신경을 쓰십시오."

쿠로에는 도끼눈을 뜨더니, 으흠 하고 헛기침을 했다.

"하지만, 다른 마술사에게는 이보다 더 부러운 이야기도 없을 겁니다. 마술 습득의 첫 고비를, 최강의 마술사에게 도움을 받아 자기도 모르는 사이에 돌파한 것이니 말이죠."

"……그럼 나는 마술도 쓸 수 있게 된 건가요?"

"그건 어려울 거라고 생각합니다만― 마력의 방출 정도라면 가능할지도 모르겠군요. 시도해 보는 게 어떻겠습니까?"

쿠로에는 그렇게 말하면서 오른편 구석에 있는 과녁을 손가락으로 가리켰다. 빛으로 된 손발이 달린 공이 오도카니 서 있었다.

"그렇군요. 밑져야 본전이니 한번 해볼게요."

무시키는 그렇게 말하더니, 과녁 앞에 서서 사이카의 몸으로 마술을 썼을 때의 감각을 떠올리면서 의식을 집중하기 시작했다.

"—무나카타. 마력 연성이 허술해. 현현체를 무기라고 생각하지 마. 자기 손발이라고 생각하라고. —마부치. 제1밖에 못 한다면 그걸로 돼. 방법에 따라선 그걸로도 한 방 먹여줄 수 있을 거야. 손에 쥔 패만으로 목적을 달성할 방법을 찾아봐."

안비에트는 운동복 호주머니에 손을 집어넣은 채, 과녁을 노리는 학생들에게 차례차례 조언을 해줬다.

학생들은 몸 어딘가에 한 개 혹은 두 개의 계문이 존재했다. 현현술식을 발동시켰을 때의 특징이다.

하지만, 제2현현을 발동시킬 수 있는 술사 또한 흔치 않다. 그러니 제3의 단계에 도달할 수 있는 건, 평생을 쏟아붓더라도 이 중에서 과연 몇 명이나 될지—

"……윽?!"

안비에트가 생각을 했을 때였다.

연무장을 둘러보던 그는 갑자기 등골이 오싹해지는 느낌을 받고, 뒤를 돌아보았다.

딱히 강한 마력을 감지하거나, 살기를 느낀 것도 아니다. 무슨 일인지 말로 설명하기 어려운 감각이었다.

하지만, 마술사로서의 감이, 기사로서의 직감이, 안비에트가 평정심을 유지하지 못하게 했다.

"——."

시야 한편에, 루리의 모습이 비쳤다.

루리도 안비에트와 비슷한 표정을 지으며, 식은땀을 흘리고 있었다.

—대체, 뭐야.

안비에트는 마른침을 삼키더니, 안구를 움직였다.

그의 시선이 향한 곳에는 학생 몇 명이 있었다. 다들 과녁을 상대로 고생하는 것 같았다.

제1현현으로 바람을 일으키는 학생—.

제2현현으로 출현시킨 망치를 휘두르는 학생—.

그리고— 계문을 한 개도 출현시키지 않은 채, 양손을 앞으로 내밀고 있을 뿐인 편입생.

"……."

마지막 학생을 본 안비에트는 볼을 긁적였다.

"……말도, 안 돼."

그리고 그렇게 중얼거리면서 작게 한숨을 내쉰— 바로, 그 순간이었다.

"아니……?!"

—〈정원〉 안에서 격한 경보가 울려 퍼지더니…….

연무장의 하늘에, 무수한 금이 갔다.

"앗……?!"

눈을 감고 의식을 집중하고 있던 무시키는 갑작스럽게 들려온 경보에 고개를 들었다.

그 움직임에 맞춘 것처럼, 탁 트인 연무장의 상공에는 무수한 균열이 생겨났다.

"—무시키 씨."

"쿠로에, 이건……!"

무시키는 자신을 향해 뛰어온 쿠로에를 향해 다급한 목소리로 그렇게 외쳤다.

이 소리는. 그리고 이 광경은.

무시키가 이 〈정원〉에 온 날에 일어났던 것과, 매우 흡사했다.

무시키의 생각을 눈치챈 건지, 쿠로에는 표정을 굳히며 고개를 끄덕였다.

"틀림없습니다. 멸망인자입니다. 하지만, 이렇게 갑자

기一."

쿠로에의 말을 막듯, 하늘에 생겨난 금이 점점 커지더니一
이윽고, 그 안에서 거대한 괴물이 모습을 드러냈다.

날카로운 발톱. 단단한 비늘에 감싸인 몸. 박쥐를 연상
케 하는 날개. 그리고, 뿔과 송곳니가 달린 머리.

멸망인자 206호: 드래곤.

그것은 무시키가 〈정원〉에 온 그날, 안비에트가 한 방에
해치운 환수였다.

하지만, 그때와 결정적으로 다른 점이 있었다. 一숫자다.

그때 나타난 드래곤은 한 마리였다. 그런데도 숨결을 한
번 내쉬어서 〈정원〉 밖에 펼쳐진 마을을 불바다로 만들었다.

그런 드래곤이, 지금은一.

"100…… 200…… 아니, 더 많아……?!"

당황한 누군가의 목소리가 연무장에 울려 퍼졌다.

그렇다. 한눈에 정확한 숫자를 파악할 수 없을 만큼 대
량의 드래곤이, 〈정원〉의 하늘을 뒤덮은 것이다.

아니. 一그것만이 아니었다.

무수한 드래곤의 뒤편. 공간에 생겨난 균열에서, 거대한
용이 머리를 내밀었다.

그 광경을 본 안비에트가 눈을 치켜떴다.

"아니?! 멸망인자 048호一『파프니르』?! 두 자릿수가 왜
이런 곳에 나타난 거냐고! 게다가 드래곤의 숫자를 봐! 대

체 무슨 일이 일어난 거지?!"

"우는소리를 할 때가 아니에요! 우선 학생들을 피난시키세요!"

루리가 안비에트를 향해 일갈하듯 고함을 질렀다. 그것은 일개 학생이 아니라 〈정원〉의 수호자인 기사로서의 발언이었다.

"말 안 해도 알아! B급 이상의 마술사는 응전, C급 이하는 중앙 에어리어로 대피해라!"

"""아…… 네!"""

그 지시에 따라, 몇 명을 제외한 학생들은 연무장에서 대피하려 했다.

하지만 그 움직임을 예견한 것처럼, 드래곤 몇 마리가 하늘을 날아와서 학생들을 막아섰다.

"어, 어엇!"

"꺄앗?!"

드래곤의 포효를 들은 학생들이 그 자리에서 굳어버렸다.

"쳇―."

하지만 드래곤의 발톱이 학생들을 찢기 전에, 안비에트의 등에 빛의 고리 두 개가 생겨났다.

"제2현현―【뇌정저】!!"

안비에트의 주위에 두 개의 삼고저가 생겨나더니, 뇌격을 뿜었다.

그 순간, 학생들을 노리던 드래곤의 머리가 터져나갔다. 드래곤의 거대한 몸통은 묵직한 소리를 내며 지면에 쓰러지더니, 빛과 함께 사라졌다.

"무사하냐?!"

"아, 네!"

"그럼 빨리 가!"

안비에트가 성을 내듯 고함을 지르자, 학생들은 허둥지둥 다시 걸음을 옮겼다.

하지만 드래곤의 숫자는 끝이 없었다. 마치 단 한 명도 놓치지 않겠다는 듯이, 차례차례 연무장으로 날아왔다.

"이게—."

안비에트가 인상을 찡그리면서도 뇌광으로 드래곤의 목을 날렸고, 날개를 찢었으며, 몸통에 커다란 구멍을 냈다. 그 모습은 번개를 두른 군신(軍神)을 연상케 했다.

실력 차는 역력했다. 거대한 드래곤이 차례차례 그의 발치에 쓰러졌다.

하지만, 문제는 멸망인자의 압도적인 물량이다. 그의 빈틈을 노리듯, 드래곤은 학생들을 계속 노렸다.

그리고 무시키와 쿠로에도 예외는 아니었다.

"우왓……?!"

"……앗! 큭—."

거대한 드래곤이 무시키와 쿠로에를 향해 상공에서 쇄도

했다. 쿠로에는 자신의 몸을 방패 삼듯, 무시키의 앞에 섰다.

"쿠로에!"

무시키는 반쯤 무의식적으로 쿠로에의 어깨를 움켜쥐더니, 그대로 그녀를 감싸듯 끌어안으면서 드래곤을 향해 자신의 등을 내밀었다.

"무시키 씨……?!"

경악에 찬 쿠로에의 목소리가, 무시키의 고막을 뒤흔들었다.

하지만 예상했던 충격은 어찌 된 건지 느껴지지 않았다.

"제2현현―【인황인】!"

루리의 목소리가 들리는가 싶더니, 무시키와 쿠로에를 노리던 드래곤의 거대한 몸이 산산이 조각났다.

"아니―."

여러 조각으로 분해된 드래곤의 사체가 허공에 흩뿌려진 가운데, 무시키의 눈앞에 루리가 내려섰다.

머리에는 도깨비 가면을 연상케 하는 계문 두 개가 떠올라 있었으며, 손에는 도깨비불처럼 빛나는 칼날을 지닌 왜장도가 쥐어져 있었다.

신성함마저 감도는 그 위용에, 무시키는 한순간 시선을 빼앗겼다.

하지만 루리는 표정을 굳히더니, 그대로 무시키의 멱살

을 움켜잡았다.

"……이게 마술사의 전장이야. 어디서 〈정원〉에 관해 알게 된 건지는 모르겠지만, 포기해. 너는 마술사가 될 수 없어. —알았으면, 빨리 도망쳐. 그리고 다시는 이 세계와 얽히지 마."

루리는 일방적으로 그렇게 말한 후, 쿠로에를 힐끔 쳐다봤다.

"쿠로에라고 했지? —마녀님의 종자가 왜 무시키와 가깝게 지내는 건지는 모르겠지만, 실력은 꽤 있는 편이겠네. —무시키를, 부탁할게."

그리고 차분한 목소리로 그렇게 말한 후, 땅을 박차면서 남은 드래곤 무리를 향해 빛의 궤적을 남기며 돌진했다.

"……무시키 씨."

망연자실한 표정으로 루리가 싸우는 모습을 지켜보던 무시키는 자신의 품속에서 쿠로에의 언짢은 목소리가 들려오자, 허둥지둥 그녀에게서 떨어졌다.

하지만 쿠로에의 언짢은 표정에는 변함이 없었다. 미간을 찌푸린 그녀는 원망하는 듯한 어조로 말했다.

"무슨 생각이신 거죠? 거듭 말씀드렸지 않습니까. 당신의 신체는 사이카 님의 신체이며, 당신의 죽음은 사이카 님의 죽음을 의미한다고 말입니다."

"미안해요. 무심코……."

"무심코, 란 말로 넘어갈 일이 아닙니다."

쿠로에는 고개를 휙 돌렸다. 아무래도 진심으로 화가 난 것 같았다.

무시키는 난처한 표정을 지으며 다시 하늘을 올려다봤다.

"아, 아무튼 별일 없어서 다행이에요. 안비에트도 그렇고…… 루리도 저렇게 강했군요. 갑자기 드래곤이 나타나서 놀랐지만, 저 두 사람이라면—."

"……"

무시키가 그렇게 말했지만, 쿠로에의 표정은 여전히 굳어 있었다.

"그렇게 쉽게 풀릴까요."

"네?"

"저 두 분의 힘은 확실히 강대합니다. 또한, 다른 분들도 곧 지원하러 오시겠죠. 출현한 멸망인자를 전부 토멸할 수는 있을 겁니다. —하지만, 숫자가 너무 많습니다. 그에 걸맞은 피해가 발생하는 건 피할 수 없겠죠."

"하지만 멸망인자를 해치우면, 그 피해는 없었던 일……."

무시키가 일전에 봤던 광경을 떠올리며 묻자, 쿠로에는 미간에 깊은 주름을 만들었다.

"확실히 가역 토멸 기간 안에 멸망인자를 쓰러뜨린다면, 그 멸망인자가 일으킨 사태는 『없었던 일』이 됩니다."

"그렇죠? 그럼—"

"하지만, 멸망인자의 소멸을 관측할 수 있는 자— 마술사는 거기에 포함되지 않습니다."

"……윽! 마술사의 죽음은 없었던 일이 되지 않는단 건가요?"

"그렇습니다."

쿠로에는 쓰디쓴 표정을 지으면서 무시키의 말을 긍정했다.

"이 상황을 한 명의 사상자도 없이 타개할 수 있는 건— 하늘을 뒤덮은 드래곤을 한꺼번에 해치울 수 있을 뿐만 아니라, 그 자리에 있는 마술사들이 그 공격에 휘말리지 않게 하는— 그런 말도 엄청난 일이 가능한 마술사뿐입니다."

"그런 말도 안 되는 일을 할 수 있는 마술사—."

무시키는 그 말을 듣고 주먹을 말아 쥐었다.

"—짚이는 사람이, 딱 한 명뿐이네요."

"오오오오오오오오오오오오오오오오—!!"

날카로운 기합을 내지르며, 루리가 왜장도를 휘둘렀다.

제2현현 【인황인】. 자루 끝에 생겨난 빛의 칼날이 채찍처럼 휘어지면서 종횡무진으로 궤적을 그리자, 주위의 멸망인자가 잘게 썰려 나갔다.

강인한 신체와 모든 것을 재로 만드는 불꽃의 숨결을 지닌 드래곤일지라도, 〈정원〉의 기사에게는 그렇게 어려운 상대가 아니었다. 실제로 루리와 안비에트는 서른 마리가 넘는 드래곤을 사냥했다.

하지만, 문제는 그 숫자였다.

여전히 하늘에는 무수한 드래곤이 존재했으며, 차례차례 〈정원〉과 그 외곽에 펼쳐진 마을을 공격했다. 다행히 마술사의 희생은 없었지만, 주위 마을은 이미 불길에 뒤덮여 폐허가 되고 말았다.

가역 토멸 기간 안에 멸망인자를 쓰러뜨리면 사라질 광경이지만, 봐서 기분 좋을 모습은 아니었다. 루리는 인상을 찡그리면서, 왜장도를 쥔 손에 힘을 줬다.

마치— 그 타이밍에 맞춘 것처럼, 다른 드래곤이 아래편에 있는 연무장을 향해 화염 숨결을 토했다. 그러자 주위의 공기가 순식간에 불타올랐다.

"쳇—."

루리는 공기를 박차더니, 왜장도의 칼날을 조종해서 불을 뿜은 드래곤의 목을 벴다. 그 무시무시한 머리는 절단된 후에도 몇 초 동안 불을 뿜으면서 지면을 향해 낙하했다.

연무장에는 아직 학생 몇 명이 있었지만, 다들 일단은 마술사다. 각자 나름의 방법으로 불꽃을 막고 있는 것 같았다. 그 모습을 확인한 루리는 작게 안도의 한숨을 내쉬었다.

하지만 바로 그때, 루리는 어떤 사실을 눈치챘다.

—연무장 한가운데에, 무시키와 쿠로가 없다는 사실을 말이다.

"무시키—."

루리는 쥐어짜 낸 듯한 목소리로 그렇게 말하며, 지상을 내려다봤다.

무사히 도망쳤다면 그것으로 됐다. 하지만, 무시키는 오늘 이 학원에 편입한 마술의 문외한이다. 만약 방금 불길에 휘말렸다면—.

최악의 상상이 루리의 뇌리를 스쳤다.

그것은 한순간에 불과했지만, 전장에서 그것은 치명적인 빈틈이 되기에 충분한 시간이었다.

"큭……?!"

눈치챘을 때는 공간의 균열에서 얼굴을 내민 거대한 멸망인자— 파프니르 타입이 말뚝 같은 이빨이 난잡하게 달린 입을 크게 벌리고 있었다.

—피할 수 없다. 루리는 어금니를 깨물며 충격에 대비했다. 어떻게든 공격을 견뎌낸 후, 반격을 하기 위해서 말이다.

하지만—.

"—어?"

다음 순간. 루리는 무심코 눈을 동그랗게 떴다.

예상했던 고통이, 아무리 기다려도 느껴지지 않았다.

그 대신, 엄청난 위화감이 루리의 온몸을 감쌌다.

그렇다. 방금까지 루리의 주위에는 연무장이, 〈정원〉이, 불바다로 변한 마을이 펼쳐져 있었다.

하지만, 지금 루리의 눈에 비친 것은—.

혹한의 폭풍이 휘몰아치는, 얼어붙은 대지였다.

"아니…… 이, 건—."

비유도, 농담도 아니다.

순식간에 장소를 이동한 것처럼, 아까까지와는 전혀 다른 공간이 주위에 펼쳐져 있었다. 마치 꿈이나 환각을 보고 있는 듯한 광경이었다.

하지만 루리는 이 현상을 알고 있다. 그리고 이 감각도 느껴본 적 있다.

『현상』을 초월해, 『물질』을 형성하고, 『동화』를 거쳐 도달하는 지고의 『영역』.

현현술식 · 제4현현.

마술의 도달점이자, 극소(極小) 세계를 만드는 궁극의 기술.

그리고, 이 정도 규모의 현현이 가능한 사람은—.

"—내가 자리를 비운 사이에 정원을 어지럽히다니, 무례하기 그지없는 손님도 다 있는걸."

"……앗!"

자신이 한 생각에 답해주는 듯한 타이밍에 들려온 목소

리를 듣고, 루리는 고개를 들었다.

그리고, 그곳에 떠 있는 소녀의 모습을 보고, 떨리는 목소리로 말했다.

"마녀님—."

그렇다. 그곳에는…….

머리 위에 4획의 계문이 전개된 극채의 마녀, 쿠오자키 사이카가 당당히 서 있었던 것이다.

어찌 된 건지 운동복을 입고 있었지만, 감동에 젖은 루리는 그런 것을 신경 쓰지 못했다.

사이카가 계문의 빛을 뿜으며, 아래편에서 우글거리고 있는 멸망인자들을 노려보았다.

"내 발에 입맞춤해. —모두 다 한꺼번에, 신부로 삼아주겠어."

사이카는 그렇게 말하면서, 천천히 한 손을 들어 올렸다.

그러자 그 동작에 맞춰, 주위에 휘몰아치던 폭풍이 방향성을 지닌 것처럼 소용돌이가 휘몰아쳤다.

"저, 저건……!"

"회오리……?!"

학생들이 경악에 찬 목소리로 그렇게 외쳤다.

그들의 말에 답하듯, 무수한 얼음덩어리를 머금은 회오리가 무수한 드래곤과 그 뒤편에 있는 파프니르 타입을 일제히 덮쳤다.

거대한 괴물은 얼음덩어리에 압살당하거나, 혹은 냉기의 폭풍에 의해 얼어붙었다. 수많은 단말마가 하늘에 울려 퍼지더니, 곧 얼음 폭풍의 굉음에 삼켜지고 말았다.

"우, 우와아아아아아아앗?!"

"꺄아아아아아아아아앗!"

물론 거기에 있는 것은 멸망인자만이 아니다. 남겨진 학생들은 절규를 토했다.

하지만—.

"……윽!"

다음 순간, 루리는 다시 눈을 깜빡거렸다.

얼음 폭풍이 시야를 뒤덮은 그 순간, 또 주위의 풍경이 뒤바뀌고 만 것이다.

그렇다. 방금까지 루리 일행이 싸우고 있던 연무장으로 말이다.

하지만, 그곳에는 방금까지 있던 드래곤이 단 한 마디도 남아 있지 않았다.

학생들은 엉덩방아를 찧은 채 눈을 휘둥그렇게 뜨거나 지면에 주저앉아서 부들부들 떨고 있지만, 다들 무사했다.

시간으로 치면, 아마 1분도 채 안 될 것이다.

—그야말로, 기적이라 해도 과언이 아닌 신의 위업이었다.

"후유. —소란을 피워버렸는걸."

사이카는 지면에 내려서더니, 장난스러운 말투로 그렇

게 말했다.

―그런 그녀에게 학생들이 환성으로 답한 건, 그들이 상황을 제대로 파악한 후의 일이었다.

"……."

쿠로에는 손가락으로 자신의 입술을 매만지면서, 연무장을 천천히 걸었다.

이미 이곳에는 멸망인자가 없었다.

사이카의 모습으로 변한 무시키가, 제4현현으로 순식간에 쓸어버린 것이다.

섬세한 마력 조작은 아직 어렵지만, 힘을 억누르지 않으며 발휘하는 것은 가능해 보였다. 정말 기묘한 마술사가 아닐 수 없었다.

하지만 보아하니 학생들에게도 피해는 발생하지 않았다. 나무랄 데 없는 공적이었다.

"……흠."

하지만, 쿠로에는 굳은 표정으로 하늘을 올려다보았다.

"그 많은 숫자의 멸망인자가 한꺼번에 나타나다니― 정말 자연 발생한 것일까요?"

쿠로에는 미심쩍은 어조로 그렇게 중얼거렸지만, 그 목소리는 뒤편에서 들려온 학생들의 환성에 삼켜지고 말았다.

제4장 밀회

수수께끼의 멸망인자 대량 발생 후.

사이카의 모습이 된 무시키는 〈정원〉 동부 에어리어에 위치한 의료동을 방문했다.

학원의 의료동—이라지만, 규모만 보면 병원과 다를 바 없었다. 거대한 5층 건물이다. 그 건물의 1층 진료 플로어에는 아까 연무장에 있던 학생들이 모여 있었다.

하지만 심한 부상을 입은 사람은 없어 보였다. 가장 심하게 다친 이도 찰과상과 타박상 정도였다. 서둘러 치료를 받아야 한다기보다, 다들 혹시 모르니 진료를 받는 것에 가까웠다.

"—오오, 사이카. 날벼락을 맞았구나."

무시키가 그런 생각을 하고 있을 때, 건물 안쪽에서 속옷 차림에 가까운 복장 위에 큼지막한 흰색 가운을 걸친 소녀가 걸어왔다.

〈기사단〉의 일원인 엘루카 프레에라다. 그러고 보니 평소에 그녀는 〈정원〉 의료부의 책임자라고 들었다.

"아, 엘루카."

무시키가 그녀를 돌아보자, 주위의 학생들이 등을 꼿꼿

이 폈다. 그 모습을 본 엘루카는 흰색 가운의 소매를 흔들었다.

"괜찮다. 부상자가 무리하지 말거라."

허물없는 어조로 그렇게 말한 엘루카는 1층을 둘러보더니, 「흠」 하며 턱을 매만졌다.

"상당한 인원수구먼. 어디어디―."

엘루카가 인(印)을 맺듯 손가락을 엮었다.

그러자 그녀의 피부에는 붉은색 문신 같은 문양이 두 개 떠올랐다.

"제2현현―【군랑(群狼)】."

그리고 엘루카가 그렇게 말한 순간, 그녀의 주위에 짐승들이 모습을 드러냈다.

어렴풋이 빛나는 털, 그리고 엘루카가 지닌 것과 흡사한 문양을 지닌 늑대였다.

십여 마리는 될 듯한 늑대들은 엘루카의 손짓에 맞춰 바닥을 박차더니, 플로어에 우글거리는 학생들에게 몰려갔다.

그리고 쿵쿵하고 냄새를 맡는 듯한 시늉을 한 후, 학생들의 몸에 생긴 상처를 핥기 시작했다.

"어, 어라, 뭐야?"

"아앙, 우후후……."

간지러운 건지, 학생 몇 명이 몸을 배배 꼬거나 웃음을 흘렸다.

"잠시 조용히 있거라."

엘루카가 주의를 주듯 그렇게 말하자, 마치 그 말에 맞춘 것처럼 늑대들이 핥은 부위가 옅은 빛을 머금더니— 거기에 있던 상처가 서서히 사라졌다.

"——."

그 광경을 보고, 무심코 눈을 치켜떴다. 쿠로에에게서 이야기는 들었지만, 실제로 보니 경악을 금할 수 없었다.

"—뭐, 여기는 늑대들에게 맡겨두면 되겠지. 사이카, 그대는 이쪽으로 오거라. 그대가 그 정도 멸망인자를 상대로 부상을 입을 리 없다는 건 알지만, 그래도 말이지."

"어?"

"학생들은 몰라도, 그대 같은 마술사를 늑대에게 맡겨둘 수는 없지 않느냐."

"아, 응."

무시키는 엘루카의 말에 따라, 플로어 안쪽에 있는 진찰실에 들어갔다.

책상과 간이침대, 그리고 의자가 두 개 놓여 있는 조촐한 방이었다. 엘루카는 무시키를 의자에 앉히더니, 자기도 맞은편 의자에 앉았다.

"어디어디……."

그리고 자연스럽게 무시키의 운동복 자락을 움켜쥐더니, 그대로 걷어 올렸다. 그러자, 무시키의 복부가 훤히 드러났다.

"……윽?!"

항상 사이카답게 행동하려 의식했지만, 이 갑작스러운 일에 무심코 눈을 동그랗게 뜨고 말았다.

그러자 엘루카는 「음?」 하며 미간을 살짝 찌푸렸다.

혹시 사이카답지 않은 반응에서 위화감을 느끼게 한 거라고 한순간 생각했지만, 아무래도 그렇지 않은 것 같았다. 엘루카의 시선은 운동복과 함께 위쪽으로 들어 올려진, 무시키의 — 정확히는 사이카의 — 풍만한 가슴을 향하고 있었다.

"뭐냐. 그대, 혹시 속옷을 입지 않은 게냐?"

"—아."

무시키는 작게 숨을 삼켰다.

무시키가 현재 걸친 운동복은 여성용이다. 하지만 존재변환을 하면서 갈아입은 건 아니다. 아무리 정체가 들키지 않도록 조심해야 한다지만, 아까는 느긋하게 옷이나 갈아입을 상황이 아니었다.

쿠로에의 말에 따르면 교복과 운동복처럼 영사로 만든 옷에는 마술이 걸려 있어서, 존재변환에 맞춰 남성용에서 여성용으로 변화한다고 한다.

하지만 그것은 남성용 셔츠와 반바지가 여성용으로 변화할 뿐이며, 원래 없었던 것이 생겨나지는 않는다.

그렇다. 다급한 상황에서 사이카 모드로 변신한 무시키는 현재, 노브라 상태다.

"아, 그게, 이건 말이지—."

무시키는 허둥대면서 사이카다운 이유를 생각했다.

하지만 아무리 머리를 굴려봤자 게으르거나 덜렁이 같거나 약간 변태적인 이유밖에 생각나지 않았다. 곤란하게도, 전부 사이카답지 않았다.

무시키가 곤란해하자, 엘루카는 씨익 웃었다.

"뭐, 그건 거추장스럽긴 하지. 심정은 이해하느니라. 나도 루리가 말리지만 않는다면, 이 가운 안에 아무것도 입고 싶지 않으니 말이다."

"……하, 하."

왠지 이상한 착각을 한 것 같지만, 이 상황에서 부정을 했다가 상대방이 캐묻기라도 하면 곤란하기에 무시키는 애매모호한 미소만 지었다.

하지만 그 미소는 곧 경악으로 가득 찼다.

이유는 단순했다. 엘루카가 무시키의 배를, 날름…… 하고 혀로 핥았기 때문이다.

"히익……?!"

참다못해 새된 비명을 지르며 몸을 비틀었다. 엘루카는 의아하다는 듯이 무시키를 쳐다봤다.

"왜 갑자기 묘한 소리를 내는 게지?"

"아, 그게⋯⋯ 엘루카, 이게 무슨⋯⋯?"

"이상한 소리구나. 진찰을 하는 것이지 않느냐. 땀은 말보다 100배는 많은 것을 알려주─."

엘루카는 말을 갑자기 멈추더니, 의아한 표정을 지었다.

"사이카. 그대, 몸이 안 좋은 게냐⋯⋯?"

"어? 왜, 왜 그렇게 생각하는데?"

"아니, 평소와 맛이 좀 다른 것 같구나."

"─윽!"

엘루카가 그렇게 말하자, 무시키는 심장이 오그라드는 느낌을 받았다. ─설마 그녀는 무시키가 완전한 사이카가 아니란 사실을 눈치챈 것일까.

"으음⋯⋯? 어디, 다시 한번─."

"아, 잠깐만─."

엘루카가 입술을 날름 핥은 후에 다시 무시키의 운동복 안으로 머리를 들이밀려 했고, 무시키는 허둥지둥 그녀의 머리를 밀어냈다.

『진찰』을 더 받아서 정체가 들통나는 것을 피해야만 했고─ 무엇보다, 이 갑작스러운 행위 탓에 아까부터 심장이 벌렁거리고 있었다. 자칫하면 엘루카의 눈앞에서 존재변환이 일어날지도 모른다.

"앗, 뭐 하는 게냐. 얌전히 있거라."

"아니, 나는 괜찮으니까─."

엘루카와 무시키가 좁은 진찰실 안에서 공방전을 펼치고 있을 때, 갑자기 문 쪽에서 노크 소리가 들려왔다.

"―진찰을 방해해 죄송합니다. 엘루카 님, 잠시 시간 좀 내주시겠습니까?"

그리고 간호사로 보이는 여성이 문을 조금만 열며 그렇게 말했다. 엘루카는 눈을 약간 치켜뜨며 그쪽을 쳐다보더니, 의자에서 일어났다.

"음. 금방 돌아올 테니 기다리고 있거라."

엘루카는 무시키를 손가락으로 가리키며 그렇게 말한 후, 문을 통해 진찰실을 나섰다.

그 뒷모습을 본 무시키는 크게 한숨을 내쉬었다.

"살았⋯⋯어⋯⋯?"

다음 순간, 몸이 옅은 빛에 휩싸이면서 사이카 모드에서 무시키 모드로 변신했다. ―아무래도 존재변환이 발생한 것 같았다.

정말 아슬아슬한 타이밍이었다. 만약 간호사가 부르러 오지 않았다면, 엘루카가 피부를 또 훑은 순간에 남자로 되돌아갔을지도 모른다.

하지만 안도할 수도 없었다. 무시키는 엘루카에게 미안하다고 생각하면서, 그녀가 돌아오기 전에 이 방에서 나가려 했다.

하지만 무시키가 문손잡이를 움켜쥐려던 바로 그 순간이

었다.

"―기다리게 해서 미안하구나, 사이카."

"우왓."

문이 열리더니, 엘루카가 진짜로 금방 돌아왔다. 그녀를 본 무시키는 어깨를 부르르 떨었다.

"음?"

엘루카는 이상하다는 표정으로 방을 둘러보더니, 진찰실의 번호를 확인한 후에 무시키를 다시 쳐다봤다.

"그대는 누구지? 사이카는 어디간 게냐."

"아, 저기, 그게, 사이카 씨는 급한 볼일이 있다면서 나갔어요. 저는 우연히 이 근처를 지나다가, 그 말을 전해달라는 부탁을 받아서……."

무시키가 얼버무리듯 그렇게 말하자, 엘루카는 어처구니없다는 듯이 한숨을 내쉬었다.

"녀석, 기다리라고 못 박아뒀건만……. 여전히 자유로운 녀석이구나."

꽤 궁색한 변명이라고 생각했지만, 아무래도 믿어준 것 같았다. 무시키는 가슴을 살며시 쓸어내린 후, 고개를 살며시 숙였다.

"그럼, 저는 이만……."

"응? 그래―."

무시키가 엘루카의 옆을 지나치려던 순간, 그녀의 눈썹

이 희미하게 움직였다.

"기다리거라."

"……윽! 왜, 왜 그러시죠?"

무시키가 몸을 부르르 떨며 걸음을 멈추자, 엘루카는 미심쩍다는 표정을 지으며 코를 킁킁거렸다.

"그대, 어디서 나와 만난 적이 있지 않느냐?"

"어, 없는데요. 왜 그렇게 생각하시는데요?"

"아, 맡아본 적이 있는 체취 같아서 말이지……."

엘루카는 잠시 생각에 잠긴 후, 의자를 손가락으로 가리켰다.

"앉거라."

"네?"

"앉으라고 말했다. 그대도 연무장에 있었던 학생이지? 짬이 났으니, 특별히 내가 진찰해주마."

"네? 아니, 나는……."

"잔말 말고 빨리 앉거라."

"……네."

더 거부해봤자 부자연스러울 것 같았기에, 무시키는 체념하며 의자에 앉았다.

그리고 볼을 살짝 붉히면서 자신의 운동복을 걷어 올렸다. —부끄럽지 않다면 거짓말이겠지만, 정신 상태에 따라 존재변환이 발생하는 건 사이카 모드에서 무시키 모드가 될 때뿐이다. 그러니 아마 괜찮을 것이다.

무시키가 각오를 다지며 기다리자, 엘루카는 얼이 나간 표정을 지었다.

"그대는 대뜸 뭘 하는 게지?"

"……네? 그야 엘루카 씨의 진찰은 복부를 핥는 방식……."

무시키가 그렇게 말하자, 엘루카는 한순간 눈을 동그랗게 뜨면서 재미있다는 듯이 깔깔 웃었다.

"하하하, 혹시 사이카에게 들은 게냐? 사이카한테만 그런 식으로 하느니라."

"……아, 그렇군요……."

괜히 지레짐작해서 실수했다. 더 부끄러워진 무시키는 쭈뼛쭈뼛하며 걷어 올린 운동복 자락을 내리려 했다.

하지만 바로 그때, 엘루카가 무시키의 손을 움켜잡았다.

"그건 그렇고…… 사이카에게 들었다고는 해도 내 앞에서 배를 드러내더니, 생긴 것과 다르게 대담한 녀석이구나. ―좋다. 이것도 인연이겠지. 특별히, 내가 핥아주마."

"네? 어…… 네엣?!"

엘루카가 그렇게 말하자, 무시키는 무심코 새된 목소리를 냈다.

그러자 엘루카는 조그마한 체구와 앳된 외모에 어울리지 않는, 음탕한 미소를 머금었다.

"자…… 어떠냐?"

"어, 아, 잠깐—."

무시키는 저항해보려 했지만, 엘루카는 그의 배를 날름 핥았다. 그러자 무시키는「흐응!」하고 한심한 소리를 냈다.

바로 그때, 엘루카는 미심쩍다는 듯이 미간을 찌푸렸다.

"……어? 이 맛은……?"

"……윽!"

그 반응을 접한 무시키는 작게 숨을 삼켰다.

엘루카는 사이카 모드인 무시키의 땀을 핥고 위화감을 느꼈다. 어쩌면, 뭔가를 눈치챈 것일지도 모른다.

"으음……? 착각인가. 어디, 다시 한번……."

"아, 저기, 이만 가볼래요……!"

"앗, 기다리거라!"

무시키가 허둥지둥 진찰실 밖으로 나가려고 하자, 엘루카가 그의 운동복 자락을 움켜쥐었다.

"괘, 괜찮아요! 나, 다친 데가 없거든요!"

"그런 건 중요하지 않다! 자, 얌전히 옷이나 벗거라! 내가 핥아주겠노라!"

"꺄아아아아아아아! 안 돼애애애애애애애애애앳?!"

"이익, 금방 끝나느니라. 천장의 얼룩이나 새고 있거라!"

한동안, 진찰실 안에서 그런 공방전이 펼쳐졌다.

그렇게 야단법석을 떠는 두 사람의 목소리는 진찰실 문을 통해 복도, 그리고 학생들이 우글거리는 대합실까지 훤

히 전해졌다.

그 후로 한동안, 『기사 엘루카가 남학생을 덮치려고 했다』라는 소문이 돌게 되지만, 무시키에게는 그런 것을 신경 쓸 여유가 없었다.

"—한참 찾았습니다, 무시키 씨. 대체 어디 갔던 겁니까?"

진찰실에서의 공방전으로부터 약 10분 후. 무시키가 비틀거리며 의료동 복도를 걷고 있을 때, 쿠로에가 나타났다.

"……그것보다, 이 짧은 시간에 또 존재변환을 하셨나요. 게다가 운동복도 구겨졌군요. 제가 잠시 눈을 뗀 사이에 대체 무슨 짓을 한 것이죠? 참 엉큼하시군요."

쿠로에는 경멸하는 듯한 눈길로 무시키를 쳐다봤다. 그러자 무시키는 고개를 세차게 저었다.

"아니에요. 그런 게 아니라고요, 쿠로에."

간략하게 자초지종을 설명하자, 쿠로에는 이해한 듯한 눈빛을 머금었다.

"……그렇군요. 기사 엘루카입니까. 혹시나 해서 묻는 겁니다만, 정체가 들통난 건 아니겠죠?"

"네. 좀 위험하긴 했지만, 아마 괜찮을 거라고 생각해요……."

무시키가 고개를 끄덕이자, 쿠로에는 안도한 듯이 한숨

을 내쉬었다.

하지만 안도한 것도 잠시, 그녀는 다시 표정을 굳혔다.

"—무시키 씨, 드릴 이야기가 좀 있습니다. 이곳에는 사람이 많으니, 저쪽으로 가시죠."

"어? 아, 네."

무시키는 고개를 끄덕인 후, 쿠로에의 뒤를 따르며 의료동의 복도를 걸었다.

이윽고 두 사람은 인적 없는 구역에 도착했다. 쿠로에는 주위를 확인하듯 둘러본 후, 다시 입을 열었다.

"……아직 조사부의 보고를 기다리고 있는 상황입니다만, 아까 전의 멸망인자 대량 발생은 어쩌면 인위적인 걸지도 모릅니다."

"네—?"

쿠로에의 말을 들은 무시키가 눈을 동그랗게 떴다.

"누군가의 명령으로, 그 드래곤 무리가 우리를 습격했다는 거예요?"

"아뇨, 누군가가 사역하고 있다는 건 아닙니다. 하지만, 멸망인자의 발생 타이밍과 장소를 조작— 혹은 발생한 멸망인자를 한곳으로 전이시켰을 가능성이 존재합니다."

"말도 안 돼요. 멸망인자는 세상을 멸망시킬지도 모르는 존재잖아요? 대체 누가—."

거기까지 말한 무시키는 입을 다물었다.

그러자 쿠로에는 무시키의 생각을 읽은 것처럼 고개를 끄덕였다.

"네. 제대로 된 마술사라면 그런 짓을 할 리가 없고, 가능할 리도 없습니다. ―하지만……."

그렇다. 쿠로에는 이렇게 말하고 있는 것이다.

―사이카와 무시키를 습격한 마술사가 이번 사건을 일으킨 것이 아닐까, 하고 말이다.

"생각해 보면, 절묘한 구성이기는 합니다. 충분히 해치울 수 있는 레벨의 멸망인자 무리. 하지만 전부 소탕하는 과정에서, 학생이 피해를 볼 가능성이 존재했죠."

"……그 말은……."

무시키가 식은땀을 흘리며 그렇게 말하자, 쿠로에는 고개를 끄덕였다.

"―사이카 님께서 등장할 수밖에 없는 상황이 완벽하게 연출됐습니다. 마치 학원 안에 있는 사이카 님이, 제4현현을 발동시킬 수 있는 진짜인지 확인하려는 듯이 말이죠."

"……그럼, 나는―."

쿠로에의 말을 들은 무시키가 미간을 찌푸렸다.

하지만 쿠로에는 눈을 내리깔더니, 고개를 살며시 저었다.

"책임을 느낄 필요는 없습니다. 아까 무시키 씨가 나서지 않았다면, 학생들이 피해를 입었을지도 모르니까요. 그런 다급한 상황에서 제4현현에 성공한 것을 자랑스럽게 여겨주십시오."

"그렇죠? 역시 사이카 님의 몸이에요."

"불가사의하군요. 이제는 책임 좀 느끼라는 말이 하고 싶어졌습니다."

쿠로에는 도끼눈을 뜨며 한숨을 내쉬었다. 한편, 무시키 는 으음 하고 신음을 흘리며 팔짱을 꼈다.

"⋯⋯하지만, 곤란하게 됐네요. 만약 진짜로 습격범이 이번 사건을 꾸민 거라면⋯⋯."

"네. 사이카 님의 생존이 상대방에게 알려진 게 확실합 니다. ―하지만, 계속 숨길 수도 없는 노릇이니까요. 빠르 든 늦든 드러났을 겁니다."

게다가, 하고 쿠로에는 말을 이었다.

"적에게 사이카 님의 생존이 알려졌기에 쓸 수 있는 작 전도 존재합니다."

"작전, 인가요?"

"네. 그것은―."

무시키가 묻자, 쿠로에는 간결하게 그 작전을 설명했다.

"⋯⋯그렇군요. 하지만 그건 꽤 위험하지 않나요?"

"부정은 하지 않겠습니다. 하지만 성공한다면, 습격자의 정체를 알아낼 수 있을 겁니다. 실행에 옮길 가치는 충분 히 있습니다."

쿠로에는 그렇게 말하더니, 발소리를 내며 돌아섰다.

"저는 연무장에 남아 있는 흔적을 다시 조사해보겠습니다. 무시키 씨는 수업을 들으러 가시길. 지금 상태에서는 흥분한다고 해서 존재변환이 일어나지는 않을 테죠."

"아, 쿠로에—."

무시키가 불렀지만, 쿠로에는 그대로 의료동의 복도를 걸어갔다.

"……."

이 자리에 홀로 남겨진 무시키는 한동안 얼이 나가 있었지만, 계속 이러고 있을 수는 없다고 판단하며 진료 에어리어를 향해 걸음을 옮겼다.

바로 그때—.

"—무시키!!"

"우왓?!"

그곳에 들어선 순간, 전방에서 누군가가 튀어나온 바람에 놀라서 엉덩방아를 찧고 말았다.

"아야야…… 뭐, 뭐야?"

"무시키— 아아, 다행이야. 무사했구나……!"

무시키가 인상을 찡그리며 그렇게 말하자, 그의 몸 위에 올라타고 있던 소녀— 루리가 안도한 것처럼 한숨을 내쉬었다.

마치 전력으로 뛰어온 것처럼 숨을 헐떡이고 있었으며, 입고 있는 운동복 또한 땀에 젖어 있었다. 왠지 눈가에는 눈물이 맺혀 있는 것처럼 보였다.

"루리……?"

"걱정 좀 끼치지 마. 모습이 안 보여서 큰일이라도 난 줄―."

바로 그때, 루리가 말을 멈췄다. 자신과 무시키가, 주위에 있던 학생과 의료 스태프의 이목을 모으고 있단 사실을 눈치챈 것 같았다.

"……이쪽으로 좀 와봐."

루리는 몸을 일으키더니, 퉁명한 어조로 그렇게 말하면서 무시키의 손을 잡아끌었다.

그리고 그대로 의료동을 나서더니, 건물 뒤편으로 이동한 후에야 손을 놔줬다.

"그 상황에서 용케 살아남았네. 분명 죽었을 거라고 생각했거든."

그리고 루리는 언짢은 듯이 팔짱을 끼며 그렇게 말했다. 무시키는 그 말을 듣고 눈을 동그랗게 떴다.

"어라? 아까와 태도가 다르지 않아? 그렇게 걱정해줬으면서……."

"무슨 소리야. 딱히 걱정 안 했거든?"

루리는 시치미를 떼듯 그렇게 말하더니, 날카로운 눈빛을 머금으며 말을 이었다.

"―그것보다, 이제 알겠지? 〈정원〉의 마술사가 얼마나 위험한 일을 겪는지 말이야. 어디서 이곳에 대해 알게 된 건지는 모르겠지만, 너한테는 무리야. 빨리 짐을 싸서 『밖』으로 돌아가. 그리고, 여기서 일어난 일은 전부 잊고 평화롭게 살아."

루리는 무시키를 손가락으로 가리키며 딱 잘라 말했다.

지당한 의견이기에, 무시키는 신음을 흘렸다.

"……미안해, 루리. 내가 역부족이라는 건 잘 알아. 하지만 그럴 순 없어. 사정이 있거든."

"사정……? 그게 뭔데?"

무시키의 말을 들은 루리가 더욱 언짢다는 듯이 눈을 가늘게 떴다.

물론 합체에 대해 말할 수는 없다.

그래서 무시키는 다른 이유를 입에 담았다.

"저기…… 이 오빠가 말이지. 사랑에 빠졌어."

"뭐―."

무시키가 그렇게 말하자, 루리는 한순간 얼이 나간 듯한 표정을 지은 후―.

"뭐어어어어어어어어어어어어어어어어어어어어엇―?!"

하늘까지 울려 퍼질 듯한 절규를 토했다.

"무, 무무무무슨 소리를 하는 거야! 이, 이 〈정원〉에 좋아하는 사람이 있어?! 그 사람과 같이 있으려고 마술사가 된 거야?!"

"아, 응. 세세한 부분은 다르지만, 얼추 그런 느낌……이야."

"뭐—."

루리는 미간을 한껏 찌푸리더니, 동요한 것처럼 시선이 흔들렸다.

"바…… 바보 아냐?! 그런 이유로 전장에 발을 들이다니……!"

"미안해. 하지만, 지금의 나에게는 그 무엇보다도 소중한 이유야."

"—큭."

무시키가 그렇게 말하자, 루리는 입술을 깨물었다.

—마치, 뭔가를 억누르듯이 말이다.

그런 루리는 곧 세차게 고개를 저었다.

"여, 역시 안 돼. 인정할 수 없어. 그런 걸—."

루리가 난처한 표정으로 말을 이으려던 순간, 뭔가를 떠올린 무시키의 눈썹이 희미하게 떨렸다.

"맞다, 루리. 부탁이 하나 있어."

"……뭐, 뭔데?"

"이번 토요일에 〈정원〉 밖에 나갈 건데, 혹시 한가하면 같이 가지 않을래?"

"……뭐?"

무시키가 그렇게 말하자, 루리는 한순간 얼이 나간 듯한 표정을 지었다.

하지만 곧 뇌가 그 말의 의미를 이해한 건지, 눈을 치켜 떴다.

"가— 가가가, 갑자기 무슨 소리를 하는 거야. 내가 왜……."

"안 되겠어? 루리가 꼭 필요해."

"뭐엇……?!"

무시키가 그렇게 말하자, 루리의 얼굴이 새빨개졌다.

"서, 설마…… 무시키가 좋아하는 사람이—."

그리고 혼잣말을 중얼거린 후, 몸부림을 치듯 몸을 배배 꼬았다.

"루리?"

"……새, 생각해 볼게……! ……새, 생각만 해볼 거야!"

루리는 무시키를 손가락으로 가리키며 그렇게 외친 후, 그대로 포장도로를 내달리며 사라졌다.

"히즈미이이이이잇—!!"

그날 방과 후. 루리는 절규에 가까운 목소리로 그렇게 외치면서 기숙사 자기 방의 문을 열어젖혔다.

먼저 방에 와있던 히즈미는 흠칫 놀라며 루리를 돌아보았다.

"우왓! 뭐, 뭐야?! 어…… 루리잖아. 사후 처리를 하느라 수고 많았어. 그런데 무슨 일이야?"

"기, 기기기, 긴급 사태야! 오, 오라버니가……!"

"오라버니…… 아, 쿠가 말이야?"

"그래! 그 오라버니가! 나한테, 데데데데, 데이트 신청을 했어!"

"데이트…… 남매끼리 말이야? 아, 함께 외출하기는 할 것 같은데……."

"틀림없어! 『루리를 좋아하니까 〈정원〉에 온 거야』 하고 말했거든!"

"뭐…… 어엇?!"

루리가 그렇게 말하자, 히즈미는 경악에 찬 표정을 지었다.

"그, 그렇구나……. 남매가…… 흐음…… 어, 어떤 식으로 데이트 신청을 한 거야……?"

"진지한 눈빛으로 나를 응시하면서 『나한테는 루리가 필요해』 하고 말하던데…… 아, 그것도 벽 근처였었나……? 응…… 벽쿵을 당한 것 같아……. 심정적으로는 턱 들어 올리기도 당했어!"

루리가 그렇게 말하자, 히즈미는 볼을 살짝 붉히면서 흥미롭다는 듯이 몸을 쑥 내밀었다.

"와, 와아…… 쿠가는 보기와 다르게 대담하네……."

"어, 어쩌면 좋을 것 같아?! 나, 데이트를 해본 적이 없는데……!"

"그, 그걸 내가 어떻게 알아……. 으음, 확인 삼아 묻는 건데 말이야. 데이트를 할 생각인 거지?"

"당연하지! 그런데 왜 묻는 거야? 오라버니가 데이트 신청을 했는데, 거절한다는 선택지 따윈 없거든?!"

"아니, 그게…… 루리가 쿠가를 쌀쌀맞게 대하는 것 같았거든."

"아니, 뭐…… 그럴 만한 이유가 있어! 아무튼, 그건 그거! 이건 이거!"

"그, 그래……."

히즈미는 볼을 긁적이더니, 마음을 다잡으며 질문을 던졌다.

"으음…… 날짜는 언제야?"

"이번 주 토요일!"

"토요일…… 그럼 휴일이구나. 교복 차림으로는 못 나가겠네. 우선 그때 입을 옷을 골라두는 편이 좋지 않을까……?"

"아하! 역시 히즈미! 무경험 연애 전문가!"

"괜한 소리가 들린 것 같은 느낌이 드네."

히즈미가 불만 섞인 표정을 지었지만, 루리는 개의치 않으며 옷장을 열었다.

그리고, 곱게 개어 놓은 속옷들을 살펴보기 시작했다.

"위아래를 같은 걸로 맞추기로 하고…… 역시 익숙한 파란색 계통이 좋을까. 아니면 대담한 검은색……? 아냐, 만약에 대비해 준비해뒀던 가터벨트의 봉인을 풀 때가 온 걸까……?!"

"스톱이야, 루리. 너무 앞서나가지 마."

"……윽! 맞아. 고마워. 흥분한 나머지 폭주했네. 진정한 승부 속옷은 에로 속옷이 아니라 청초한 느낌의 흰색이잖아."

"내 말은 그게 아냐."

"히즈미는 항상 나를 쿨하게 만들어준다니깐. 내 둘도 없는 친구가 되어줘서 정말 고마워—."

"이 상황에서 감사를 받는 친구의 심정을 헤아려주면 안 될까?"

히즈미는 식은땀을 흘리더니, 인상을 찡그리며 말을 이었다.

"왜 갑자기 속옷부터 고르는 거야……? 우선 겉옷부터 골라야…… 그것보다, 보여줄 가능성이 있긴 해……?"

"그야…… 오라버니니까…… 동생한테 환장한 사람인 걸……."

"도, 도착적이네……."

히즈미는 얼굴을 새빨갛게 붉히며 손으로 입가를 가렸다. 하지만 곧 머릿속의 생각을 떨쳐내려는 듯이 고개를 세차게 저었다.

"잘 들어, 루리. 그게 루리의 선택이라면, 나는 응원할

게. 하지만, 분위기에 휩쓸리면 안 돼. 제발 자기 자신을 소중히 여겨……."

"응…… 알았어. 결혼식 답례품은 프린트 접시 같은 게 아니라 직접 고를 수 있는 걸로 할게……."

"그러니까 너무 앞서나가지 말란 말이야!"

히즈미는 참다못한 듯이 고함을 질렀다.

◇

그리고, 이번 주 토요일. 오전 9시 30분.

"—좋아."

기사, 후야죠 루리는 귀여운 승부복을 갑옷 삼아 걸치고, 〈정원〉에서 출진했다.

수속을 마치고, 정문을 통과했다. 문득 뒤를 돌아보니, 아까까지 보이던 거대한 건물과 다양한 부속시설이 평범한 학교의 모습으로 변모했다.

물론 건물이 진짜로 변형한 건 아니다. 인식 저해 마술로 『밖』에서 〈정원〉 내부를 정확히 인식하지 못하도록 해둔 것이다.

루리는 다시 앞을 향해 고개를 돌리더니, 마음을 진정시키려는 듯이 가는 숨을 내쉬면서 걸음을 옮겼다.

목적지는, 무시키와 만나기로 한 장소인 역 앞 광장. 여기서 도보로 15분 정도면 도착할 것이다. 약속 시간은 열시 정각이니, 충분히 여유가 있었다.

하지만 신경을 쏟지 않았다간 걸음이 빨라질 것만 같았다. 어깨를 덩실거리면서 콧노래를 부를 것만 같았다.

하지만 그것도 무리는 아니었다.

왜냐하면— 오늘은 무시키와 데이트를 하기로 한 날이다.

"……."

하지만, 루리는 강철 같은 자제심으로 들뜬 마음을 억눌렀다.

너무 들뜨면 안 된다. 무시키가 그런 모습을 본다면, 얕보일 것이다.

그렇다. 그건 그거. 이건 이거. 데이트 신청을 받아들이기는 했지만, 루리는 여전히 무시키를 〈정원〉에서 쫓아낼 생각이었다.

그렇기에, 오늘은 항상 쿨해야만 한다. 아무리 즐거워도, 겉으로 드러내면 안 된다. 루리는 굳게 다짐했다.

하지만…….

"……윽."

그런 생각을 하면서 15분간 걸어간 루리는 약속 장소에서 무시키를 발견한 순간, 그녀의 심장은 아까까지의 다짐을 잊은 것처럼 격렬하게 뛰고 말았다.

그런 루리를 발견한 건지, 무시키가 그녀를 향해 고개를 돌렸다.

"—루리."

"……아!"

이름을 불린 순간, 루리의 어깨가 희미하게 떨렸다.

하지만 루리는 태연한 척하면서, 언짢은 듯이 고개를 치켜들었다.

"뭐야. 불만 있어? 와준 것만으로도 고마워해 줬으면 하거든?"

그러자 무시키는 놀란 것처럼 눈을 치켜뜨더니, 루리를 머리부터 발끝까지 살펴보았다.

"너무 아름다워서 깜짝 놀랐어."

"……윽?!"

예상 밖의 잽을 맞은 루리가 무심코 볼을 붉히면서 온몸을 배배 꼬고 말았다.

하지만 곧, 찰싹! 소리가 나게 자기 볼을 때리면서 진지한 표정을 지었다.

"루, 루리?"

"신경 쓰지 마. 모기를 잡았을 뿐이야. 그것보다 오늘은—."

루리는 말을 이으려다 멈추더니, 눈을 깜빡거렸다.

이유는 단순했다. 무시키의 뒤편에 낯익은 사람이 있었던 것이다.

—사이카의 종자, 카라스마 쿠로에였다.

"안녕하십니까."

사복 차림의 쿠로에는 그렇게 말하면서 공손히 인사를 했다. 루리는 인사에 답하듯 살짝 고개를 숙였다.

"응? 아, 그래. 안녕."

그리고, 몇 초 후……

"—어, 잠깐만 있어 봐아아아아아아아아아아아아아앗!"

루리는 목청껏 절규했다.

"우왓. 왜, 왜 그래? 루리."

루리가 갑자기 고함을 지르자, 무시키는 무심코 몸을 뒤편으로 젖혔다.

"그건 내가 할 말이거든?! 쿠로에가 왜 여기 있는 건데?!"

"아니, 그야…… 같이 돌아다닐 생각이거든."

"뭐엇……?!"

무시키의 말을 들은 루리가 눈을 더욱 크게 치켜떴다.

그리고 양손을 부들부들 떨면서, 뭐라고 중얼거리기 시작했다.

"……뭐야? 어떻게 된 거지……? 같이…… 셋이서 데이트를 한다는 거야? 설마, 『좋아하는 사람』은 내가 아니라 쿠로에였던 거야? 만약 그렇다면 왜 나한테 데이트 신청을 한 건데……? 쿠로에와의 꽁냥꽁냥을 과시하려는 거야……?! 아, 아냐아냐아냐, 쿨해지는 거야, 후야죠 루리. 마술사는 당황하지 않아……. 모든 가능성을 고려해……."

루리가 이마에 손을 대더니, 진지한 눈빛을 띠며 생각에 잠겼다.

그녀가 무엇을 하는 건지 잘 모르겠지만, 아무래도 쿠로에가 이 자리에 있다는 사실에 놀랐다는 것만은 짐작이 됐다.

하지만, 이유까지는 알 수가 없었다. 쿠로에 없이는 오늘 **조사**가 불가능한 것이다.

무시키는 며칠 전— 멸망인자의 습격이 있은 후, 쿠로에와 나눈 대화를 떠올렸다.

「적에게 사이카 님의 생존이 알려졌기에 쓸 수 있는 작전도 존재합니다.」

「작전, 인가요?」

「네. 그것은— 외부 조사입니다. 이제까지는 적이 사이카 님의 생존을 눈치채지 못했을 가능성도 부정할 수 없었기에, 〈정원〉 밖으로 모습을 보이는 것을 피해왔습니다. 하지만, 그 점이 알려졌다면 이야기가 달라집니다. 적이 사이카 님을 습격한 장소에 가서, 마력 흔적을 조사하죠. 물론, 가능하다면 호위를 해줄 기사를 대동했으면 합니다만—.」

쿠로에와 그런 이야기를 나눈 직후에 루리와 마주쳤기에, 무시키는 바로 도움을 요청했다. 쿠로에 또한, 이 신속한 행동을 높이 평가했다.

하지만, 루리의 반응을 본 쿠로에는 「흠……」 하고 낮은 신음을 흘리며 턱을 매만졌다.

그리고 무슨 생각을 한 건지, 슬며시 무시키에게 다가섰다.

"—무시키 씨가 하도 사정을 해서 허락했습니다만, 아무래도 루리 양께서는 불만이신 듯하군요. 그렇다면 어쩔 수 없죠. 둘이서 외출하도록 하죠. 단둘이서 말입니다."

"네?"

"뭐……?!"

단둘, 이라는 부분을 강조하듯이 쿠로에가 말하자, 루리는 눈을 치켜떴다.

"왜, 왜 그렇게 되는 건데! 딱히 싫다고는 말 안 했잖아!"

"아뇨, 무리하지 마시길. 걱정하지 않으셔도 달링— 무시키 씨는 제가 에스코트하겠습니다."

"달링?! 방금 달링이라고 말한 거야?!"

아연실색하며 고함을 지른 루리는 자기 머리카락을 쥐어뜯은 후, 「우럇~!」 하면서 무시키와 쿠로에를 떼어놨다.

"……하아, 정말. 알았어! 아니, 모르겠지만! 가면 될 거 아냐, 가면!"

그리고 자포자기한 투로 그렇게 말했다.

잘은 모르겠지만, 아무래도 납득한 것 같았다. 무시키는 안도의 한숨을 내쉬었다.

"다행이야. 루리가 같이 가주지 않으면 어쩌나 했어."

"끄어헉!"

무시키가 미소를 지으며 그렇게 말하자, 루리는 크게 헛기침을 했다.

그런 루리의 모습을 본 쿠로에가 작은 목소리로 말했다.

"―아무래도 잘 풀린 것 같군요."

"쿠로에. ……왜 그런 짓을 한 거예요?"

무시키가 그녀에게 맞춰 작은 목소리로 묻자, 쿠로에는 살며시 고개를 끄덕이며 대답했다.

"제 생각입니다만, 그녀는 착각을 한 것 같습니다. 이대로는 화내며 돌아가 버릴 가능성이 있어 보였기에, 그녀의 속을 긁는 듯한 말을 해봤습니다."

"아하, 그랬군요."

"그리고……."

"네?"

"기사 후야죠의 반응이 좀 재미있어서 말이죠."

"……."

왠지 그쪽이 주된 이유인 듯한 느낌이 들지만…… 무시키는 기분 탓으로 여기며 넘어가기로 했다.

두 사람이 그렇게 소곤거리고 있을 때, 약간 진정한 듯한 루리가 그들을 쳐다봤다.

"……그런데, 오늘은 어디에 갈 거야? 영화? 수족관? 아니면 과감하게 유원지?"

"뭐?"

루리가 그렇게 말하자, 무시키는 어리둥절한 표정을 지었다.

그 모습을 본 루리는 불만을 표시하듯 입술을 삐죽 내밀었다.

"어? 설마, 자기가 말을 꺼내놓고 아무 생각도 없는 거야? 어쩔 수 없네……."

"아니, 그게 아니라……. 오늘은 그런 곳에 안 가. 가봐야만 하는 곳이 따로 있거든."

"가봐야만 하는 곳……."

루리는 무시키의 말을 되새기듯 그렇게 중얼거리더니, 뭔가에 생각이 미친 것처럼 얼굴을 붉히며 숨을 삼켰다.

"가, 갑자기 무슨 소리를 하는 거야! 쿠로에도 옆에 있거든?!"

"어? 응. 쿠로에도 같이 갈 거야."

"……윽! 이미 이야기가 된…… 거야……? 어, 설마 쿠로에가 같이 가는 건, 그녀한테 보여주려고……?! 아니면 나한테 과시하려고……?!"

루리는 당혹스러운 듯이 식은땀을 흘렸다.

무시키는 고개를 갸웃거리면서 루리를 향해 손을 내밀었다.

"뭐 하는 거야? 가자."

"어? 아, 으, 응―."

루리는 머뭇거리며 고개를 끄덕이더니, 자연스레 무시키의 손을 잡으려다― 화들짝 놀라며 어깨를 떨었다.

바로 그때, 무시키도 눈치챘다. 옛날 버릇 탓에 그녀와 손을 맞잡으려 한 것이다.

"아, 미안해. 루리도 이제는 고등학생이었지."

"……윽! 아, 아냐! 무시키가 손을 잡고 싶어 한다면 거부할 생각은 없거든?!"

"아니, 무리할 필요는―."

"무시키가! 정! 손을 잡고 싶어 한다면! 거부할 생각은! 없거든?!"

루리는 말을 딱딱 끊으면서 그렇게 말했다.

무시키가 어리둥절한 표정을 짓자, 쿠로에는 자연스럽게 반대편― 무시키의 왼편에 서서, 그의 손을 잡고 걸음을 옮기려 했다.

"자, 가죠."

"아, 네."

"잠깐마아아아아아아아아아안―!!"

무시키가 쿠로에와 함께 걸음을 옮기려 하자, 루리는 또 고함을 질렀다.

"뭐야…… 쿠로에, 당신…… 대체 뭐야?!"

"무슨 말씀이신지 모르겠군요."

쿠로에는 차분한 어조로 그렇게 말했다.

저 냉정한 반응을 본 루리는 「으윽……」 하며 분하다는 듯이 이를 갈더니, 이윽고 결심을 한 것처럼 무시키의 오른손을 잡았다.

"……가, 가자."

"어? 아…… 응."

루리는 얼굴을 새빨갛게 붉히며 그렇게 말했다.

무시키는 왼손을 쿠로에에게, 오른손을 루리에게 잡힌 채 길을 걷기 시작했다.

—역 앞 광장을 벗어난 후, 대로를 따라 나아갔다.

말 그대로 양손의 꽃 상태인 무시키는 길가는 이들에게 주목을 받았지만, 지금은 오래간만에 『바깥』 세상으로 돌아왔다는 감회 때문에 신경 쓰이지 않았다.

눈에 익은 풍경. 반가운 느낌이 드는 시내. 시간상으로는 며칠에 지나지 않을지도 모르지만, 왠지 오랜 시간이 지난 듯한 느낌이 들었다. 무심코 하늘을 올려다보며, 깊게 심호흡을 했다. 그러자 그리움에 가까운 감각이 폐부를 가득 채웠다.

"—아."

그렇게 걸음을 옮기고 있을 때, 루리가 뭔가를 발견한 것처럼 탄성을 흘렸다.

그녀의 시선이 향한 곳을 보니, 거기에는 크레이프를 파는 차량이 서 있었다.

"어쩔 수 없네! 정 그렇다면 먹어줄게!"

"저기, 나는 아무 말도 안 했는데…… 먹고 싶은 거야?"

무시키가 루리가 갑작스러운 선언을 듣고 쓴웃음을 머금자, 그녀는 볼을 부풀리며 힐끔 쳐다봤다.

"……데이트는 이것저것 먹으며 하는 거잖아?"
^(이럴 때)

"……뭐? 조사는 딱히 뭔가를 먹으며 하진 않을걸?"
^(이럴 때)

루리와 무시키는 서로를 쳐다보며 그렇게 말하더니, 영문을 모르겠다는 듯이 고개를 갸웃거렸다.

하지만 루리는 크레이프를 먹고 싶은 것 같고, 딱히 거절할 이유도 없다.

무시키는 허락을 구하듯 쿠로에를 힐끔 쳐다봤다. 그러자 쿠로에는 그 의도를 눈치챈 것처럼 눈을 살짝 내리깔며 고개를 끄덕였다.

"뭐, 좋아. 사 먹자."

"정말?!"

무시키가 그렇게 말하자, 루리는 표정이 환해졌지만 곧 화들짝 놀라며 언짢은 표정을 지었다.

"뭐, 뭐어…… 나는 됐거든? 하지만 무시키는 곧 〈정원〉을 떠날 거니까 작별 선물이랄까, 최후의 만찬 느낌으로 먹어주겠어."

루리는 갑자기 태도를 바꾸며 그렇게 덧붙여 말했다. 무시키는 그 말을 듣고 식은땀을 삐질삐질 흘렸다.

"갑자기 왜 그래⋯⋯. 그것보다 두 사람은 무슨 맛으로 할래?"

"⋯⋯그럼 스트로베리 & 크림."

"저는 바나나 & 초코로 부탁드립니다."

루리와 쿠로에는 가게 앞에 놓인 메뉴를 보며 그렇게 말했다.

무시키도 그것을 쳐다보며 잠시 생각에 잠긴 후, 입을 열었다.

"으음, 나도 스트로베리 & 크림으로 할까."

"─좋았어!"

무시키의 선택을 들은 루리가 주먹을 말아 쥐며 기뻐했다. 그 후, 의기양양하게 흐흥 하고 웃음을 흘리며 쿠로에를 쳐다봤다.

"역시~. 몇 년 못 봤지만 남매는 남매네~. 취향이 비슷하다니깐~? 이건 어쩔 수 없다니깐~?"

"⋯⋯."

쿠로에는 딱히 별 반응을 보이지 않았고, 표정에도 변함이 없었지만⋯⋯ 왠지 약간 울컥한 것처럼 보였다.

"으, 으음⋯⋯ 그럼, 주문할게."

점원에게 주문을 전달하고, 음식을 구입한 후, 근처의

벤치에 앉았다.

그리고 크레이프를 들고 있기에 손을 놓긴 했지만, 루리와 쿠로에는 여전히 무시키의 양옆에 붙어 앉았다.

"그럼, 잘 먹겠습니다. 냐암……."

딸기와 생크림이 가득 들어있는 크레이프를 한입 베어 물었다. 부드러운 단맛과 상쾌한 신맛이 입 안에 퍼져 나갔다.

"으음…… 참 오랜만에 크레이프를 먹어보는 건데, 꽤 맛있는걸."

"응. 맛있어. 오라버니와 같이 먹으니 더 맛있네."

"어?"

"빨리 마술사를 관두고 〈정원〉에서 나가라고 말했어."

"어, 그런 소리를 했었나?"

루리의 말에 무시키가 당혹스러운 반응을 보였을 때, 그의 왼편에서 바나나 & 초코 크레이프를 먹고 있던 쿠로에가 그를 향해 고개를 돌렸다.

"흠. 다른 맛도 궁금하군요. 무시키 씨, 한 입씩 바꿔 먹시 않겠습니까?"

"아, 네. 그렇게 해요."

무시키는 고개를 끄덕이더니, 쿠로에를 향해 크레이프를 내밀었다.

그와 동시에 쿠로에 또한 자신의 크레이프를 내밀었다.

무시키와 쿠로에는 서로의 크레이프를 동시에 베어 물었다.

"우, 우와아아아아아아아아아아아아아아아아아아아아아—?!"

그 모습을 본 루리는 호러 영화 캐릭터 같은 표정을 지으며 절규를 토했다.

"우왓, 깜짝 놀랐네. 루리, 갑자기 뭐 하는 거야?"

"아니, 그건 내가 할 말이거든?! 태연하게 무슨 짓거리를 하는 거야?! 그래서야 완전…… 완전 그거잖아!"

그렇게 말한 루리는 얼굴을 새빨갛게 붉히면서 무시키와 쿠로에를 손가락으로 가리켰다.

그제야 무시키는 「아」 하고 신음을 흘리며 눈을 동그랗게 떴다.

"맞아. 그러고 보니……."

"하아. 이제 와서 간접 키스를 가지고 난리를 피우는 것도 좀 그렇지 않을까요?"

"이제 와서?! 이제 와서가 무슨 소리야?!"

쿠로에가 태연한 어조로 그렇게 말하자, 루리가 경악했다.

그러자 쿠로에는 작게 한숨을 내쉬면서 말을 이었다.

"루리 양은 호수에 뛰어든 후, 안개비가 신경 쓰입니까?"

"의미심장한 비유 표현을 쓰지 말아 줄래?!"

또 고함을 지른 루리는 끄으으으윽…… 하며 분통을 터뜨린 후, 무시키를 향해 크레이프를 내밀었다.

"무시키, 나와도 바꿔먹자!"

"뭐? 괜찮긴 한데…… 어차피 같은 맛이잖아?"

"헉……?!"

무시키의 말을 들은 루리가 아연실색하며 눈을 치켜떴다.

"쿠로에, 네 계략이구나……!"

"말이 심하시군요."

쿠로에는 불만을 표시하듯 도끼눈을 떴다.

하지만 루리는 개의치 않으면서 손에 쥔 크레이프를 단 숨에 먹어 치우더니, 판매 차량으로 뛰어가서 다른 크레이프를 사왔다.

그리고 그것을 한 입 깨문 후, 무시키를 향해 내밀었다.

"트로피컬 망고 맛이야! 이제 불만 없지……?!"

"아, 응……."

무시키가 약간 압도당한 느낌을 받으며 크레이프를 한 입 먹자, 루리도 무시키의 크레이프를 먹었다.

"……에헤헤."

루리는 만족한 듯이 미소 짓더니, 곧 손에 쥔 크레이프를 맛있게 먹었다.

"……."

좀 과식하는 느낌이 들었지만…… 루리의 순진무구한 미소를 본 무시키는 왠지 반가움을 느꼈다.

◇

　—무시키 일행은 곧장 걸어가면 30분 거리를 세 시간이나 들여가며 만족스럽게 즐긴 후, 드디어 목적지 부근의 공원에 도달했다.

　상점가에서 윈도쇼핑을 즐기거나 오락실에 들러 즉석 사진을 찍은 것을 빼면, 비교적 순조로운 여정이라고 할 수 있었다.

　"루리 양. 잠시 화장실에 다녀오겠습니다."

　"아, 응. 그럼 여기서 기다릴게."

　"네."

　쿠로에는 그렇게 말하더니, 무시키를 힐끔 쳐다보았다.

　무시키는 그 의도를 눈치채더니, 쿠로에를 따라 벤치에서 일어섰다.

　"아, 그럼 나도 다녀올게."

　"어, 무시키도 갈 거야? 음료를 너무 많이 마신 거 아냐? 괜찮아? 마술사 관둘래?"

　루리는 고개를 갸웃거리며 그렇게 말했다. 이제 〈정원〉을 떠나라는 소리가 입에 완전히 붙어버린 것 같았다.

　무시키는 쓴웃음을 머금으며 손을 흔들더니, 쿠로에와 함께 공원 화장실을 향해 걸어갔고— 건물 뒤편을 통해 공원 밖으로 나갔다.

그리고, 약간 걸음을 서두르면서 목적지로 향했다.

"—루리와 떨어져도 괜찮겠어요?"

"좀 위험하긴 하겠습니다만, 조사 현장을 보여줄 수도 없으니 어쩔 수 없죠. 서둘러 조사를 마친 후에 돌아가는 편이 좋지 않을까 합니다."

무시키의 말에 쿠로에가 답했다. 무시키는 고개를 끄덕인 후, 길을 뛰어갔다.

그리고 잠시 후, 눈에 익은 골목에 도착했다.

"—이 근처군요."

쿠로에가 걸음을 멈추더니, 주위를 둘러보며 그렇게 말했다. 그러자 무시키는 놀란 듯이 눈을 동그랗게 떴다.

"그걸 어떻게 알았어요?"

"왠지 그럴 것 같았습니다."

무시키의 질문에, 쿠로에는 당연하다는 듯이 그렇게 답했다.

학교와 자택의 딱 중간에 위치하는 장소다. 그날, 무시키가 도시 미궁에 들어서기 직전에 봤던 광경이다. 번화가에서 약간 떨어져 있어서 그런지 지나다니는 사람도 없었고, 바람에 나무가 흔들리는 소리가 꽤 크게 들렸다.

언뜻 보기에는 평범하기 그지없는 골목이지만…… 어쩌면 무시키가 모르는 판별법이 있는 걸지도 모른다.

"……"

쿠로에는 주위를 주의 깊게 둘러보더니, 그 자리에서 천천히 몸을 웅크리면서 손가락으로 지면을 훑었다.

"—세세하게 조사해보죠. 무시키 씨, 손을 빌려주십시오."

"네. 뭘 하면 되나요?"

무시키가 그렇게 묻자, 몸을 일으킨 쿠로에가 성큼성큼 걸음을 옮겼다. 그리고 그대로, 무시키를 담 쪽으로 몰아넣었다.

"으음…… 쿠로에. 이건……."

"예상하시는 대로입니다. —사이카 님으로 존재변환 후, 주위에 마력을 뿌려 주십시오. 그것을 촉매 삼아, 이 자리에 남아 있는 동형 파장의 잔재를 찾아내겠습니다. 그러면, 전개되었던 제4현현의 흔적을 추적할 수 있을 겁니다."

"아니, 하지만 이렇게 사람들이 왕래하는 길에서…… 게다가 루리가 기다리고 있는 데다, 사이카 씨의 몸이 되어 버리면 다시 돌아가기 힘들 텐데요."

"괜찮습니다. 무시키 씨는 보기보다 쉬운 남자니까요."

"너무해요."

"잔말 말고 입술이나 내미십시오. 여자애로 만들어드리겠습니다."

"오해를 할 수 있는 표현— 으읍."

쿠로에는 말을 이으려는 무시키의 멱살을 잡고 확 잡아당기더니, 억지로 키스를 했다.

그 순간, 몸이 뜨겁게 달아오르면서 온몸이 옅게 빛나더니— 무시키는 사이카의 모습으로 변신했다. 그에 맞춰, 영사로 짠 의복 또한 여성용으로 변모했다.

"—극채의 마녀, 쿠오자키 사이카. 오늘 밤도 현세에 강림하도다."

"그 닭살 돋는 멘트는 대체 뭐죠?"

"아, 변신할 때는 이런 대사를 하는 편이 괜찮을 것 같아서요."

"괜찮지 않습니다. —그것보다, 빨리 시작하죠. 길 한복판에 서주십시오."

"네. 그런데, 으음…… 마력의 산포는 어떻게 하면 되나요?"

"전에 말씀드렸다시피, 무시키 씨는 사이카 님의 마력을 완전히 제어하고 있지 않기에 항상 조금씩 방출되고 있는 상태입니다. 그러니 가만히 서 있기만 해도 충분하죠. 오히려 괜한 짓을 하려고 하지 마십시오. 일전의 교실에서와 같은 사태가 벌어질 우려가 있습니다."

"흐음."

무시키는 낮은 신음을 흘리더니, 지시된 장소로 바람처럼 걸어가서 모델 같은 포즈를 취했다.

"평범하게 서 있으면 됩니다."

"어, 하지만……."

"평범하게 서주시길."

쿠로에가 딱 잘라 말하자, 무시키는 풀이 죽은 것처럼 고개를 푹 숙였다. 멋지다고 생각했던 것 같았다.

"그럼, 시작하겠습니다."

쿠로에는 한 손을 앞으로 내밀더니, 가볍게 숨을 들이마시면서 읊조렸다.

"—제1현현, 【심문의 눈】."

그러자, 쿠로에의 목덜미에 목걸이 같은 계문이 생겨나더니, 그녀의 눈에 빛이 어렸다.

"……앗! 쿠로에, 그건……."

"대상의 조성 및 구조를 해석하는 마술입니다. 이래 봬도 〈정원〉의 마술사니까요."

그렇게 말한 쿠로에는 어렴풋한 빛이 어린 눈으로, 무시키를 중심으로 한 경치를 핥듯이 둘러보고 있었다.

"흥흥흥, 흐흐흥흥—♪"

공원 벤치에 앉은 루리는 음료가 들어있는 페트병을 가볍게 흔들면서 즐겁게 콧노래를 불렀다.

하지만 그럴 만도 했다. 무시키와 한창 데이트 중이니 말이다.

무시키와 같이 외출한 게 대체 몇 년 만일까. 초등학생 때 이후로 처음일지도 모른다.

오늘도 딱히 거창한 뭔가를 하는 건 아니다. 그저 상점가를 둘러보거나, 길거리 음식을 사 먹었을 뿐이다.

하지만 거기에 무시키라는 요소가 더해지는 것만으로, 그것이 정말 즐겁게 느껴지는 것이다. 무시키에게 데이트 신청을 받은 후로 오늘까지, 너무 들떠서 잠을 못 잤을 정도다.

"……앗, 잠깐만. 진정해. 진정하는 거야……."

루리는 작게 고개를 젓더니, 자기 자신에게 말하듯 그렇게 중얼거렸다.

무시키와의 데이트는 확실히 즐겁다. 그렇지만 무시키가 〈정원〉에 있는 것을 허용할 수는 없다. 루리가 너무 들뜬 모습을 보인다면, 무시키는 그녀의 말을 진지하게 받아들이지 않을 수도 있다.

루리는 마음을 진정시키려는 듯이 볼을 가볍게 때리더니, 공원 한가운데에 있는 시계를 쳐다봤다.

"어라? 오라버니와 쿠로에가 너무 늦네……."

그리고, 불쑥 그렇게 중얼거렸다.

물론 화장실에 다녀오는 시간을 가지고 왈가왈부하는 건 매너 위반이다. 평소 같으면 루리도 그런 것을 신경 쓰지 않는다.

하지만 『두 사람이 함께』라는 점이 묘하게 신경 쓰였다.

"……윽, 설마……."

그 순간, 루리의 뇌리에는 불길한 상상이 떠올랐다.

—루리의 곁을 벗어나, 화장실로 향하는 무시키와 쿠로에. 하지만 루리의 시야에서 벗어난 순간, 쿠로에는 혀로 입술을 핥으며 음탕한 미소를 머금는다—.

「그럼 쿠로에, 이따가 봐요.」

「후후후…… 무시키 씨, 무슨 소리를 하시는 거죠? 드디어 단둘이 있게 되지 않았습니까.」

「우왓?! 뭐, 뭐 하는 거예요, 쿠로에! 루리가 코앞에 있는데……!」

「그래서 좋지 않습니까. 루리 양과 무시키 씨의 꽁냥꽁냥을 보고, 더는 참을 수가 없게 됐습니다. 자, 진정한 쾌락을 가르쳐드리죠.」

「우, 우왓~! 도와줘, 루리! 루리─ 루리─ (메아리).」

"─쿠로에, 네 이놈! 감히 오라버니에게 무슨 짓을 하려고……!!"

루리는 눈을 치켜뜨더니, 페트병을 짓이기면서 엄청난 속도로 지면을 박찼다.

"……."

—제1현현을 전개하고, 약 3분 후.

쿠로에는 난처한 듯이 미간을 찌푸리더니, 앞으로 내민

손을 내렸다.

그에 맞춘 것처럼, 쿠로에의 목에 생겨나 있던 계문이 사라졌다.

"쿠로에, 뭐라도 좀 알아냈나요?"

"……네. 사이카 님의 마력 잔재는 확인됐습니다. 역시 사건 현장은 이곳이 틀림없는 것 같군요. 극소 세계를 자아내는 제4현현일지라도, 현실 세계에 기점은 존재합니다."

무시키의 질문에, 쿠로에가 답했다.

하지만 그녀의 말투와 표정은 명쾌함과는 거리가 멀게 느껴졌다.

"—하지만, 다른 마력은 관측되지 않습니다. 물론 세상에 편재된 미약한 마나는 확인됩니다만, 제4현현을 사용한 것으로 추정되는 흔적은……."

"그럼…… 범인이 자신의 흔적을 지웠단 걸까요. 아니면, 애초에 제4현현을 안 썼다거나……."

무시키가 그렇게 말하자, 쿠로에는 턱을 매만지며 대답했다.

"가능성이 있는 건 전자……일까요. 상황으로 유추해볼 때, 후자라고는 생각하기 어렵습니다. 하지만, 제4현현을 펼칠 정도의 마력을 사용했으면서, 그 흔적이 전혀 관측되지 않을 만큼 깨끗이 지우다니……. 게다가— 신경 쓰이는 점이 하나 더 있습니다."

"신경 쓰이는 점?"

"네. —사이카 님의 마력 잔재가, 묘하게 진합니다. 마치— **사이카 님께서 제4현현을 전개하셨다**고 여겨질 정도로 말입니다."

"……으음, 그 말은 사이카 씨가 적에게 대항하기 위해 제4현현을 썼지만 졌고, 그 후에 적이 자신의 흔적을 지운 게—."

"그건 있을 수 없는 일입니다."

무시키가 그렇게 말하자, 이제까지 모호한 발언을 하던 쿠로에가 단호하게 고개를 저었다.

"사이카 님께서 제4현현을 전개하셨다면, 지실 리가 없습니다."

"그건…… 그렇죠."

안비에트와의 싸움. 그리고 멸망인자 습격 때를 떠올린 무시키는 식은땀을 흘렸다.

"하지만…… 그럼 대체……."

"……글쎄요. 가능성이 있는 건—."

바로 그 순간이었다.

"—무시키이이이이이잇!! 쿠로에에에에에에에에—!!"

뒤편— 공원 쪽에서 엄청난 발소리가 들려오더니, 그런 고함 소리가 들려왔다.

"이 목소리는…… 루리?"

"……흑?! 마녀님?!"

무시키가 뒤돌아보니, 이미 루리가 등 뒤에 서 있었다. 무시키— 사이카의 모습을 보고 놀란 건지, 뒤꿈치로 급브레이크를 밟으면서 그 자리에 멈춰 섰다. 그녀의 발치에는 희미하게 브레이크 자국이 남아 있었으며, 연기 또한 피어오르고 있었다.

"이런 데서 뵙다니, 정말 영광이에요! 여기서 뭘 하시는 건가요, 마녀님!"

루리가 공손히 예를 표하자, 무시키는 애매한 미소를 머금으며 답했다.

"아, 그게— 기분 전환 삼아 산책 중이야. 그러는 루리야말로 여기서 뭐하는 거야?"

무시키가 묻자, 루리는 뭔가를 퍼뜩 떠올린 것처럼 어깨를 부르르 떨었다.

"맞아……! 마녀님, 이 근처에서 오라버니와 쿠로에를 못 보셨나요?! 어…… 맞아, 오라버니라고 하면 모르실 거야……. 으음, 쿠로에에게 능욕당하기 직전의 남자애예요! 모성 본능을 자극한다고나 할까, 가만 놔둘 수 없는 느낌이 드는 사람이에요!"

"뭐? 어어…… 으음?"

아무래도 두 사람을 찾고 있는 것 같았다. 무시키는 뭐라고 대답하면 좋을지 몰라, 쿠로에를 쳐다보았다.

하지만 방금까지 쿠로에가 있던 장소에는 아무도 서 있지 않았다. 그 대신, 조금 떨어진 곳에 있는 담 뒤편에 선 쿠로에의 모습이 눈에 들어왔다. 아무래도 루리가 다가온다는 것을 재빨리 눈치채고, 몸을 숨긴 것 같았다.

신속한 판단이다. 확실히 무시키와 화장실에 간 쿠로에가 사이카와 같이 있는 모습을 루리가 본다면, 일이 성가셔질 것이다.

"……."

쿠로에는 아무 말 없이 제스처를 취했다. 왠지 『적당히 둘러대 주십시오』라는 의미인 것 같았다.

"쿠로에라면 아까 봤어. 으음…… 공원 화장실이 붐벼서, 근처 편의점에 간다고 했던 것 같은데……?"

"……아! 저, 정말인가요?!"

무시키가 적당히 둘러대자, 루리는 안도한 것처럼 크게 숨을 내쉬었다.

"뭐야…… 지나친 생각이었구나……. 나는 틀림없이……."

"틀림없이?"

"아, 아, 아뇨! 아무것도 아니에요!"

루리가 볼을 붉히면서 세차게 고개를 저었다.

무시키는 다시 쿠로에를 힐끔 쳐다봤다. 그러자 그녀는 또 과장스러운 손짓, 발짓을 취했다. 이번에는 『나중에 합류할 테니 시간을 벌어 주십시오』라는 의미 같았다. 아무래도, 더 조사하고 싶은 게 있는 것 같았다.

"으음— 루리. 괜찮다면 잠시 이야기 상대가 되어주지 않겠어?"

"네?! 그, 그래도 될까요?!"

"그래. 좀 걷느라 지쳤거든. 잠시 쉬려던 참이야. 뭐, 네 볼일을 방해하진 않겠어."

"방해라니, 당치도 않아요! 그, 그럼 이쪽으로 오세요!"

루리는 황송하다는 듯한 태도로 공원 쪽을 가리켰다. 무시키가 뒤를 따르며, 차분한 발걸음으로 걸어갔다.

"잠시 기다려주세요—."

공원에 도착한 후, 루리는 그렇게 말하면서 나무 그늘의 벤치에 펄럭…… 하고 손수건을 깔았다.

"자, 앉으세요."

"으, 응. 고마워."

좀 과하단 생각이 들지 않는 건 아니지만, 루리의 호의를 거부하는 것도 좀 그럴 것 같았다. 무시키는 순순히 손수건 위에 앉았다.

하지만 무시키가 벤치에 앉았는데도, 루리는 그 옆에 차렷 자세로 서 있을 뿐이었다.

그녀의 의도를 눈치챈 무시키는 온화한 미소를 머금으며 사이카다운 느낌으로 말했다.

"후후, 루리도 앉아. 이대로는 불편할 것 같거든."

"······윽! 네. 그럼 실례를······."

루리가 황송하다는 듯이 무시키의 옆에 앉았다. 앉은 후에도 등을 꼿꼿이 펴고 있었다.

그 정도로 사이카를 경애하는 것 같았다. 그 모습을 본 무시키는 훈훈한 느낌을 받은 나머지, 무심코 미소를 머금었다.

"마녀님······?"

"아, 으음. 아무것도 아냐. ―그것보다 오늘은 무슨 일이지? 쿠로에와 함께 외출하다니 별일도 다 있는걸."

물론 무시키는 자초지종을 파악하고 있다. 하지만, 사이카로서 대화를 원활하게 진행하기 위해서는 우선 상황을 확인해두는 편이 좋을 것이다. 그렇게 판단해, 그런 질문을 던졌다.

그러자, 루리는 볼을 붉히면서 머리를 긁적였다.

"아······ 사실 오늘은······ 훗, 에헷······ 오라버니와 데이트를······."

"뭐?"

루리가 멋쩍어하며 그렇게 말하자, 무시키는 무심코 눈을 동그랗게 떴다.

"왜 그러세요?"

"아, 아냐."

루리가 이상하다는 듯이 고개를 갸웃거리자, 무시키는

얼버무리듯 고개를 저었다.

아침부터 대화의 핀트가 어긋나는 것 같았는데, 그런 인식의 차이 때문이었던 것 같았다.

"저기— 뭐야. 루리가 즐거워 보인 이유를 알겠어."

"어? 그렇게 얼굴에 드러났나요?! 우와, 큰일이네……."

루리는 그렇게 말하더니, 두 손으로 자기 볼을 주무르기 시작했다. 마치 흐물거리는 표정을 반죽해서 다시 만들려는 것처럼 말이다.

"응? 뭐가 큰일이라는 거지? 즐거우면 된 거 아니려나?"

"아뇨, 큰일이에요. 즐거운 건 사실이지만…… 오라버니에게 그걸 들키는 건 좋지 않다고나 할까요."

"……뭐? 그게 무슨 소리지?"

무시키가 묻자, 루리는 표정을 굳히며 대답했다.

"으음…… 마녀님이 학원을 쉬신 날, 우리 반에 편입생이 두 명 들어왔는데…… 한 명은 쿠로에, 다른 한 명은 쿠가 무시키— 원래 『밖』에 있던 제 오빠였어요. 대체 어디서 〈정원〉에 관해 알게 된 건지는 모르겠지만……."

"아아— 그렇게 된 거구나."

편입생의 존재를 학원장이 모르는 것도 부자연스럽고, 종자인 쿠로에와 무시키가 이야기를 나누는 모습 또한 남들이 목격했다. 그러니 전혀 모르는 척을 하지 않는 편이 무난할 것이다. 무시키는 말을 조심하며 애매하게 답했다.

"그러니…… 저기, 〈정원〉의 수장이신 마녀님께 이런 말씀을 드리는 건 좀 그렇지만…… 전, 오빠는 마술사가 되지 않았으면 싶거든요……."

"……흠."

그것은 알고 있다. 무시키는 팔짱을 끼며 낮은 신음을 흘린 후에 말을 이었다.

"루리는…… 오빠를 싫어하는 거야?"

"말도 안 돼요!"

무시키의 말을 들은 루리가 당치도 않다는 듯이 큰 목소리로 그렇게 외쳤다.

하지만 곧 퍼뜩 놀란 표정을 짓더니, 어깨를 움츠렸다.

"시, 실례했어요……."

"아니, 괜찮아. 그것보다— 괜찮다면 이유를 알려주지 않겠어?"

무시키가 그렇게 말하자, 잠시 고민하는 듯한 표정을 짓던 루리는 이윽고 체념한 듯이 이야기를 시작했다.

"이유는 단순해요. 세상을 멸망시킬 수 있는 존재— 멸망인자의 피해는 항상 막대하죠. 비교적 소규모 재해급조차도, 단시간에 수천 명 규모의 사망자가 발생하는 일도 드물지 않아요. 가역 토멸 기간 안에 멸망인자를 토벌하면, 그 피해는 『없었던 일』이 되지만…… 그 존재를 관측할 수 있는 마술사가 되어버린다면, 입은 상처와 부상, 후유

중— 그리고 죽음을, 없었던 일로 만들 수 없어요. ······마
녀님께 거짓말을 할 순 없으니, 부끄러운 줄 알면서도 솔
직히 말씀드리겠어요. 저는, 오라버니가 상처 입는 게 싫
어요. 오라버니를 잃고 싶지 않아요. 그도 그럴 게— 저는
오라버니를 지키기 위해 마술사가 된 것이니까요."

"──."

루리의 고백을 들은 무시키는 잠시 말문이 막혔다.

루리는 굳은 결의가 어린 눈으로 쳐다보며, 말을 이었다.

"─〈정원〉에 입학했다는 건, 멸망인자를 관측했다는 의
미예요. 하지만, 아직 늦지 않았을 거예요. 마력 차단과
기억 처리를 하면, 다시 바깥 세계의 인간으로 돌아갈 수
있어요. 저를 쫓아서 〈정원〉에 와준 건 기쁘지만······."

루리는 뜨거운 어조로 그렇게 말하면서, 주먹을 말아 쥐
었다.

발언 중에 마음에 걸리는 내용이 있었던 것 같은 느낌이
들지만······ 기분 탓일 것이다.

"물론, 본인의 의지를 무시하며 그런 처치를 할 수 없다
는 건 알고 있어요. 하지만 저는 반드시 오라버니를 설득
하고 말 거예요. 그때는 승인해주시길 부탁드립니다."

그리고 무시키의 눈을 똑바로 응시했다.

"······."

무시키는 마른침을 삼켰다. 루리의 기백에 압도당한 걸

지도 모른다.

하지만, 지금 무시키가 한 말은 사이카가 한 말이 된다. 이런 상황에서 함부로 승낙할 수는 없다.

무시키는 잠시 생각에 잠긴 후— 한숨을 내쉬며 말을 이었다.

"······아까 내가 한 말은 실언이었던 것 같네. 루리, 너는— 오빠를, 참 좋아하는구나."

"—네! 정말 좋아해요!"

무시키가 그렇게 말하자, 루리는 아까와 정반대로 환한 미소를 지으며 그렇게 답했다.

"루리."

"네, 왜요?"

"잠시 끌어안아도 될까?"

"물론이죠. —어, 네엣?!"

루리는 얼굴을 새빨갛게 붉히더니, 허둥대기 시작했다.

루리가 너무 사랑스러워서 무심코 그렇게 말했지만, 지금의 무시키는 사이카의 모습을 하고 있다. 아무래도 지나치게 자극적일 것 같았기에, 무시키는 손을 내저으며 「미안해」하고 말했다.

"신경 쓰지 마. 조금 감격했던 것 같네."

"아, 아뇨······."

루리는 안도와 아쉬움이 섞인 표정을 짓더니, 곧 어깨를 부르르 떨면서 주위를 둘러보기 시작했다.

"루리? 왜 그래?"

"아…… 아뇨. 그 두 사람이 돌아올 때가 된 것 같아서요. 마녀님. 방금 이야기, 절대로 무시키한테 하지 말아주세요. 이걸 알면 절대로 〈정원〉에서 나가지 않을 거예요."

"……, 그래. 말 안 해. ……말하진 않겠어."

"부탁드릴게요. 아, 쿠로에한테도 말하지 말아주셨으면해요. 그 두 사람, 꽤 사이가 좋아 보였—."

루리는 말을 하던 도중에 뭔가가 생각난 건지 눈썹을 희미하게 떨었다.

"—아. 쿠로에 하니 말이죠. 마녀님, 전부터 신경 쓰였던 건데……."

"그래. 뭐지?"

"그 애, 대체 언제 고용한 건가요?"

"—뭐?"

루리의 말을 들은 순간…….

무시키는, 무심코 숨을 삼켰다.

"그게 무슨 소리야? 언제 고용했냐니……."

"네. 그러니까 **이제까지는, 종자를 두지 않으셨잖아요?**"

"……윽?! 뭐—?"

그 말이 사이카답지 않은 반응이란 것은 이해하고 있었다. 하지만 무시키는 한순간, 그런 것을 신경 쓸 수가 없었다. 그리고 자신이 던지려는 질문이 지리멸렬한 것을 알면서도, 던지고 말았다.

"잠깐만 있어봐. 쿠로에는, 전부터 그 저택에 있었던 게……."

"……네? 그랬나요? 그렇다면 실례했어요. 마녀님의 저택에 간 적이 몇 번이나 있지만, 한 번도 본 적이 없거든요."

"……."

그런 루리의 말을 들으면서, 무시키는 심장 박동이 점점 빨라지는 것을 느꼈다.

루리의 올곧고 철저한 성격은 잘 알고 있으며, 그녀가 얼마나 사이카에게 심취했는지도 이 며칠 동안 뼈저릴 정도로 느꼈다.

그렇기에, 어떤 생각이 무시키의 뇌리를 스쳐 지나가고 말았다.

―그런 루리가, 사이카의 전반적인 생활을 보좌하는 유일한 종자의 존재를 모른다는 게, 정말 있을 수 있는 일일까―란 생각 말이다.

루리의 단순한 미스?

사이카가 쿠로에의 존재를 숨겼다?

아니면―.

무시키는 머릿속에 떠오른 몇몇 가능성을 살피더니, 이윽고 희미하게 떨리는 목소리로 어떤 질문을 입에 담았다.

"……루리. 네가 쿠로에의 존재를 알게 된 건, 대체 언제야?"

무시키가 그렇게 묻자, 루리는 기억을 뒤지듯 검지로 조그마한 원을 그리며 대답했다.

"으음, 제가 처음으로 만난 건— 아, 일전의 정례회 때예요. 마녀님이, 그 애를 회의실에 데리고 왔잖아요."

"——."

그 대답을 듣고, 또 말문이 막혔다.

정례회. 그날의 일은 똑똑히 기억하고 있다.

그도 그럴 것이— 무시키가 사이카와 융합하고, 〈정원〉에서 눈을 뜬 날의 일인 것이다.

—그날까지, 쿠로에는 루리에게 존재가 알려지지 않았다.

즉, 쿠로에가 저택에 온 것은 사이카와 무시키가 습격을 당한 직후였다……?

만약 그게 사실이라면…….

당연한 듯이 사이카의 저택에 있고, 당연한 듯이 무시키의 자초지종을 파악하고 있으며, 당연한 듯이 무시키의 행동 지침을 정해온 그녀는—

대체, 누구인 걸까.

"설마……."

무시키는 몸속이 얼어붙는 듯한 감각을 느끼면서, 신음에 가까운 목소리를 토했다.

말을 더 이었다간, 이제까지와 같은 장소로 되돌아갈 수 없다. 그것을 자각하고 있으면서도, 억누를 수가 없었다. 무시키의 혀는, 반쯤 무의식적으로, 그 최악의 가능성을 입에 담으려 했다.

"쿠로에, 너는—."

—하지만, 바로 그 순간이었다.

마치 무시키의 말을 끊으려는 듯이—.

두 사람을 감싼 주위의 풍경이, 돌변했다.

"아니……?!"

"—앗!"

화창한 오후의 공원이, 어둠에 잠식되어 가는 듯한 위화감.

그 어둠은 순식간에 주위를 삼키더니, 지면에서 거대한 건조물을 몇 개나 출현시켰다.

—끝을 알 수 없는 도시 미궁. 철과 돌로 구성된 잿빛 세상.

그렇다. 그것은 바로 운명의 그날, 무시키가 발을 들였던 공간이었다.

"—윽! 제4현현……?! 설마, 대체 누가—."

루리는 숨을 삼켰지만— 즉시 전사다운 표정을 지었다.

아마 떠올린 것이다. 며칠 전의 정례회에서 논의된 내용을. —사이카를 습격한 정체불명의 마술사가 존재한다는 것을.

"【인황인】!"

그리고 그 이름을 읊조리자 그녀의 얼굴에 검푸른색으로 빛나는 계문이 두 개 생겨났고, 손에는 빛으로 된 왜장도가 모습을 드러냈다. —제2현현. 〈물질〉의 위계(位階).

루리가 왜장도를 치켜들며 빈틈없는 자세를 취하자, 마치 그 움직임에 맞춘 것처럼 마천루 사이에서 인간 형태를 한 그림자가 몇 개나 기어 나왔다.

그것을 본 루리는 눈썹을 희미하게 찌푸렸다.

"……멸망인자 414호:『레이스』— 제4현현 안에 멸망인자가……?"

하지만, 그림자들은 답하지 않았다. 시선이 느껴지지 않는 얼굴을 루리와 무시키를 향해 돌리더니, 일제히 덤벼들었다.

"—하앗!!"

루리는 숨을 삼키더니, 찢어지는 기합을 내지르며 빛의 칼날을 휘둘렀다.

루리의 움직임에 맞춰, 빛의 칼날이 실처럼 가늘고 길게 뻗어나갔다.

그리고 그 빛의 실이 의지를 지닌 것처럼 주위를 종횡무진으로 가르자, 주위에서 우글거리던 그림자들의 몸을 간단히 찢어발겼다.

단말마조차 지르지 못한 채, 그림자들은 공기에 녹듯 사라졌다.

하지만 그림자들을 해치웠는데도 불구하고, 무시키와 루리를 집어삼킨 잿빛 미궁은 사라지지 않았다.

"쳇— 〈정원〉 밖이라고 얕보는 건가요."

루리는 작게 혀를 차더니, 마천루 깊숙한 곳까지 퍼져나가도록 당당한 목소리로 외쳤다.

"—나오세요. 이 영역의 주인. 제4현현까지 이른 술사가 이런 쪼잔한 공격밖에 못 할 리가 없을 텐데요? 목적이 뭐죠? 여기 계신 분이 누구인지 알면서 이런 짓을 벌이는 건가요?"

루리의 목소리가 빌딩 벽에 부딪히면서, 메아리처럼 주위에 울려퍼졌다.

그러자, 그 목소리에 답하듯— 어둠 속에서, 조그마한 발소리가 들려왔다.

"—윽! 루리."

"네."

무시키가 경계를 촉구하듯 그렇게 말하자, 루리는 살며시 고개를 끄덕이며 전투태세를 취했다.

이윽고 복잡한 빌딩 숲에서 한 사람이 걸어 나왔다.

온몸을 로브로 감싸고 후드를 깊이 눌러썼기에, 외모와 나이는 물론이고 성별조차 알 수 없었다.

하지만 머리 위에서 빛나고 있는 네 개의 계문이, 그 혹은 그녀가 이 영역의 주인이라는 것을 명확하게 드러내고 있었다. 날카로운 형태의 문양이 나란히 위치해 자아낸 그 모습은 챙이 넓은 모자처럼 보였다.

"드디어 모습을 드러냈군요. 〈정원〉의 기사로서, 당신을 체포—."

바로 그때였다.

왜장도의 칼날 끝으로 상대를 겨누며 말을 잇던 루리가, 갑자기 숨을 삼켰다.

"—루리?"

의아하게 생각하며 루리를 쳐다본 무시키는 무심코 미간을 찌푸렸다.

그럴 만도 했다. 방금까지 냉철하게 적을 주시하던 루리의 표정이, 낭패와 곤혹으로 점철되어 있었다.

얼굴 전체에 땀방울이 송골송골 맺혀 있었으며, 입술 또한 희미하게 떨렸다. 한껏 치켜뜬 두 눈은 끊임없이 떨리고 있었으며, 초점 또한 맞지 않는 것 같았다.

"당신—은—."

루리의 목에서, 희미한 목소리가 새어 나왔다.

그 말은. 그 목소리는.

—마치, 마주한 상대가 누구인지 눈치챈 듯한 반응이었다.

"……루리!"

"…….."

무시키가 목청껏 루리의 이름을 부르자, 그에 맞춘 것처럼 마술사는 한 손을 앞으로 내밀었다. 로브 소매에서, 가늘고 아름다운 손가락이 모습을 보였다.

그리고, 마술사가 그 손가락을 딱 소리 나게 튕긴 순간.

"—윽?!"

루리가 들고 있던 빛의 칼날이 부풀어 오르는가 싶더니, 무수한 바늘로 변해서 루리의 손을, 발을, 가슴을, 꿰뚫었다.

"어—."

루리는 자신에게 무슨 일이 일어난 건지 모르겠다는 듯한 목소리를 흘리더니, 온몸에서 뿜어져 나온 피에 빠져들듯 지면에 쓰러졌다.

순식간—.

그야말로, 순식간에 벌어진 일이었다.

"루리—!"

무시키는 비명에 가까운 목소리로 그렇게 외치더니, 피범벅이 된 루리를 향해 뛰어갔다. 다음 순간에는 그녀의 머리에 떠올라 있던 계문이 사라졌고, 손에 쥔 왜장도가 빛으로 변하며 사라졌다.

겨우겨우 숨은 붙어 있지만, 중태라는 것은 한눈에 알 수 있었다. 온몸에 생겨난 무수한 상처에서, 쉴 새 없이 피가 뿜어져 나왔다. 특히 가슴을 꿰뚫은 빛의 바늘은 중요한 장기에 상처를 입혔을 가능성이 있다. 한시라도 빨리 치료받지 않으면 목숨이 위태로울 것이다. 아니, 어쩌면 치료받더라도—.

"······큭."

피를 나눈 여동생의 이 처참한 모습을 본 무시키는 심장이 옥죄어드는 듯한 느낌을 받았다.

몸을 불태우는 듯한 분노와 원념을 담아, 앞에 선 마술사를 노려보았다.

"이 자식······!!"

사이카를 습격했고, 무시키에게 치명상을 입혔으며, 그리고 방금은 무시키의 소중한 동생에게 상처를 입힌, 용서못 할 적.

—쓰러뜨려야만 한다. 지금, 이 자리에서.

안 그러면, 루리도, 무시키도, 사이카도, 죽고 만다.

무리라는 것은 알고 있다. 각오를 다진 무시키는 몸을 일으키더니, 마술사를 향해 두 손을 내밀었다.

"—훗."

바로 그때였다.

그런 무시키를 본 마술사는 작게 숨을 내쉬더니, 뒤돌아섰다.

마치, 오늘 목적은 달성했다는 듯이.

혹은— 무시키 따위는 상대할 가치도 없다는 듯이.

"기다—."

기다려, 하고 말하려던 무시키는 말을 멈췄다.

확실히 저 마술사를 용서할 수는 없다. ─하지만 그 말에 저 마술사가 걸음을 멈춘다면, 루리는 어떻게 될까?

　승산도 없는데, 한순간의 격정 때문에 루리의 목숨을 위험에 처하게 할 수는 없다. 무시키는 주먹을 말아 쥐더니, 입술을 깨물면서 멀어져가는 마술사의 등을 노려보았다.

　─이윽고 마술사가 어둠 속으로 사라지자, 무시키 일행을 둘러싼 미궁이 무너지기 시작했다.

　그러자 주위의 풍경은, 오후의 평화로운 공원으로 되돌아갔다.

　하지만 그 광경은, 아까 전까지와 명백하게 달랐다.

　"아아아아─."

　동생의 피에 젖은 양손을 말아 쥐며…….

　무시키는, 통곡인지 분노인지 알 수 없는 목소리를 토했다.

제5장 마녀

그날 밤. 〈정원〉 중앙 학사 최상층에 있는 학원장실에서, 무시키는 엘루카로부터 루리의 용태에 관한 보고를 받았다.

"……이상이다. 출혈은 심했지만, 다행히 목숨에는 지장이 없느니라. ─물론, 처치가 늦었다면 어떻게 됐을지는 알 수 없지만 말이지."

엘루카는 손에 든 진료 기록부를 가볍게 두드리며 보고를 마쳤다.

학원장실 안쪽의 테이블에서 보고를 듣던 무시키는 작게 안도의 한숨을 내쉬었다.

무시키는 습격 직후에 바로 〈정원〉에 연락을 취해서 루리를 의료동으로 긴급하게 보냈지만, 학원장의 심각한 표정을 다른 이들이 보면 불안을 느낄 것이기에 이곳에서 대기하고 있었다. 솔직히 말해, 보고를 들을 때까지는 제정신이 아니었다.

하지만, 계속 안도하고 있을 상황이 아니었다. 무시키는 어금니를 깨문 후, 표정을 더욱 굳혔다.

그런 무시키의 마음을 읽은 건지, 엘루카는 팔짱을 끼며 질문을 던졌다.

"……대체 무슨 일이 벌어진 게냐, 사이카. 루리가 이렇게 심하게 다치다니……."

"……."

하지만, 무시키는 대답하지 않았다.

대답할 수가, 없었다.

그러자 엘루카는 하아 하고 한숨을 내쉬었다.

"……말 못 하는 것이냐. 그럼 됐다. 그대가 이유 없이 입을 다물고 있을 리가 없지."

"……미안해."

"괜찮다지 않느냐. 언젠가 말해다오."

엘루카가 그렇게 말하면서 방을 나서려 하자, 무시키는 그녀의 등을 쳐다보며 물었다.

"엘루카."

"응?"

"내 종자…… 쿠로에 말이야. 너는, 그녀를 전부터 알고 있었어?"

무시키가 그렇게 묻자, 엘루카는 미심쩍은 듯이 고개를 갸웃거렸다.

"종자…… 그 검은 옷을 입은 여자 말이냐. 일전의 정례회에서 처음 봤다만, 왜 그런 걸 묻는 게지?"

"……, 그래."

무시키가 몇 초 동안 침묵에 잠긴 후에 조용히 그렇게 말하더니, 살며시 고개를 저었다.

"루리를 부탁해, 엘루카."

"음. 걱정 말거라."

엘루카는 고개를 끄덕인 후, 학원장실을 나섰다.

문이 닫히는 소리와 함께, 방 안에 정적이 찾아왔다.

"……."

무시키는 천천히 고개를 들더니, 방 안쪽에 놓인 전신 거울 앞에 서서 거기에 비친 인물을 응시했다.

그 거울에는 창밖에서 스며든 달빛에 비친, 너무나도 아름다운 소녀가 떠올라 있었다.

쿠오자키 사이카. 세계 최강의 마술사이자, 이 〈정원〉의 수장. 무시키가 마음을 빼앗긴 첫사랑.

그리고 지금은— 무시키 자신의 모습이기도 했다.

무시키는 그녀와 만나, 그녀의 몸과 힘을 맡게 되면서, 이 기묘한 이중생활을 보내게 됐다.

모든 것은, 사이카를 습격한 누군가를 쓰러뜨리기 위해서다.

그리고, 사이카의 의식을 되찾기 위해서다.

이제까지 그 목적을 잊은 적이 없으며, 가볍게 여긴 적도 없다. 자신이 할 수 있는 일이라면 전부 해왔다고 생각한다.

하지만, 그 결과가 이 꼴이다.

처음부터 무모하다는 건 알고 있었다. 무리라는 것도 이해하고 있었다.

하지만 마음 한편으로는 아주 조금, 낙관하고 있었다. 날이 갈수록 손에 익어가는 이 『마술』이라는 미지의 힘을 실감하면서, 고양감을 전혀 느끼지 못했다면 거짓말이리라. 쿠오자키 사이카라는, 무시키가 사랑해 마지않는 이 최강 소녀의 몸이라면, 분명 이 궁지에서 벗어날 수 있을 거라는, 근거 없는 자신감을 품고 있었다.

무시키는 지금, 말로 형용할 수 없는 무력감과 자기혐오에 빠져 있다.

그 이유는 간단했다. 무시키에게는 결정적으로 부족했다.

—사이카의 원수를 반드시 죽여버리겠다는, 망집에 가까운 복수심이 말이다.

"……아아……."

하지만, 지금은 다르다.

처음으로 『적』과 대면하고, 루리가 상처를 입자, 무시키의 마음에는 각오와 결의의 불꽃이 피어올랐다.

—감히 루리를. 내 귀여운 여동생을.

—감히 사이카 씨를. 내 사랑하는 여성을.

"용서 못 해."

무시키는 조용히, 하지만 굳게, 그 말을 입에 담았다.

그리고 그 자리에서 한 걸음 앞으로 내딛더니, 두 손으로 거울을 짚었다.

"—사이카 씨. 죄송해요. 나는 이제부터 무모한 짓을 벌일 거예요."

무시키는 결의가 담긴 목소리로 그렇게 말하더니—.

"당신의 힘을, 빌려주세요."

거울에, 살며시 입맞춤했다.

학원장실 안쪽의 문을 열자, 그 앞에는 광대한 정원이 펼쳐져 있었다.

가로세로로 뻗은 포장도로, 그리고 깔끔하게 손질된 화단과 나무. 지금은 늦은 시간이기에, 같은 간격으로 설치된 가로등만이 그것들을 어렴풋이 비추고 있었다.

물론 이곳은 중앙 학사 최상층이다. 그 문 너머에 그런 공간이 있을 리 없다. 마술을 통해, 〈정원〉 안에 있는 다른 문과 연결시켰을 뿐이다.

처음에는 능숙하게 쓰지 못해서 무시키는 엉뚱한 장소로 가곤 했지만, 지금은 익숙해졌다. 자기가 바라던 경치가 문밖에 펼쳐져 있다는 것을 확인한 후, 그곳에 발을 들이면서 문을 닫았다.

그곳은 〈정원〉 북부 에어리어에 위치한, 사이카의 저택 앞뜰이다. 호화로운 저택을 등지며, 무시키는 천천히 걸음을 옮겼다.

"――."

무시키가 정원의 중앙 근처에 도달하자, 그곳에 있던 소녀가 뒤돌아보았다.

"무시키 씨. 기사 후야죠는 어떻습니까?"

그렇게 말한 소녀― 카라스마 쿠로에는 평소와 마찬가지로 표정에 변화 없이 그렇게 물었다.

이런 장소에 쿠로에가 혼자 서 있는 것은 기묘한 일이지만, 무시키는 전혀 놀라지 않았다.

그럴 만도 했다. 쿠로에를 이곳으로 부른 건, 다름 아닌 무시키 본인이다.

그렇다. 무시키는 쿠로에에게, 꼭 확인해야만 하는 것이 있었다.

"……다행히 목숨에는 지장이 없다고 해요."

무시키는 명치 언저리가 살짝 저린 듯한 느낌을 받으며, 그렇게 대꾸했다.

"그렇습니까. 다행입니다. ……하지만, 적이 이렇게 대담한 습격을 벌일 줄은 몰랐습니다. 더는 시간이 없군요. 머지않아 직접 싸우게 될 테죠. 무시키 씨, 각오해두시길."

쿠로에는 담담한 어조로 그렇게 말했다.

무시키는 그 모습을 지그시 쳐다본 후, 가늘게 숨을 내쉬었다.

"……나는 말이죠."

"네?"

쿠로에는 의아하다는 듯이 고개를 갸웃거렸다.

무시키는 눈을 돌리지 않음, 말을 이었다.

"쿠로에를 고맙게 생각하고 있어요. ─『적』에게 공격을 받고, 사이카 씨와 합체해서, 뭐가 어떻게 된 건지 전혀 모르던 나를, 쭉 도와줬잖아요. 쿠로에가 없었다면, 나는 더 많은 문제를 일으켰을 거라고 생각해요."

"개의치 마시길. 사이카 님의 종자로서 소임을 다하고 있을 뿐입니다."

쿠로에는 등을 꼿꼿이 펴면서 그렇게 대답했다.

그 모습에서는 빈틈을 찾아볼 수 없었으며, 너무나도 종자다웠다.

─마치, 『종자』라는 역할을, 완벽하게 연기하고 있는 것처럼.

무시키는 마른침을 삼킨 후, 그 질문을 입에 담았다.

"그러니, 솔직하게 대답해주셨으면 해요. 부탁할게요."

"……네? 대체 무슨 이야기를─."

"─쿠로에. 당신은, 대체 누구죠?"

무시키가 그렇게 말한 순간.

쿠로에는, 말을 멈췄다.

감정을 읽을 수 없는 두 눈으로, 무시키의 얼굴을 조용히 응시했다.

무시키는 심장의 고동이 점점 빨라지는 것을 느끼면서도, 초조함을 겉으로 드러내지 않기 위해 천천히 말을 이었다.

"……사이카 씨에게는 종자 같은 건 없었어요. 쿠로에, 당신이 이 〈정원〉에 모습을 보인 건 내가 이곳에 온 것과 거의 같은 시기였죠─. ─다시 묻겠어요. 당신은 대체 누구죠? 무슨 목적으로, 아무것도 모르는 내 앞에서, 종자를 자처한 거죠?"

물론 그런 정보만으로 쿠로에를 습격범으로 단정 지을 생각은 없으며, 무시키 또한 그렇게 생각하고 싶지는 않았다.

하지만, 쿠로에는 무시키에게 뭔가를 숨기고 있다. 그것만은 틀림없었다.

그것을 알아내기 위해, 이 이야기를 꺼낸 것이다.

"……."

무시키의 말을 들은 쿠로에가 한동안 입을 다물었다.

하지만, 곧, 그녀의 입에서 희미한 숨소리가 흘러나오는가 싶더니─.

"─뭐야. 눈치채고 말았구나?"

씨익, 하고 입술을 일그러뜨리면서 처절한 미소를 머금었다.

"……큭!"

이제까지의 쿠로에와 전혀 다른 표정과 말투였기에, 온몸의 털이 곤두섰다.

딱히 모습이 변모한 것이 아니며, 등에서 괴물이 튀어나온 것도 아니다. 그저, 표정과 말투가 변했을 뿐이다.

하지만, 무시키는, 눈앞의 소녀가, 순식간에 다른 사람으로 변한 듯한 착각에 빠졌다.

"너는— 누구야……?!"

무시키는 온몸을 긴장시키더니, 전투태세를 취하듯 자세를 약간 낮췄다.

그 모습을 본 쿠로에는 재미있다는 듯이 웃음을 흘렸다.

"응, 괜찮은 반응이야. 뭐, 합격점에는 아직 미치지 못하지만 말이—지!!"

다음 순간, 말 도중에 쿠로에의 몸이 흐릿해지더니 코앞에서 모습을 드러냈다.

"아니—."

순간이동— 아니, 단순히 지면을 박차면서 무시키에게 육박한 것이리라. 그저 그 속도와 몸놀림에, 무시키가 대응하지 못했을 뿐이다.

허둥지둥 마술을 발동시키려 했지만, 이미 늦었다. 이미 쿠로에는 무시키의 품속까지 육박했다.

그대로 몸통 박치기를 당한 무시키는 쿠로에에게 밀려나듯 뒤편으로 튕겨 나갔다.

"큭……!"

단단한 포장도로에 엉덩방아를 찧은 무시키가 다급히 얼굴을 들었다.

하지만, 곧 의문을 느꼈다. —기습을 당했는데, 무시키가 입은 대미지가 너무 적었던 것이다.

분명 몸통 박치기를 맞았고, 지면에 부딪힌 엉덩이가 얼얼했다. 하지만, 그게 전부였다. 만약 쿠로에가 적의를 품고 공격을 날렸다면, 이 정도일 리가—

—바로 그때였다.

"……윽?!"

거기서 무시키는 생각을 중단해야 했다.

쿠로에의 등 뒤— 방금까지 무시키가 서 있던 장소를 향해—.

거대한 첨탑이, 뒤집힌 채 떨어지고 있었다.

"어— 앗……?!"

첨탑이 지면에 꽂히자, 부서진 파편과 충격파가 주위에 흩뿌려졌다. 무시키는 자신의 몸을 감싸고 있는 쿠로에의 어깨 너머로, 그 현실감 없는 광경을 응시했다.

"……하아…… 정말 화려한 걸 좋아하네."

쿠로에는 한숨을 내쉬더니, 등 뒤— 거꾸로 지면에 꽂혀 있는 첨탑을 돌아보았다.

그러자 그 동작에 맞춘 것처럼, 앞뜰 중앙에 꽂혀 있는 뒤집힌 첨탑이 빛과 함께 사라졌다. 한순간, 눈부신 빛이 무시키의 시야를 뒤덮었다.

그리고, 그 빛이 잦아들자— 무시키와 쿠로에를 감싼 세계의 경치가, 아까까지와 달라지고 말았다.

"이건—."

무수한 마천루로 이뤄진, 무기질적인 도시 미궁.

세 번째로 접하는 그 광경에, 무시키는 숨을 삼켰다.

"어떻게 된 거죠. 쿠로에가 적이었던 게—."

"—하하. 그건 그것대로…… 의외성이 있어서 재미있을지도 모르겠는걸."

그렇게 말한 쿠로에는 옅은 미소를 흘렸다. 하지만 그 얼굴은 말과 다르게 새파랗게 질려 있었다.

바로 그때, 눈치챘다. 쿠로에의 등이, 대량의 피에 젖어 있었다.

그렇다. 쿠로에는 무시키를 그저 밀쳐내기만 한 것이 아니었다. 하늘에서 떨어지는 물체를 감지하고, 자신의 몸으로 무시키를 지켜준 것이다.

"……앗! 쿠로에, 피가—."

"……실수했는걸. ……그것보다, 조심해. 드디어 나타났거든. ……우리에게 있어, 최악의…… 저승사자가…….”

그 말을 끝으로, 쿠로에의 몸에서 힘이 빠져나갔다.

아무래도 의식을 잃은 것 같았다. 아직 숨은 붙어 있지만, 출혈이 심했다. 한시라도 빨리 치료를 받아야만 한다.

하지만, 그게 불가능하단 것을 곧 눈치챘다.

쿠로에의 말에 호응하듯, 어둠 속에서 배어 나오는 것처럼 누군가가 모습을 드러낸 것이다.

온몸을 감싼 로브. 입가만 희미하게 드러날 정도로 깊게 눌러쓴 후드.

마치 자신의 존재를 관측당하는 것을 거부하는 듯한 복장을 한 그 누군가의 머리 위에서는 네 개의 계문이 찬란히 빛나고 있었다.

“……윽.”

틀림없다. 사이카에게 치명상을 입히고, 무시키의 가슴에 구멍을 냈으며, 그리고 오늘 루리를 다치게 한, 증오스러운 마술사다.

“아— 아아아아아아아아아아아아아아아아앗!”

무시키는 그 모습을 보자마자, 앞으로 내민 오른손을 말아 쥐었다.

무시키의 머리 위에, 빛나는 계문이 나타났다. 마녀 모자의 챙 부분에 해당하는, 천사의 고리 같은 1획.

제1현현. 자신의 세계에서 현상만을 추출해 발현시키는,

현현술식의 1단계.

며칠 전의 수업에서는 제대로 다루지 못했지만, 지금은 자연스럽게 발동시킬 수 있었다.

무시키의 주위에, 빛으로 된 무수한 구슬이 생겨났다.

그리고 무시키가 손을 힘차게 휘두르자, 그 구슬은 마술사를 향해 엄청난 속도로 날아갔다.

"——."

하지만— 무수한 구슬은 마술사에게 명중하려는 순간, 마치 상대의 몸을 피하듯 궤적을 바꾸면서 뒤편으로 날아갔다.

마술사의 등 뒤에서, 무시키의 마력탄이 폭죽처럼 터졌다.

"아니……."

눈앞에서 일어난 현상을 본 무시키는 경악했다.

그럴 만도 했다. 피하거나 막힌 게 아니라, 공격이 무시키의 의지를 벗어나며 궤도를 바꾼 것이다. —마치, 마술사에게 해를 끼치는 것을 거부하듯이 말이다.

불가사의한 현상을 본 무시키가 경악을 금치 못하자, 마술사는 후드 아래로 어렴풋이 드러난 입가에 미소를 머금었다.

"—쓸데없는 짓이야. 이 공간 안에서, 나한테 이길 수 있는 자 따윈 존재하지 않아."

"어—?"

무시키는 무심코 숨을 삼켰다.

그 이유는 단순 명쾌했다.

마술사의 목소리가, 귀에 익었기 때문이다.

하지만 그것은, 절대 있을 수 없는 일이기도 했다. 당혹감에 사로잡힌 무시키는 미간을 찌푸리면서, 맞은편에 선 상대를 뚫어지게 쳐다보았다.

그러자 마술사는 그런 무시키의 반응이 재미있다는 듯이 희미하게 어깨를 들썩이더니, 천천히 자신의 얼굴을 감춘 후드를 벗었다.

그 동작에 맞춰 후드 안에 들어가 있던 긴 머리카락이 드러나더니, 네 개의 계문에 비치며 찬란히 빛났다.

"──."

훤히 드러난 그 얼굴을 본 순간…….

무시키는, 이번에야말로 움직임을 완전히 멈추고 말았다.

그럴 만도 했다. 그 사람은 바로─.

"사이카…… 씨?"

─무시키와 똑같은 얼굴을 지닌, 쿠오자키 사이카였던 것이다.

"안녕, 『나』. 오랜만……이라는 것도 기묘한 표현이려나. 설마 그 상태에서 살아남을 줄은 몰랐어. 나지만 생명력이 대단하다니깐."

마술사─ 사이카는 장난스럽게 손을 흔들어 보였다.

"뭐……."

무시키는 눈앞에서 벌어지는 일이 믿기지 않는지, 반쯤 무의식적으로 자신의 얼굴을 만졌다. 손가락 끝으로, 그 형태를 확인하듯이 말이다.

"이건…… 대체, 무슨—."

"하하, 뭘 그렇게 놀라는 거야? 흠…… 하지만, 『사이카 씨』라. 아무리 믿기지 않는다고는 해도, 그건 너무 서먹한 태도 아닐까? 아니지—."

사이카는 흥미롭다는 듯이 눈을 가늘게 뜨더니, 무시키 의 몸을 꼼꼼히 쳐다보았다.

"혹시—『너』는 『내』가 아닌 거려나?"

"……윽!"

사이카가 그렇게 말한 순간, 무시키는 화들짝 놀라며 어 깨를 부르르 떨었다.

그 모습을 본 사이카가 웃음을 흘렸다.

"정곡을 찔렀나 보네. 기묘한 반응이 많다 했더니. —그 래, 이제야 알겠어. 융합술식으로 타인의 생명과 자신의 생명을 합체시켜서 살아남은 건가. 이야, 아무리 생각해 도 나는 너무 생에 집착하는걸. 그 자리에서 깨끗하게 숨 을 거뒀다면 좋았을 텐데 말이야."

사이카는 그렇게 말하며 어깨를 으쓱했다.

엄밀하게 따지자면, 지금의 무시키와 그녀의 모습은 완

전히 똑같지는 않았다.

몸에 걸친 옷은 물론이고, 머리카락은 느슨하게 땋았으며, 머리 위에 존재하는 계문 또한 약간 가시 돋친 듯한 형태를 하고 있었다. 극채색을 띤 두 눈 아래에는 희미하게 다크서클이 존재했으며, 어딘가 피폐함과 초췌함이 묻어나고 있는 것처럼 느껴졌다.

그런데도 저 모습은, 저 외모는, 저 자태는― 쿠오자키 사이카 본인이 틀림없었다.

"당신은…… 사이카 씨……인가요?"

"그래. 맞아. 으음, 너는―."

"……쿠가 무시키라고 해요."

"무시키. 고생이 많네. 또 하나의 『나』를 대신해 사과할게. 말도 안 되는 일에 휘말리게 했는걸."

"……어떻게 된 거죠? 사이카 씨가 쌍둥이였던 건가요? 아니면, 마술로 사이카 씨의 겉모습을 모방한 가짜예요……?"

"하하, 상상력이 풍부하네. 확실히 마술을 이용하면, 타인의 모습을 정교하게 모방하는 것도 불가능하진 않아. 하지만― 내 술식을 제4현현까지 재현할 수 있는 자가 있다면, 그건 신이라고 불리는 존재겠지."

사이카는 웃으면서 그렇게 말하더니, 엄지를 자신의 가슴에 댔다.

"나는 틀림없는 쿠오자키 사이카야. ―그저, **네가 지금**

있는 이 시대보다, 약간 미래의 존재이지만 말이지."

"뭐—."

무시키는 그 황당무계한 말을 듣고 얼이 나간 표정을 지었다.

"미래의…… 사이카 씨……?"

믿기지 않는 정보. 갑작스러운 고백.

예상을 뛰어넘는 사태가 벌어지자, 무시키의 머릿속은 한순간 작동이 중단될 뻔했다.

하지만, 곧 생각을 바꿨다.

〈정원〉에서 정신을 차렸던 그 날, 쿠로에게 들었던 말을 떠올린 것이다.

「—별을 부수는 병기를 창조할 수 있는 지혜의 열매, 영맥의 이상 발생에 의한 온갖 천재지변의 동시 발생, 모든 것을 먹어 치우는 금색 메뚜기 떼, 절대적인 감염력과 치사율을 자랑하는 사신의 병, **역사를 바꾸기 위해 시간을 넘어 미래에서 온 사자**, 존재하는 것만으로 지상을 업화로 뒤덮는 불꽃의 거인—. 이 세상을 붕괴시킬 가능성을 지닌 존재를 통틀어, 저희는 『멸망인자』라고 부릅니다.」

그렇다. 무시키는 이미 들었다.

—이 세상에서는, 미래에서 온 사람도 존재하는 것이다.

이번 사례도, 그런 멸망인자 중 하나다.

단— 그 미래인이 바로, 대체 『누구』냐는 차이가 존재하지만 말이다.

알고 보면 어려운 문제는 아니었다. 답을 알고 보니 지극히 단순한 이야기였다.

세계 최강의 마술사인 쿠오자키 사이카를 죽일 수 있는 건, 세계 최강의 마술사뿐이다.

하지만, 그래도 이해가 안 되는 점이 있었다. 무시키는 표정을 굳힌 해 입을 열었다.

"……어째서, 미래의 사이카 씨가, 사이카 씨를……?"

그렇다. 그녀의 말이 전부 사실이라 치더라도— 어째서 자기 자신을 죽이러 온 것인지는 알 수가 없었다.

무시키가 묻자, 사이카는 작게 고개를 끄덕이며 대답했다.

"내 목적은 단 하나뿐. 옛날부터 변한 적이 없어. —세계와, 거기에 사는 사람들을, 구하기 위해서야."

"……그게 무슨 말이죠?"

미간을 찌푸리며 물었다.

그러자 사이카는 조용히 눈을 내리깔면서 말을 이었다.

"……머지않은 미래에, 내 세계는 『멸망』을 맞이해."

"……윽?!"

그 갑작스럽고 충격적인 선고에, 무시키는 숨을 삼켰다.

하지만 사이카는 딱히 개의치 않으며 말을 이었다.

"나는 세계왕으로서, 그것을 회피해야만 하지. 그 결말을, 『없었던 일』로 만들어야만 해. 그러기 위한 유일한 방법이 바로 과거의 『내』가 되어서 세계의 관리권을 손에 넣은 후, 파멸의 싹이 트기 전에 대책을 세우는 거야. —물론, 과거의 『내』가 죽어도 내가 사라지지 않도록 인과율을 비틀면서 말이지."

"세계왕……? 세계의 관리권……?"

무시키가 미간을 더욱 찌푸리자, 사이카는 당연하다는 표정으로 어깨를 으쓱했다.

"아무래도 기억은 공유되지 않은 것 같네. 안됐는걸. —아니, 오히려 행운이라고 해야 하려나? 이 머릿속에는 모르는 편이 나은 정보가 잔뜩 들어있거든."

사이카는 자신의 관자놀이에 검지를 대며, 자조 섞인 어조로 그렇게 말했다.

무시키는 당혹스러운 듯이 표정을 일그러뜨렸다.

"……잠깐만요. 세계가…… 멸망한다고요? 무슨 그런 소리를 아무렇지 않게—."

"세계 따윈 네가 생각하는 것만큼 튼튼하지 않다는 거야. 애초에— 진짜 세계는, 먼 옛날에 멸망했거든."

"네……?"

사이카의 말을 이해 못 한 무시키는 얼이 나가버렸다.

"무슨 소리를…… 그럼, 지금 우리가 있는 여긴 대체 뭔데요?"

표정이 당혹감으로 가득 찬 무시키가 발꿈치로 지면을

두드렸다.

그러자 사이카는 웃으며 어깨를 으쓱했다.

"여기? 여기는 내 현현영역 안이야."

그렇게 말하더니, 시야를 가득 채운 도시 미궁을 가리키듯 두 손을 펼쳤다.

"대충 둘러대지 마세요. 그런 것을 물은 게—."

"아니 **그런 것**이 맞아. 대충 둘러댄 적 없어. 오히려 진지하게 대답해주고 있는데 말이지."

"네……?"

무시키가 의아한 표정을 짓자, 사이카는 눈을 내리깔며 말을 이었다.

"제1현현 〈현상〉, 제2현현 〈물질〉, 제3현현 〈동화〉, 제4현현 〈영역〉— 현재 마술의 주류가 된 현현술식은 이렇게 네 개의 위계로 나뉘어 있어. 여기까지는 이해했지?"

"……."

사이카가 과장스러운 손짓을 섞으며 그렇게 물었다. 무시키는 침묵을 대답 삼으며, 사이카를 계속 응시했다.

사이카는 무시키의 의도를 눈치챈 것처럼 고개를 끄덕였다.

"하지만, 만약 그 위가 있다면? 지고의 영역으로 칭송되는 제4현현을 넘어서는 힘이 존재한다면— 그것은 대체 무엇을 만들어낼 거라고 생각해?"

"그, 건—."

무시키는 사이카를 응시하며 생각했다.

제2현현으로 물질을 자아내고, 제3현현으로 그것을 몸에 두른다. 그리고 제4현현에 이르러서는 자신을 중심으로 한 일대에, 자신의 공간을 현현시킨다. 술자의 역량에 따라서는, 어마어마하게 광대한 범위에 말이다.

만약 그 위에 무언가가 존재한다면, 그것은—.

"—설마……."

무시키의 말과 표정을 접한 사이카가 입술을 일그러뜨렸다.

"그래. —제5현현 〈세계〉. 별거 아냐. 너희가 지구라 부르는 이 대지는 과거에 진짜 지구가 멸망했을 때, 단 한 명의 마술사가 창조한 현현체에 지나지 않는다는 거지."

"—."

그런 터무니없는 정보를 접한 무시키는 할 말을 잃었다.

"『지금』부터 약 500년 전, 지구란 별은 죽었어. 그때, 나는 제5현현으로 지구와 똑같은 세계를 창조했고, 거기에 남은 인간들을 대피시켰지. 물론— 전부 다는 무리였지만 말이야. 내가 말했지? 『이 세계』는 네가 생각하는 것보다 훨씬 약해빠져서 간단히 부서져 버리는 거야."

"……."

무시키가 침묵에 잠기자, 사이카는 희미하게 입가를 일

그러뜨렸다.

"—훗. 말이 안 나오나 보네. 아직도 못 믿는 거야?"

"어? 으음, 아뇨."

무시키는 고개를 저었다.

"사이카 씨라면 그 정도는 해낼 수 있을 거예요. 다름 아닌 사이카 씨니까요. 방금은 사이카 씨가 만든 세계에서 살아온 17년이란 인생을 떠올리며 여운에 젖어 있었어요. 왠지 공기도 맛있게 느껴지네요."

무시키가 그렇게 말하자, 사이카는 한순간 눈을 동그랗게 뜬 후에 재미있다는 듯이 웃음을 터뜨렸다.

"하하하. 무슨 소리를 하나 했더니……. 『나』도 꽤나 재미있는 상대를 골랐는걸."

무시키는 그런 사이카를 쳐다보며 숨을 삼켰다.

사이카가 한 말을 전부 이해한 것은 아니다. 굳이 따지자면 이해 못 한 부분이 더 많다고 해도 과언이 아니다. 하지만 사이카가 이 세계의 파멸을 미연에 막기 위해, 어떤 수단으로 미래에서 왔다. —그것만은 이해했다.

하지만, 그렇기에 이해가 안 되는 점이 있었다. 무시키는 사이카의 눈을 응시하며 입을 열었다.

"……하지만, 대체 왜 사이카 씨를 살해한 거죠? 실패를 막는 게 목적이라면, 과거의 자신에게 조언을 해줘서 그 최악의 미래를 회피해도—."

"그건 무리야."

무시키의 말을 끊듯, 사이카는 체념 어린 목소리로 말했다.

"지금의 내가 하는 제안을, 『내』가 받아들일 리가 없어. ―세계를 멸망에서 구하기 위해서라고 해도, 적지 않은 희생을 강요해야 하는 제안이거든."

"적지 않은, 희생―."

"―그래. 적게 잡아도 내 세계에서 사는 인간의 3할 이상이, 세계를 존속시키기 위해 희생되어야 해."

"……윽."

무시키는 무심코 숨을 삼켰다.

"당신은― 아무것도 모르는 사이카 씨를 죽이고, 루리와 쿠로에를 상처 입힌 걸로 모자라, 수많은 인간들을 희생시키겠단 건가요?"

"나도 마음이 아프지 않은 건 아냐. 하지만 그러지 않았다간, 내 세계가 멸망해. 내 세계에 사는 모든 생명이 죽음을 맞이하고 말아. ……그렇다면, 선택의 여지가―."

"틀렸어요."

무시키는, 사이카의 말을 끊듯 딱 잘라 말했다.

"……뭐?"

"―사이카 씨는 그런 말을 하지 않아요."

무시키가 단호한 어조로 그렇게 선언하자, 사이카는 얼이 나간 듯한 표정을 지었다.

"……너, 지금 무슨 소리를 하는 거야?"

"안 돼요. 그런 선택은 사이카 씨답지 않아요. —사이카 씨라면, 그 어떤 절망과 마주하더라도, 모두를 구하는 길을 찾을 거예요."

무시키가 그렇게 말하자, 사이카는 불쾌하다는 듯이 인상을 찡그렸다.

"내가, 그러지 않았다는 거야? 온갖 수단을 고려하고, 온갖 방법을 동원한 끝에, 마지막으로 도달한 실낱같은 희망이, 바로 이 방법—."

"그래도 마찬가지예요. 그래도, 사이카 씨는 그런 짓을 하지 않아요. —왜냐하면, 사이카 씨는 누구보다도 세계를 사랑하니까요."

"—큭."

무시키가 그렇게 말하자, 사이카의 표정이 또 변화했다.

한순간 경악으로 가득 찼던 그녀의 얼굴이, 이윽고 불쾌감을 넘어— 명확한 분노에 휩싸였다.

"……그런 소리를 아무렇지 않게 하는걸. 네가 대체 뭘 아는데?"

"아무렇지 않게 한 건 아니에요. 그저— 지금의 당신은, 사이카 씨답지 않다. 그렇게 생각했을 뿐이죠."

말도 안 되는 소리를 하고 있단 것은 자각하고 있다.

그도 그럴 것이, 눈앞의 상대는 다른 시대의 존재라고는 해도 쿠오자키 사이카 본인이다.

그에 반해 무시키는 우연히 사이카와 합체하고 말았을 뿐이며, 사이카의 사람됨에 대해 제대로 알고 있지는 않았다.

사이카에 관한 정보는 전해 들은 것과 기록 영상으로 본 것이 전부이며, 본인과는 빈사 상태에서 몇 마디 나눴을 뿐이다.

극단적으로 따지자면, 무시키는 한눈에 반한 상대의 인격을 자신의 이상에 비춰 미화하고 있을 뿐인지도 모른다. 그러면서 본인 앞에서 이딴 소리를 늘어놓더니, 여러모로 문제 많은 사고방식이다.

하지만, 무시키는 흔들리지 않았다.

그의 가슴속에는, 광기에 가까운 확신이 있었다.

—무시키의 인생을 바꿀 만큼 강하고, 아름다운 사람이, 그런 선택을 할 리가 없다고 믿었다.

"흥. 참 이상한 소리를 하는구나. 내가 나답지 않다면, 대체 누가 쿠오자키 사이카에 걸맞다는 거지?"

사랑은 눈을 멀게 한다.

애정은 광신에 빠지게 한다.

무시키는 천천히 오른손을 앞으로 내밀더니, 엄지를 치켜들어서 자기 가슴을 가리켰다.

"—지금 이 순간, 이 세계에서는—."

그리고, 힘차게 선언했다.

"내가, 쿠오자키 사이카야."

"하─."

무시키가 당당히 그렇게 말하자…….

"─하하하, 하하하하하하하하하하하하하─!!"

사이카는, 더는 못 참겠다는 듯이 웃음을 터뜨렸다.

"무슨 소리를 하나 했더니…… 이 정도로 어리석으니 오히려 눈부셔 보이는걸."

그렇게 한참을 웃은 후, 얼굴을 가린 손가락 사이로 무시키를 향해 날카로운 시선을 보냈다.

"……하지만, 착각에 빠진 것 같네. 나는 딱히 너와 문답을 할 생각은 없고, 인정받고 싶은 것도 아냐. 내 목적은, 이 시대의 『나』에게서 세계왕의 자리를 빼앗는 거야. 즉 『나』와 몸을 공유하고 있는 너에겐─ 죽음 이외의 길이 존재하지 않는다는 거지……!"

사이카는 그렇게 말하더니, 양손을 과장스럽게 벌렸다.

그 동작에 맞춰, 이미 그녀의 머리 위에서 빛나고 있는 계문의 2획과 3획이 더욱 강렬한 빛을 뿜었다.

"─윽!"

무시키가 눈을 가늘게 뜬 순간, 사이카의 손과 몸이 빛에 휘감겼다.

이윽고 그 빛줄기는 두 개의 물체를 자아냈다.

지구 같은 구체를 중심에 품고 있는, 거대한 지팡이.

그리고, 그녀의 온몸을 감싼, 빛의 드레스.

그것들은 사이카의 계문과 조화를 이루면서, 그녀를『마녀』로 변모시켰다.

극채의 마녀, 쿠오자키 사이카의 제2현현 및 제3현현.

그 아름다우면서 처절한 모습에, 무시키는 한순간 눈길을 빼앗길 뻔했다.

하지만, 그럴 여유는 존재하지 않았다.

"하앗―."

사이카가 자신의 키보다 큰 지팡이를 들어 올리더니―그 끝으로 지면을 때렸다.

그 순간, 사이카와 무시키를 둘러싼 도시 미궁의 경치가 변모했다.

"아니……?!"

―폭풍이 휘몰아치고 있는, 바다.

아니, 단순한 바다가 아니다. 마치 수면이 의지를 지닌 괴물처럼 넘실거리며, 그 양손으로 무시키를 끌어안듯 집어삼키려 했다.

무시키는 순식간에 물속으로 끌려가더니, 무력한 나뭇조각처럼 소용돌이에 휩쓸렸다. 숨도 제대로 쉬지 못하는 상태에서, 손에, 발에, 몸통에, 머리에, 엄청난 힘이 기묘한 방향에서 가해지면서 온몸이 갈기갈기 찢겨나갈 것만 같았다.

"──, ──!"

무시키는 의식을 잃을 뻔하면서도 어찌어찌 마음을 다잡더니, 제1현현으로 만든 빛의 구슬을 발판 삼아 해수면 밖으로 빠져나왔다.

"하아……, 하아……."

"하하하, 보기보다 재주가 좋은걸."

공중에 떠 있던 사이카는 유쾌한 듯이 웃음을 터뜨리더니, 손에 쥔 지팡이를 하늘 높이 치켜들었다.

"하지만, 설마 이걸로 끝이라고 생각하는 건 아니겠지? 내 제4현현은 이 세계에 존재하는 모든 경치를 그려낼 수 있어. ―극채의 마녀란 이름의 유래를 똑똑히 알려줄게."

사이카가 그렇게 말한 순간, 그녀가 치켜든 지팡이가 눈부신 빛을 뿜으며― 주위에 펼쳐진 거친 바다를 변모시켰다.

하늘을 뒤덮은 연기. 땅을 끓게 하는 용암 들판.

무시키와 사이카를 둘러싼 공간이, 거대한 화산으로 순식간에 변하고 만 것이다.

"큭……?!"

활활 타오르는 공기가 피부와 점막을 지졌다. 제대로 눈을 뜨는 것도 어려웠기에, 무시키는 기침을 토하며 눈을 가늘게 떴다.

하지만 사이카가 그런 무시키를 배려해줄 리가 없었다. 좁아진 시야 안의 용암이 넘실거리나 싶더니, 거기서 용과 같은 형태를 한 불꽃이 모습을 드러냈다.

"아니—."

무심코 숨을 삼켰다.

불꽃의 용은 자신의 몸을 과시하듯 크게 몸을 비틀더니, 거대한 입을 최대한 벌리면서 무시키를 삼킬 듯이 달려들었다.

죽음이라는 말이, 무시키의 뇌리를 스쳤다. 덤벼드는 상대는 불꽃으로 된 용. 깨물리지 않더라도, 저 몸에 닿기만 해도 불타 죽을 것이다.

"——."

하지만 그런 절체절명의 상황 속에서, 무시키의 머릿속은 죽음이나 고통에 대한 공포가 아니라 다른 것에 지배당하고 있었다.

이대로 있다간 몇 초도 지나지 않아, 무시키의— 사이카의 아름다운 피부가 화상을 입고 만다. 아니, 아예 숯이 되어버릴지도 모른다.

세상에서 가장 아름다운 소녀의 몸이…….

신이 사랑을 쏟아 만든 지고의 예술품인, 쿠오자키 사이카의 몸이 말이다.

그런 것을, 무시키는 절대 용납할 수 없다.

"더는 사이카를 상처입히는 건…… 허락 못 해—!!"

무시키는 고함을 내지르면서 불꽃의 용을 향해 오른손

을 내밀었다.

근거는 없다. 그저 확신만이 있었다.

이 몸은, 상대하고 있는 적과 마찬가지로, 최강의 마술사 쿠오자키 사이카.

그렇다면 그녀가 할 수 있는 건— 이 몸이 할 수 없을 리가 없다.

"하아아아아아아아아아아아아아아앗—!!"

—불꽃의 용이, 무시키의 몸을 삼켰다.

엄청난 열기가, 주위의 공기를 유린했다.

하지만.

"……호오?"

다음 순간. 사이카는 흥미롭다는 듯한 목소리를 냈다.

그럴 만도 했다. 방금 불꽃의 용에 삼켜진 무시키가, 여전히 이 자리에 떠 있으니 말이다.

"—꽤 하는걸. 궁지에 몰린 상황에서, 그런 기적에 발을 들이다니 말이야."

사이카가 눈을 가늘게 떴다. 마치, 무시키의 모습을 다시 살펴보려는 듯이 말이다.

"……, ——."

극채색의 빛이 시야를 가득 채운 가운데, 어깨를 들썩이며 거친 숨을 내쉬었다.

아까까지는 숨을 쉬기만 해도 코의 점막과 폐가 타들어

가는 것 같았지만, 지금은 주위의 열기가 그다지 느껴지지 않았다.

그럴 만도 했다. 무시키의 머리 위에는 현재, 3획의 계문이 빛나고 있으며— 손에는 거대한 지팡이가, 몸에는 빛으로 된 아름다운 드레스가 현현되어 있는 것이다.

그렇다. 쿠오자키 사이카의 제2현현 및 제3현현.

눈앞의 사이카가 걸친 것을, 무시키는 거울에 비친 것처럼 똑같이 현현시킨 것이다.

"……눈앞에 좋은 본보기가 있었거든. 참고 좀 했지. 내 앞에서, 손에 쥔 카드를 너무 꺼내 든 것 아니려나?"

무시키가 사이카의 말투를 흉내 내며 그렇게 말하자, 사이카는 씨익 웃었다.

"재미있는걸. 껍데기만 걸쳤을 뿐인 가짜가, 어디까지 따라올 수 있으려나?"

"따라와? 이상한 표현인걸. 마치 자기가 더 뛰어나다는 듯한 말이잖아."

"훗—."

사이카는 유쾌하다는 듯이 미소를 머금더니, 손에 쥔 지팡이를 앞으로 내밀었다.

무시키도 그 동작을 완전히 흉내 내며, 지팡이를 내밀었다.

무시키의 머리 위에 4획— 마녀의 모자 꼭대기 부분에 위치하는 계문이 전개됐다.

"만상개벽."

"이리하여 천지는 내 손아귀 안."

"순종을 맹세해."

"너를—."

""신부로 삼아주겠어.""

두 사람의 목소리가 포개진 순간, 두 사람을 둘러싼 풍경이 세 번째로 변화했다.

끝을 알 수 없는 지평선. 모래 먼지가 흩날리는 광대한 사막.

두 사람의 제4현현이 뒤섞인, 기묘한 경치.

"소용돌이처라—."

"하앗……!!"

사이카와 무시키의 목소리에 호응하듯 바람이 휘몰아치더니, 땅을 뒤덮은 모래를 휘감아 올리면서 두 개의 거대한 회오리를 자아냈다.

모래 빛깔의 소용돌이는 뱀처럼 격렬히 꿈틀거리더니, 두 사람 사이에서 뒤엉키면서 맹위를 뽐내듯 주위에 모래자갈을 산탄처럼 흩뿌렸다.

"훗. 큰소리칠 만한걸. 이 짧은 기간에 이 정도로 내 술식을 터득할 줄이야! 습득법을 배우고 싶을 정도야!"

사이카는 웃음을 터뜨리며, 지팡이를 회전시켰다.

"하지만— 설마 그 정도로 나한테 이길 수 있을 거라고 생각한 건 아니겠지?"

그 말에 호응하듯, 두 사람을 감싼 공간이 또 일그러지기 시작했다. 아마 또 다른 영역을 전개하려는 것 같았다.

"──."

무시키는 의식을 날카롭게 만들더니, 사이카의 일거수 일투족과 마력의 흐름을 응시했다.

기묘한 감각. 제3현현의 드레스를 두른 후로, 사이카가 현현하려 하는 영역의 조성을 알 수 있었다.

"제4현현─."

무시키는 반쯤 자기의 존재를 잊은 채, 사이카의 동작을 거울에 비친 것처럼 따라 하듯 지팡이를 회전시켰다.

사이카, 그리고 무시키를 기점으로 해서, 주위의 경치가 변해갔다.

─무수한 마천루로 이뤄진 도시 미궁이, 시야를 가득 채웠다.

그렇다. 사이카가 현현시킨 것은 처음에 전개했던 그 풍경이었다.

"─응. 역시 이게 가장 친숙해. 원초의 풍경이란 거려나."

사이카는 만족한 듯이 고개를 끄덕이더니, 무시키에게 시선을 보내며 미소를 머금었다.

"좀 더 놀아주고 싶지만─ 나도 한가하지 않거든. 슬슬 결판을 내자."

그리고 그렇게 말하더니, 지면을 박찼다.

그러자 마치 중력이 반전된 것처럼, 그녀의 몸이 공중으로 날아올랐다.

"……앗! 기다려—."

사이카가 뭘 하려는 건지 모르겠지만, 저 행동을 방치할 수는 없다. 무시키도 지면을 박차며 하늘로 날아올랐다.

끝없이 펼쳐진 마천루의 측면을 미끄러지듯 상승하며, 더 높은 곳으로 날아올랐다.

이윽고 무시키는 두꺼운 구름을 꿰뚫으며, 광대하고 푸른 하늘에 도달했다.

"윽, 이건—."

그리고, 거기에 펼쳐진 광경을 본 무시키는 눈을 동그랗게 떴다.

아래편을 가득 채울 듯이 펼쳐져 있는 건, 검처럼 우뚝 솟아있는 마천루의 숲.

그리고 머나먼 상공에는— 뒤집힌 대도시의 풍경이, 끝없이 펼쳐져 있었다.

그 광경은 눈에 익었다. —무시키가 사이카와 합체한 직후, 안비에트를 상대로 썼던 제4현현의 광경이다.

거대한 짐승의 이빨을 연상케 하는 풍경 속에서, 당당히 하늘에 떠 있는 사이카가 무시키를 향해 지팡이를 들었다.

"—끝이야."

그 말에 호응하듯, 하늘과 땅의 두 도시가 무시키를 씹어 으깨려는 듯이 밀어닥쳤다.

"큭—!"

무시키는 지팡이를 들더니, 마력을 조작해서 세계에 명령을 내렸다.

—하지만. 절반은 무시키의 제4현현으로 조성된 이 영역은 전혀 반응하지 않았다.

사이카가, 미소를 머금었다.

"내가 끝이라고 말했잖아? **무시키**."

사이카는 무시키의 이름을 강조하며 말했다.

마치 그 말은, 쿠오자키 사이카를 자처한 무시키에게 앙갚음을 하는 것 같았다.

"너는 나를 잘 모방했어. 이유를 떠나서, 그 재능은 칭찬받아 마땅하지. 하지만, 뒤집어서 보자면 그게 전부야. 나를 흉내 낼 줄만 아는 주제에 나한테 이기려 들다니, 뻔뻔하기 짝이 없어."

"아—."

목에서 흘러나온 아름다운 목소리를 들으며…….

무시키의 의식은, 어둠에 삼켜졌다.

$\diamondsuit$

"—어라?"

어느새.

무시키는 교실에서, 의자에 앉아 있었다.

〈정원〉 중앙 학사의 교실이 아니다. 더 일반적이고 평범한 교실이다.

아니, 평범—이라는 말은 무리가 있지 않을까. 창밖의 풍경은 새하얘서, 아무것도 보이지 않았다. 아무것도 없는 세계에, 이 교실 같은 공간만이 쓸쓸히 존재하고 있는 것 같았다.

"여기는…… 아니, 그것보다……."

잠시 후, 의식을 잃기 전의 기억이 떠올랐다. 무시키는 자신의 손을 쳐다보았다.

"그래. 나는 미래의 사이카 씨에게 당했……."

하지만, 무시키는 말을 도중에 멈췄다.

이유는 단순했다. 손이, 사이카의 손이 아니라 진짜 자신의 손으로 바뀌어 있었다.

물론 손만이 아니었다. 자신의 몸도, 손가락으로 만져본 얼굴의 형태도, 무시키로 돌아와 있었다. 어느새 존재변환이 일어난 것일까.

아니, 어쩌면 여기는 사후 세계일지도 모른다. 만약 그런 곳이 존재한다면, 목숨을 잃고 사후 세계에 온 무시키가 원래 모습으로 돌아온 것도 이상할 게 없다.

"나는…… 죽은…… 걸까?"

반쯤 무의식적으로, 그렇게 중얼거렸다.

하지만, 이상하게도 비애나 후회는 느껴지지 않았다. 마치 남 일을 이야기하듯, 무덤덤하게 자신의 목소리를 듣고 있는 느낌이 들었다.

"……으."

하지만, 다음 순간에 뇌리에 떠오른 또 하나의 가능성이 무시키의 마음을 옥죄어들게 했다.

무시키가 죽었다는 건, 사이카의 육체도 죽음을 맞이했다는 의미이며— 미래의 사이카에게, 최악의 선택을 하게 했다는 의미이기도 했다.

"나, 는……."

자신의 무력함을 한탄하듯 주먹을 말아 쥐어서, 책상을 내리쳤다.

하지만—

"—너무 한탄하지 마. 너는 아직 끝나지 않았어."

"……아!"

다음 순간에 그런 목소리가 들려오자, 무시키는 고개를

퍼뜩 들었다.

경악 탓에, 심장이 옥죄어들었다. 하지만 그것은 느닷없이 목소리가 들려와서, 혹은 그 말의 내용에 놀라서가 아니었다.

—그 목소리가, 귀에 익어서였다.

"아—."

무시키는 눈을 동그랗게 뜨며, 교실 앞을 바라보았다.

그곳에는 좌우로 펼쳐진 칠판과 교단, 교탁이 있었다.

그리고 그 교탁 위에— 한 소녀가, 느긋하게 앉아있었다.

"당신은—."

그 얼굴을 본 순간. 무시키는, 말문이 막혔다.

"—나조차도, 그녀에게는 이기지 못했어. 이 세상의 그 어디에도, 그녀를 이길 수 있는 존재는 없겠지. 하지만—."

소녀는, 천천히 손을 내밀었다.

"—다시 한번 말하겠어. 그때 나타난 사람이, 너라서, 다행이야."

"……."

쿠오자키 사이카는 가늘게 숨을 내쉬더니, 발현시킨 제4 현현을 해제했다.

머리 위에서 4획째의 계문이 사라지는 것과 동시에, 방금까지 무시키를 삼키고 있던 도시의 이빨이 모습을 감췄다. 그리고 주위는 한밤중의 저택 앞뜰로 되돌아갔다.

하지만, 3획째까지의 계문은 여전히 남겨뒀다. 압도적으로 힘이 차이 날지라도, 상대는 자신의 몸을 지녔다. 시체를 확인할 때까지는 방심할 수 없다.

하지만, 그것은 어디까지나 만약에 대비한 조치다.

확실하게 숨통을 끊어줬다. 과거의 자신, 그리고 과거의 자신과 하나가 되어 있던 쿠가 무시키는 분명 죽었다.

세계왕을 잃은 세계는 내버려 뒀다간 붕괴를 시작하고 만다. 그 전에 사이카가 그 자리에 앉아야만 한다.

"……결국, 입만 산 녀석이었어."

사이카는, 실망한 듯한 투로 그렇게 중얼거렸다.

하지만, 곧 생각을 바꿨다. 실망이란, 기대에서 비롯되는 감정이다. 지금의 자신에게 어울리는 표현이 아니었다.

하지만, 마음이 아프지 않다면 거짓말일 것이다. 그 또한, 사이카가 사랑하는 세계의 일부다. 원래라면 구해야만 하는 인간 중 한 명이다.

루리 또한 마찬가지다. 사이카를 경애하는 그녀는 항상 과거의 자신과 붙어 다녔기에 제거할 수밖에 없었지만, 죽음에 이르기 전에 치료를 받을 수 있도록 물러났다. 안 그랬으면, 그 자리에서 모든 일에 종지부를 찍었을 것이다.

……아니, 이제 와서는 전부 부질없는 생각이다. 사이카는 자조하듯 고개를 저었다.

"……자—."

그리고…….

사이카가 제4현현에서 해방된 자신의 시체를 찾기 위해 주위를 둘러본— 바로, 그 순간이었다.

"——."

저택 앞뜰. 그곳에 한 줄기 바람이 소용돌이치듯 불더니…….

그 중심에, 누군가가 나타났다.

한순간, 과거의 사이카라고 생각했지만— 그렇지 않았다.

그 자리에 나타난 건, 힘없이 고개를 숙인 한 소년이었다.

색소가 옅은 머리카락, 그리고 빈말로도 늠름하다고는 말할 수 없는 손발. 그 외에는 딱히 특징이 없는 겉모습을 지녔다.

"뭐야……?"

하지만 그 모습을 본 순간, 사이카는 미심쩍은 듯이 미간을 모았다.

그럴 만도 했다. 이 자리에는 사이카와 과거의 사이카, 그리고 의식을 잃은 채 정원 구석에 쓰러져 있는 종자뿐이었던 것이다.

"……아니, 이건—."

하지만. 곧 어떤 가능성에 생각이 미친 사이카는 소년을 주시했다.

"—존재변환. 외부로 드러나 있던 신체의 『죽음』을 계기로, 내부에 숨겨져 있던 원래 신체가 강하게 발현된 건가."

"……."

그 말에 반응한 건지, 아니면 단순한 우연인 건지, 소년— 무시키는 천천히 고개를 들었다.

의식이 있는지도 확실치 않은 공허한 두 눈동자가, 사이카의 얼굴을 향했다.

하지만 사이카는 당황하지 않으며, 지팡이를 쥔 손에 힘을 줬다.

그렇다. 무시키가 살아있다는 건, 과거의 사이카 또한 완전히 죽지는 않았다는 것을 의미했다. 사이카의 공격으로 가사 상태에 처했을지도 모르지만, 목숨을 공유하고 있는 무시키가 살아있는 한 그 몸은 지금도 치유되어 가고 있을 것이다.

"미안하네. 너한테는 아무런 원한도 없지만, 『나』를 살려둘 수는 없어."

그렇게 말하며 지팡이를 치켜든 사이카는— 다시 자신의 머리 위에 4획째의 계문을 전개했다.

"—최소한의 배려 삼아, 『나』와 같은 방식으로 죽게 해주겠어."

그 순간, 사이카를 중심으로 세계가 변모했다.

빠져들 듯이 푸른 하늘. 그리고 지상과 상공에 펼쳐져 있는, 이빨 같은 마천루.

무한한 경치를 만들어내는 사이카의 제4현현 안에서도, 가장 원초의 풍경에 가까운 장소 중 하나. —일그러진 현대의 도시.

하지만, 무한한 경치의 재현 따위는 사이카에게 있어 부산물에 지나지 않는다.

사이카가 펼치는 마술의 진수는— 가능성의 관측과 선택.

운명을 조작해, 바라는 미래를 이끌어 내는 힘.

이 영역 안에서, 사이카에게 이길 수 있는 이는 존재하지 않는다.

"제4현현—【가능성의 세계^{보이드 가든}】."

사이카의 목소리에 맞춰…….

거대한 건조물들이, 짐승의 입처럼, 무시키를 향해 밀어 닥쳤다.

무시키는, 움직이지 않았다. 아니, 움직일 수 없다는 표현이 옳을까. 그저 조용히, 위아래에서 다가오는 저승사자를 받아들이고 있었다.

이윽고 이빨과 이빨이 맞닿으면서, 무시키를 완전히 짓이기듯 포개졌다.

하지만—.

"……어?"

다음 순간. 사이카의 눈썹이 희미하게 흔들렸다.

완전히 맞물린 마천루와 마천루. 그 중심에 희미한 금이 가더니, 마치 모래성처럼 그 견고한 외벽이 부서진 것이다.

"뭐야……?"

이런 현상을 처음 봤다. 한순간 무슨 일이 일어난 건지 몰라, 눈을 치켜떴다.

그러자, 그 붕괴의 중심에서—

"＿＿."

상처 하나 없는 무시키가, 천천히 모습을 드러냈다.

"아니……."

그 모습을 본 사이카는 무심코 숨을 삼켰다.

하지만, 그럴 만도 했다.

무시키의 머리 위에는 뿔 혹은 가시를 연상케 하는 형태를 지닌, 투명한 계문이 1획 발현해 있었으니까…….

"＿＿."

—가늘게, 가늘게.

자신이 날카롭게 벼려지는 듯한 감각.

—넓게, 넓게.

자신이 세계에 녹아들어 가는 듯한 감각.

사이카의 모습에서 자신의 모습으로 변모한 무시키는, 붕괴하는 건물 안에서, 그저 한결같이, 미래의 사이카를 응시했다.

그것은, 불가사의한 감각이었다.

사이카의 몸으로 마술을 현현시켰을 때 느꼈던, 전지전능한 존재가 된 듯한 느낌.

하지만, 지금의 무시키는 사이카의 모습을 하고 있지 않았다. 사이카의 마술을 쓸 수 있을 리가 없다.

그렇다. 지금의 무시키가 쓸 수 있는 건—.

무시키 자신의 마술 뿐이다.

"아아—."

물론 그런 것을 단 한 번도 써본 적이 없다.

그것이 어떤 형태를 하고 있는지, 어떤 기능을 갖추고 있는지, 어떤 수련 끝에 터득할 수 있는지— 어느 것 하나, 상상조차 되지 않았다.

하지만.

아아, 하지만.

무시키에게는, 이 풋내기 마술사의 몸에는, 상상조차 할 수 없을 정도의 경험이 축적되어 있다.

존재할 리 없는 감각이, 존재했다.

—최강의 마술사. 극채의 마녀.

세계왕 쿠오자키 사이카가 자랑하는 최강의 마술을 펼

친 실감이, 그의 손에 남아 있었다.

남은 건, 그 느낌에 따라 흉내 낼 뿐이다.

그것만으로—.

이제까지 이 세상에 존재하지 않았던 쿠가 무시키의 마술^오리지널
이, 탄생의 순간을 맞이했다.

"—그래. 너도 마술사구나. 참 불가사의한 마술을 펼치
는걸."

하늘을 나는 사이카가 눈을 가늘게 뜨며 말했다.

"하지만, 그게 뭐지? 그런 약해빠진 제1현현으로, 대체
뭘 할 수 있지?"

그런 건, 무시키가 알고 싶을 지경이었다. 이제 막 태어
난 무시키의 술식. 그것이 어떤 것인지, 무시키도 완전히
파악하고 있지 않았다.

하지만, 사이카의 질문에 대한 답변은— 분명 이미 정해
져 있다.

"—당신을, 구원할 수 있어."

"……큭."

무시키가 올곧은 목소리로 그렇게 말하자, 사이카가 날
카로운 시선을 머금었다.

"내가 잘못 들은 걸려나? 감히, 나를— 구원해?"

사이카는 극채색을 띤 두 눈에 모멸과 분노, 그리고 한
줌의 동요를 담더니, 무시키를 내려다봤다.

무시키는 천천히 그녀를 올려다봤다.

"……사이카 씨. 당신의 목적은 『지금』의 사이카 씨가 되는 게 아니라, 세계의 붕괴를 미연에 막는 것…… 맞죠?"

"……그게, 어쨌다는 거지?"

사이카가 그렇게 말하자, 무시키는 자신의 가슴을 엄지로 가리켰다.

"만약 그 최악의 미래가 바뀐다면, 지금의 사이카 씨를 죽일 필요가 없겠네요."

"나를 얕보는 것도 작작 좀 하지 그래? 나조차도 벗어날 수 없었던 멸망의 운명을, 대체 어떻게 뒤집겠다는 거야!"

"……네. 쉽진 않겠죠. 하지만 적어도…… 당신과 지금의 사이카 씨에게는, 결정적인 차이점이 있어요."

"……뭐?"

사이카가 미심쩍다는 투로 되물었다. 그러자 무시키는 그녀의 얼굴을 똑바로 응시하며 대답했다.

"—무시키란 존재예요. 내가 반드시, 사이카 씨를 도울 거예요. 당신 덕분에, 나는 사이카 씨와 만날 수 있었어요. 당신 덕분에, 운명은 바뀌었어요. 그러니까— 당신이 그런 표정을 짓게 하는 선택지는, 내가 절대 고르지 못하게 하겠어요……!"

"……큭!"

사이카는 무시키의 말을 듣고 한순간 숨을 삼켰지만—

곧 표정을 일그러뜨렸다.

"우쭐대지 마. 우연히 죽어가는 『나』와 마주쳤을 뿐인 범 골 주제에……. 너는 몰라. 하늘이 갈라지고 땅이 무너지 는 종말의 풍경을. 너는 몰라. 사람들의 비명으로 가득 찬 절망의 광경을. 너는 몰라! 사랑하는 이들이 죽음을 맞이 해가는 세계의 종언을……!!"

그리고, 금방이라도 울음을 터뜨릴 듯한 표정을 지으며, 비명에 가까운 목소리로 외쳤다.

"내가 옳다고 말할 생각은 없어. 이 행위를 악행이라며 비난해도 상관없어. 그렇더라도— 내 세계를 구하기 위 해, 너를 죽이겠어……!"

사이카가, 죽일 듯한 눈길로 무시키를 노려보았다.

무시키는 마주 쳐다보며 말했다.

"—그럼, 나는 당신을 구하기 위해, 당신을 쓰러뜨리겠어."

"헛소리…… 늘어놓지 마!"

사이카의 고함에 맞춰, 무수한 마천루와 거대한 첨탑이 그녀의 등 뒤에 출현했다.

그리고 그 끝이 일제히 무시키를 향하더니, 어마어마한 마력포가 방출됐다.

하나하나가 필살의 위력을 지닌, 극채색의 빛.

그것들이, 세는 것조차 불가능한 물량을 자랑하며, 무시 키에게 쇄도했다.

하지만 무시키는 절체절명의 상황 속에서, 묘하게 차분한 마음가짐으로 그것들을 응시했다.

"—사이카 씨의 몸으로는, 사이카 씨의 마술로는, 당신에게 이기지 못했어. 당연해. 당신이야말로, 진짜 사이카 씨인걸."

하지만, 하고 말한 무시키는 빛 너머의 사이카를 응시하며 말을 이었다.

"나에게는 딱 하나— 당신에게 절대 지지 않는 게 있어."

무지개색으로 빛나는 시야 안에서, 머릿속이 날카로워지는 듯한 감각.

만약 지금 이 자리에서 무시키가 죽는다면, 미래의 사이카는 자신이 선언한 것처럼 세계를 구하기 위한 방법을 실행에 옮길 것이다.

그에 따라 수많은 이가 목숨을 잃으리라는 것을 알면서도.

더 많은 이를 구원하기 위해, 사랑해 마지않는 이들을 희생시킨다.

—사이카가, 그런 짓을 하게 둘 수는 없다.

"제2현현—."

공허한 의식 속에서, 자신의 목에서 흘러나온 목소리만이 선명하게 들렸다.

무시키의 머리 위에, 투명한 계문이 1획 더, 모습을 드러냈다.

"—【영지검(零至劍)】—."

그 목소리에 호응하듯 무시키의 손아귀에 마력이 모여들더니, 한 자루의 검이 생겨났다.

유리로 된 것처럼, 투명한 검.

빛에 비추지 않으면 존재조차 알 수 없을 듯한, 덧없는 칼날.

"당신에게 지지 않는 것— 그건 바로—."

하지만, 무시키는 확신했다.

이 한 자루의 검이야말로, 최강의 마녀에게 닿을 수 있는 유일한 이빨이라는 것을—!

"—사이카 씨를 향한, 사랑이야—!"

밀려드는 노도와도 같은 살의를 향해…….

무시키는, 그 얇디얇은 칼날의 끝을 겨눴다.

"—사라져, 내 환영……!!"

사이카는 지팡이 형태의 제2현현을 휘두르며 절규를 토했다.

그 명에 따라, 광선이라 부르기엔 방대하기 그지없는 마력의 빛이 무시키를 짓이길 듯이 쇄도했다.

극채의 마녀가 마력을 모아서 날린 필살의 포격. 평범한 인간이라면 닿기만 해도 뼈조차 남지 않을 것이다.

제4현현을 전개하지 않았다면 그 여파만으로 주위의 풍경이 변모했을, 그야말로 필살의 일격이다.

—하지만.

"……아니?!"

다음 순간, 사이카는 무심코 숨을 삼켰다.

이유는 단순했다. 시야를 가득 채운 빛을 찢으며—.

무시키가, 사이카에게 쇄도하고 있었던 것이다.

"말도 안 돼—."

그는 오른손으로, 수평 찌르기를 하듯 투명한 검을 쥐고 있었다.

그리고 머리 위에는, 2획으로 늘어난 계문이 수면처럼 물결치고 있었다.

하나하나는 뿔 혹은 가시 같은 형상이었다.

하지만 그 두 개의 획이 같이 모습을 드러내자, 마치 왕관처럼 보였다.

"——."

소리도 없이.

목소리도 없이.

무시키의 검이, 사이카의 가슴에 빨려 들어갔다.

사이카의 몸 주위에 펼쳐져 있는 마력 장벽. 그리고, 제3현현의 드레스.

그 모든 것을 투과하듯, 아무런 저항 없이, 사이카의 몸을 꿰뚫었다.

"아—."

무의식적으로, 희미한 목소리가 입에서 흘러나왔다.

고통은 없다. 가슴에서는 피 한 방울 흘러나오지 않았다.

하지만 그 대신, 손에 쥔 지팡이가, 몸을 감싼 드레스가, 그리고 머리 위에서 빛나고 있는 계문이, 마치 유리 세공품처럼 산산이 부서졌다.

찬란한 빛을 남기며, 사이카의 마력으로 만들어진 현현체가 스러지듯 사라졌다.

"——."

그 몽환적인 광경을 보며, 사이카는 불가사의한 감회를 느꼈다.

굴욕과는 다르다. 회한과도 다르다. 세계를 구하지 못했다는 절망과도 다르다.

—사이카가 펼치는 마술의 진수는, 가능성의 관측과 선택.

제4현현이 발동한 이상, 그 누구도 그 법칙에서 벗어날 수 없다.

그렇다면, 이 결과는. 이 결말은—.

"……하하."

사이카는, 자신의 목에서 흘러나온 그 웃음소리를 들었다.

"──, ……, ──."

극채색으로 물든 하늘.

그저 필사적으로 검을 내질렀던 무시키는, 끊어질 듯한 호흡과 끊어질 듯한 의식을 어찌어찌 부여잡고 있었다.

지금 이대로 의식을 잃을 수는 없다. 지금 이대로 목숨을 잃을 수는 없다.

처음으로 펼친 자신만의 마술. 그 반동으로 온몸이 비명을 지르는 가운데, 사이카를 향한 마음만으로 어찌어찌 의식을 유지했다.

그렇기에, 무시키가 **그것**을 눈치챈 건, 머리에서, 부드러운 감촉이 느껴졌을 때였다.

"어──."

──사이카가, 무시키의 머리를 쓰다듬었다.

그 사실을 뇌가 인식하자, 무시키는 무심코 고개를 들었다.

다음 순간, 무시키의 눈에 비친 건─ 실오라기 하나 걸치지 않은 모습으로, 상냥한 미소를 머금고 있는 사이카의 모습이었다.

"─그렇게 큰소리를 쳤으니 책임을 져야겠지?『내』가, 나와 같은 길을 선택하게 만들지 마."

사이카가 그렇게 말한 순간……

사이카를 기점으로 하듯 하늘에 금이 가더니, 눈앞에 펼쳐진 공간이 붕괴하기 시작했다.

"사이카 씨—."

이름은 불렀지만, 더는 말을 이을 수 없었다.

이미 한계를 넘어선 무시키의 의식은, 어둠 속에 가라앉으며 옅어져 갔다.

마지막으로, 무시키의 귀에 스며든 것은—.

"—『나』를 부탁해, 무시키."

그런, 사이카의 말뿐이었다.

종장 미래 ^{프러포즈}

무시키가 다시 의식을 되찾았을 때, 눈앞에 펼쳐진 것은 그가 〈정원〉에 처음 왔을 때와 같은 광경이었다.

"아—."

넓은 침실. 캐노피가 달린 커다란 침대. 고풍스러운 가구들. 두꺼운 융단. 그리고 거기에 선을 긋고 있는 아침 햇살까지, 그 모든 것이 그때를 재현해 놓은 것만 같았다.

틀림없다. 사이카의 침실이다. 한순간, 타임 슬립이라도 한 건 아닐까 하고 무시키는 생각했다.

하지만, 그렇지 않다. 침대에서 몸을 일으킨 무시키는 결정적인 차이점을 눈치챘다.

무시키의 몸은 현재, 사이카가 아니라 무시키 자신의 모습을 하고 있었다.

그리고 의식이 또렷해지면서, 어렴풋하던 기억이 점점 떠오르기 시작했다.

자신이 처한 상황. 미래의 사이카와의 싸움. 그리고—.

"……윽, 미래의 사이카 씨는—."

무시키가 허둥지둥 침대에서 나오려고 했을 때였다.

"—어머, 일어나셨습니까."

침대 오른편에서 그런 목소리가 들려왔다.

"아—."

갑작스러운 목소리를 듣고 눈을 동그랗게 뜬 무시키는 그쪽을 쳐다보았다.

그러자, 의자에 앉아있는 쿠로에의 모습이 눈에 들어왔다.

"……아!"

그 모습을 본 무시키는 눈을 치켜뜨더니, 굴러떨어지듯 침대에서 나왔다. 그 바람에 균형을 잃고 쓰러진 그는 그대로 쿵 소리가 나게 머리를 바닥에 찧었다.

"아야야……."

"뭘 그렇게 허둥대시는 겁니까. 딱히 도망칠 생각은 없습니다."

쿠로에는 그렇게 말하며 어깨를 으쓱했다.

"……."

그 모습을 본 무시키는 몸을 일으키더니, 한쪽 무릎을 세우며 부복했다.

—그렇다. 마치, 공주님에게 예를 표하는 기사처럼 말이다.

"갑자기 왜 이러시는 겁니까. 혹시 심경에 변화라도 생기신 건지요?"

쿠로에는 의아하다는 듯이 고개를 갸웃거리며 물었다.

무시키는 그런 그녀를 올려다보며, 입을 열었다.

"—고마워요, 사이카 씨."

"……호오?"

무시키가 그 이름을 입에 담자, 쿠로에는 놀란 듯이 눈을 살짝 치켜떴다.

확실한 증거는 없다. 하지만 무시키의 마음속에는 확신이 싹터 있었다.

"불가사의한 말씀을 하시는군요. 왜 그렇게 생각하는 거죠?"

"말로는 설명할 수는 없는데 말이죠……. 굳이 따지자면…… 분위기?"

"훗…… 하하, 아하하하하―."

쿠로에는 우스워서 참을 수 없다는 듯이 웃음을 터뜨렸다.

"그래, 그래……. 참 애매한 이유로 들켰는걸. 역시 무시키, 라고 말해야 하려나."

그렇게 한참을 웃은 후, 상냥한 미소를 머금으며 무시키를 쳐다보았다.

"이런 경우도 참 오랜만……이네. ―그럼 다시 자기소개를 하겠어. 〈궁극의 정원〉 학원장, 쿠오자키 사이카라고 해. 여러모로 수고 많았어, 무시키."

"네."

사이카의 감사의 말을 건넸다. 분에 넘치는 영광이었기에, 무시키는 고개를 숙였다.

하지만, 곧 어떤 사실을 떠올리며 다시 고개를 들었다.

"맞아. —다친 데는 괜찮으세요?!"

"걱정하지 마. **그 신체**는 지금 복구 중이거든."

무시키가 그렇게 말하자, 쿠로에— 사이카는 손을 내저으며 그렇게 대꾸했다. 무시키는 그 불가사의한 표현을 듣고 고개를 갸웃거렸다.

"그 신체……?"

"그래. 엄밀히 따지자면, 지금 신체와 어제 신체는 별개의 개체야. —양쪽 다, 실험용 인조인간이지. 몸의 조성은 인간과 거의 흡사하지만, 혼은 깃들어 있지 않아. 즉, 생체인형 같은 거지. 나에게 만일의 사태가 일어났을 때에 대비해, 혼을 대피시킬 장소— 의해(義骸)로서 준비한 거야. 뭐, 설마 이렇게 빨리 사용하게 될 줄은 몰랐네."

"호문쿨루스……."

무시키가 망연자실한 표정으로 그렇게 중얼거리자, 사이카는 「그래」 하고 말하며 고개를 끄덕였다.

"내 몸이 살아있는 한, 습격자는 다시 나를 노릴 거야. 그래서 나는 쿠오자키 사이카의 종자를 자처하며, 너를 서포트한 거지. —미안해. 원래라면 더 일찍 정체를 밝혔어야 하는데, 적의 전모를 모르는 상황에서 공공연하게 알릴 수는 없었거든."

"아뇨—."

바로 그때, 무시키는 어깨를 부르르 떨었다.

─쿠로에가, 사이카였다. 그것은 본인의 말을 통해 확인했다.

그렇다면, 무시키가 사이카와 합체해서 이 〈정원〉에 오게 된 일 자체가 이제까지와 전혀 다른 의미를 지니게 되는 듯한 느낌이 들었다.

그도 그럴 것이 그때도, 그리고 그때도─.

무시키는 사이카의 모습을 한 채, 사이카와 함께 있었던 것이 된다.

"⋯⋯."

"왜 그래?"

"진정한 행복은 곁에 있었던 거네요."

"⋯⋯진짜로 왜 그러는 거야?"

사이카는 미간을 모으며 고개를 갸웃거렸다.

하지만 생각해 봤자 답이 안 나오리라고 생각한 건지, 천천히 의자에서 일어났다.

"─무시키. 너에게 진심으로 감사를 표하겠어. 정말 큰 신세를 졌네. 빈말이 아니라, 네가 없었다면 나는 목숨을 잃었을 거야. ⋯⋯설마 미래의 『내』가, 나를 죽이기 위해 시간을 넘어서 찾아올 줄은 생각도 못 했거든."

사이카는 자조하듯 어깨를 으쓱하며 말을 이었다.

무시키는 그 말을 듣고 고개를 들었다.

"그러고 보니, 미래의 사이카 씨는 어떻게 됐나요? 저는 그 후로 정신을 잃었거든요……."

무시키가 그렇게 말하자, 사이카는 눈을 살짝 내리깔았다.

"—이미 사라졌어. 아마 목숨이 다한 거겠지."

"……윽?! 설마, 내가—."

무시키의 말을 끊듯, 사이카가 손을 펼쳐 보이면서 천천히 고개를 저었다.

"미래에서 세계가 멸망했다……라고 했지? 세계왕과 세계는 일심동체. 애초부터 그녀 또한 한계에 가까웠을 거야. 네 탓이 아냐. 자신을 탓하지 마."

그리고 강한 어조로 그렇게 말한 후, 무시키를 안심시키려는 듯이 미소를 머금었다.

"단 하나 분명한 건, 네가 이렇게 살아있다는 사실이야말로 네가 승리했단 증거라는 거야. —자랑스럽게 여기도록 해. 여러 조건이 합쳐진 결과라고는 해도, 너는 나를 능가했어."

"……윽! 능가했다니, 말도 안 돼요. 그때 나는 정신이 없어서, 뭐가 뭔지……."

"하하. 정신이 없는 상대에게 당하다니, 최강이란 칭호는 이제 그만 내려놔야 하려나?"

사이카가 농담 투로 그렇게 말하며 웃자, 무시키는 황송하다는 듯이 어깨를 움츠렸다.

그러자 사이카는 또 웃음을 흘린 후, 작게 한숨을 내쉬었다.

"—자. 너는 이 세계를 구한 공로자야. 나도 보답을 하고 싶어. 원래라면 상을 내린 후, 『밖』으로 돌아갈 수 있도록 손을 써줬겠지."

하지만, 하고 사이카는 이어서 말했다.

"유감스럽게도, 일은 그렇게 간단하지 않아. 내 몸은 여전히 네 몸과 융합한 상태거든. 그리고 무엇보다, 미래의 『나』는, 최악의 선물을 남겨놓고 사라졌어. —머지않은 미래에 이 세계가 멸망한다, 는 예언이지. 게다가, 구체적인 정보는 단 하나도 남기지 않았어. 이런 소리를 해서 미안하지만, 너를 자유롭게 해줄 수는 없을 것 같아. —적어도 나와 네 몸이 분리되어서, 내가 원래의 몸으로 돌아갈 때까지는 말이지."

거만한 말투 속에 미안함을 담으며, 사이카는 말했다.

무시키는 작게 고개를 저었다.

"미래의 사이카 씨와 약속했어요. 이 세계를, 반드시 구하겠다고요. —만약 전부 내려놓고 떠나라고 하면 화낼 거예요."

"무시키—."

무시키가 망설임 없는 어조로 그렇게 말하자, 사이카는 한순간 놀란 듯한 표정을 지었다. 하지만 곧 생각을 바꾸듯 눈을 약간 내리깔더니, 고개를 저었다.

"아아…… 그래. 너는 그런 사람이었지. 정말— 자신을 좀 더 소중히 여기는 게 어때?"

말과 달리, 사이카는 왠지 즐거운 듯한 어조로 그렇게 말하며 눈을 치켜떴다.

그리고, 무시키의 눈을 응시하며 말을 이었다.

"—그렇다면, 명을 내리겠어. 쿠가 무시키."

"네."

"너는 내 반쪽이 되어, 우리의 몸이 나뉠 때까지, 세계를 계속 구해."

"어, 싫은데요."

"……."

무시키가 당연한 듯이 그렇게 답하자, 사이카가 식은땀을 흘렸다.

"……방금은 승낙해야 하는 분위기 아니었어?"

"우리의 몸이 나뉠 때까지, 가 괜한 소리예요."

무시키가 그렇게 말하자, 사이카는 「……호오?」 하며 눈썹을 희미하게 떨었다.

"오호라. 그 정도로 결의를 다졌다면, 더 이상의 배려는 모욕이 되려나."

사이카는 그렇게 말하더니, 다시 무시키의 눈을 응시하며 손을 내밀었다.

"—너의 모든 것을 나에게 바쳐. 나와 함께, 세계를 구하자."

"네."

무시키는 망설임 없이 답하며, 사이카의 손을 잡았다.

"대신 세계가 위기에서 벗어난다면, 그리고 나와 사이카 씨의 몸이 분리된다면, 내 소원을 딱 하나만 들어주세요."

"호오, 뭐지? 말해봐."

사이카가 흥미롭다는 듯이 눈을 가늘게 뜨며 물었다.

무시키는 그런 그녀의 눈을 똑바로 응시하며 말을 이었다.

"—사이카 씨에게 프러포즈를 할 권리를 주세요."

무시키가 그렇게 말하자…….

"……무슨 소리를 하나 했더니……."

사이카는 눈을 동그랗게 뜬 후, 훗 하고 웃음을 흘렸다.

"—좋아. 기대하고 있을게."

처음 뵙겠습니다. 혹은 다시 만나서 영광입니다. 타치바나 코우시입니다.

신작 『왕의 프러포즈 극채의 마녀』를 독자 여러분께 전해드립니다. 새로운 시리즈를 시작할 때면 항상 가슴이 두근거리는 법이군요. 재미있으셨길 빕니다.

데이트 다음은 프러포즈다! ……라는 건 아니지만, 여러 경위를 거친 끝에 이런 제목이 됐습니다. 아마 다음 신작은 『상견례』가 될 거라고 생각합니다.

이 작품은 재작년부터 구상해왔습니다만, 기획 초기부터 담당 편집자님과 「신작인 만큼, 큰 줄기는 왕도적이더라도 한 개쯤은 변칙적인 요소를 넣어야」 같은 이야기를 주고받았습니다.

그 결과, 주인공과 히로인이 합체했습니다.

그리고 글을 쓰다 보니 주인공이 좀 이상해졌습니다.

여동생도 조금 이상해진 것 같습니다.

하나만 넣기로 했잖아요!

자, 이번에도 많은 분께서 도와주신 덕분에 책을 낼 수 있었습니다.

이 작품의 일러스트는 전작인『데이트 어 라이브』에 이어, 츠나코 씨께서 맡아주셨습니다. 이번에도 멋진 일러스트였습니다. 사이카 님은 너무너무 아름다워요.

그뿐만이 아니라, 디자인 또한『데이트 어 라이브』에 이어서 쿠사노 츠요시 씨께 부탁드렸습니다. 탄탄하면서 스타일리시한 디자인이 이번에도 빛납니다.

물론 담당 편집자 또한 그대로인 만큼, 실은『데이트 어 라이브』팀이 재결집해 만든 작품이라 할 수 있습니다. 애초에 해산은 안 했지만, 분위기상 좀 그렇다고나 할까요.

그 외에도 편집부 여러분, 영업, 출판, 유통, 판매에 관여한 모든 분, 그리고 이 책을 손에 들어주신 당신께 진심으로 감사드립니다.

표지를 보면 알 수 있다시피, 「1」이라는 글자가 찬란히 빛나고 있습니다. 그러니 2권을 꼭 내야 하는 상황이랄까요. 「디자인이 이런데 2권이 안 나온다면, 저건 정체불명의 센터 라인이 되는 거 아닌가요……?」란 이야기를 담당 편집자님과 나눈 건 비밀입니다.

그럼, 다음은『왕의 프러포즈』2권으로 찾아뵙겠습니다.

2021년 8월 타치바나 코우시

■ 역자 후기

안녕하십니까. 근로청년 번역가 이승원입니다.

『왕의 프러포즈 극채의 마녀』를 구매해주셔서 진심으로 감사드립니다.

이 작품은 『데이트 어 라이브』를 집필하신 타치바나 코우시 선생님과 마찬가지로 『데이트 어 라이브』의 일러스트를 맡으신 츠나코 선생님이 다시 콤비를 이뤄 세상에 내놓은 신작입니다.

그 덕분인지 신작인데도 불구하고 작품이 매우 친숙하게 느껴집니다.

……하지만 캐릭터들의 폭주는 『데이트 어 라이브』 때 이상이라는 느낌이 어마어마하게 듭니다.

프롤로그에서 주인공과 히로인이 느닷없이 ××하지를 않나, 페이크 주인공? 의심이 들려던 순간에 ××하지를 않나, 주인공 여동생도 중증 ×××이지를 않나, 옆에 있는 종자도 ××이지를 않나, 보스 캐릭터조차도 ××에서 온 ××이지를 않나…….

아, ×가 너무 많아서 외설스럽게 느껴지는 건 어째서일까요, AHAHA.

신작의 1권인 만큼, 스포일러를 고려해 좀 가려봤습니다. 절대로 제가 요상망측(?)한 발언을 한 건 아닙니다! ……진짜예요. (ㅠㅜ)

좋아하는 작가님 콤비의 작품이라 발간 전부터 기대했습니다만, 기대 이상으로 재미있어서 작품의 매력에 완전히 매료되고 말았습니다. 독자 여러분께서도 재미있게 읽으셨길 진심으로 빕니다!

그럼 이만 줄이겠습니다.

L노벨 편집부 여러분, 이렇게 재미있는 신작을 맡겨주셔서 감사합니다. 그 기대에 부응할 수 있도록 최선을 다해 작업에 임하겠습니다!

구미에서 내려와서, 마감 지옥인 모 역자를 중국집으로 납치한 악우여. 네가 사준 꿔바로우는 진짜 맛있었어. 진짜배기 꿔바로우는 식초 향이 코를 찌를 정도라는 걸 덕분에 알았다, AHAHA.

마지막으로 항상 제 버팀목이 되어주시는 어머니와 『왕의 프러포즈』를 읽어주신 모든 분에게 진심으로 감사드립니다.

마성의 남자, 무시키 쟁탈전(?)이 펼쳐지는 『왕의 프러포즈 2』역자 후기 코너에서 다시 뵙겠습니다!

2022년 10월 초
역자 이승원 올림

왕의 프러포즈 1

초판 1쇄 발행 2023년 6월 10일

지은이_ Koushi Tachibana
일러스트_ Tsunako
옮긴이_ 이승원

발행인_ 최원영
편집장_ 김승신
편집진행_ 권세라 · 최혁수 · 김경민 · 최정민
편집디자인_ 양우연
관리 · 영업_ 김민원

펴낸곳_ (주)디앤씨미디어
등록_ 2002년 4월 25일 제20-260호
주소_ 서울시 구로구 디지털로 26길 111 JnK디지털타워 503호
전화_ 02-333-2513(대표)
팩시밀리_ 02-333-2514
이메일_ lnovellove@naver.com
ㄴ노벨 공식 카페_ http://cafe.naver.com/lnovel11

OSAMA NO PROPOSAL Vol.1 GOKUSAI NO MAJO
©Koushi Tachibana, Tsunako 2021
First published in Japan in 2021 by KADOKAWA CORPORATION, Tokyo.
Korean translation rights arranged with KADOKAWA CORPORATION, Tokyo.

ISBN 979-11-278-6867-3 04830
ISBN 979-11-278-6866-6 (세트)

값 8,500원

©Koushi Tachibana, Fujino Omori, Yu Shimizu,
Yuichiro Higashide, Taro Hitsuji, Tsunako 2022
KADOKAWA CORPORATION

데이트 어 라이브 1~22권, 어나더 루트

타치바나 코우시 지음 | 츠나코 일러스트 | 이승원 옮김

4월 10일. 새 학기 첫 등교일.
이츠카 시도는 평소와 다름없는 일상을 보내고 있었다.
갑작스러운 충격파로 파괴된 마을 한가운데에서 소녀와 만나기 전까지는—

세계를 부수는 재앙, 정령을 막을 방법은 단 두가지.
섬멸, 혹은 대화

정령과 만나게 된 시도는,
세계의 멸망을 막기 위해 데이트로 정령을 꼬셔야하는 운명에 처하게 되는데!?

세계의 멸망을 막기 위한 데이트가 시작된다ー!!

✖ANIPLUS TV 애니메이션 방영 화제작!!

죽음에서 돌아와, 모든 것을 구하고자
최강에 도달한다 1~3권

shiryu 지음 | 테시마nari, 일러스트 | 김장준 옮김

가족, 누나 같은 사람, 친구, 그리고— 사랑하는 사람.
모든 것을 잃은 에릭은 세상을 살아갈 의미를 잃고 절망해 결국 목숨을 끊는다.
하지만 죽었다고 생각했는데 눈을 뜨니 아기가 되어 있다?!
하지만 에릭은 아기가 「된」 것이라 아니라 아기로 「돌아온」 것이었다.
그 사실을 안 에릭은 잃었던 모든 것을 구하고자 최강에 도달하기로 마음먹는다.
우선 모든 것을 잃는 시작이 된 재난.
태어난 마을을 덮친 비극을 막기 위해 전생보다 강한 힘을 바라며 훈련에 매진한다.

—이것은 아직 정해지지 않은 운명에 맞서 싸우는 남자의 이야기.

©Kineko Shibai 2020 Illustration : Hisasi
KADOKAWA CORPORATION

온라인 게임의 신부는 여자아이가 아니라고 생각한 거야? 1~21권

키네코 시바이 지음 | Hisasi 일러스트 | 이경인 옮김

온라인 게임의 여자 캐릭터에게 고백!
→ 아깝네요! 실제로는 남자였답니다☆

그런 흑역사를 감추고 있는 소년 · 히데키는 어느 날 게임 안에서
한 여자 캐릭터에게 고백을 받는다. 설마 그 흑역사가 다시금 반복되는 것인가?!
그렇게 생각했으나, 게임 안에서 내 「신부」가 된 아코 = 타마키 아코는
정말로 미소녀에, 현실과 가상세계를 구분하지 못한……다고……?!
"안녕, 루시안!"이라니, 하, 하지 마! 창피하니까 캐릭터명으로 부르지 마!
다른 사람들 앞에서도 게임 캐릭터명으로 부르며 게임 속 남편에게 착 달라붙는 아코.
히데키는 너무나도 유감스럽고 위험한 아코를 「갱생」하기 위해
길드의 동료들을(※단, 다들 미소녀)과 함께 움직이는데ㅡ.

유감스러우면서도 즐거운 일상 ≒ 온라인 게임 라이프가 시작된다!

TV애니메이션 방영 화제작!!

달이 이끄는 이세계 여행 1~13, 8.5권

아즈미 케이 지음 | 마츠모토 미츠아키 일러스트 | 김성래 옮김

어느 날, 부모의 사정으로 인해 츠쿠요미노미코토에 이끌려
이세계로 가게 된 나, 미스미 마코토.
치트 능력도 하사받고 이건 그야말로 용사 플래그인가! 라고 생각했더니
이 세계의 여신에게 「너 얼굴 못생겼다」라는 이유로 거절당하고
나는 『세계의 끝』으로 전이당하고 말았다······.
······뭐, 어쩔 수 없지. 기왕에 이렇게 된 거 이세계를 즐겨볼까!
이렇게 오직 내 한 몸만 가지고
타인의 온기를 찾아 여행을 시작하게 되었지만,
만난 것은 향기로운 냄새가 나는 오크 소녀, 시대극에 심취한 드래곤,
마조히즘 속성을 지닌 변태 거미 etc—
······내 주위는 멋들어질 정도로 이종족 페스티벌입니다.
젠장! 웃기지 마! 난 절대로 지지 않을 거니까!!

제5회 알파폴리스 판타지 소설 대상 『독자상 수상작』!

라이트노벨의 새로운 빛! L노벨의 신간은 매월 10일에 발매됩니다. http://cafe.naver.com/lnovel11

현자의 손자 1~14권

요시오카 츠요시 지음 | 키쿠치 세이지 일러스트 | 김덕진 옮김

사고로 죽었을 청년이 갓난아기의 모습으로 이세계에서 환생!
구국의 영웅 「현자」 멀린 월포드에게 거둬진 그는 신이라는 이름을 받는다.
손자로서 멀린의 기술을 흡수해가며 놀라운 힘을 얻게 된 신이었지만,
그가 열다섯 살이 되자 할아버지는 이렇게 말했다.
"상식을 가르치는 걸 깜빡했구만!"
이런 이유로 신은 상식과 친구를 얻기 위해
알스하이드 고등 마법학원에 입학하게 되는데—.

『규격 외』 소년의 파격적인 이세계 판타지 라이프, 여기서 개막!

라이트노벨의 새로운 빛! L노벨의 신간은 매월 10일에 발매됩니다. http://cafe.naver.com/lnovel11

친구 여동생이 나한테만 짜증나게 군다 1~8권

미카와 고스트 지음 | 토마리 일러스트 | 이승원 옮김

교우 관계 사절, 남녀 교제 거부, 친구라고는 진정으로 가치 있는 단 한 사람 뿐.
청춘의 모든 것을 「비효율」적이라 여기며 거절하는
나, 오오보시 아키테루의 방에 눌러앉아있는 녀석이 있다.
내 여동생도, 친구도 아니다.
짜증나고 성가신 후배이자 내 절친의 여동생인 코히나타 이로하다.
"선배~, 데이트해요! ……라고 말할 줄 알았어요~?"
혈관에 에너지 음료가 흐르고 있는 듯한 이 녀석은
내 침대를 점거하고, 미인계로 나를 놀리는 등, 나한테 엄청 짜증나게 군다.
그런데 왜 다들 나를 부러워하는 거지?
알고 보니 이로하 녀석도 남들 앞에서는 밝고 청초한 우등생인 척하기 때문에
엄청 인기가 좋은 모양이다.
이봐…… 너는 왜 나한테만 짜증나게 구는 거냐고.

끝내주는 짜증귀염 청춘 러브코미디, 스타트!!